# JUDITH PINNOW

# RENDEZVOUS IN ZEHN JAHREN

Roman

Ullstein

Besuchen Sie uns im Internet:
www.ullstein-buchverlage.de

Originalausgabe im Ullstein Taschenbuch
1. Auflage April 2020
2. Auflage 2020
© Ullstein Buchverlage GmbH, Berlin
Umschlaggestaltung: Sabine Kwauka
Titelabbildung: Paar: shutterstock / © MiodragF;
Magnolien: shutterstock / © Afishka;
Goldfolie: shutterstock / © janniwet
Gesetzt aus der Quadraat Pro powered by pepyrus.com
Druck und Bindearbeiten: CPI books GmbH, Leck
ISBN 978-3-548-06259-4

Für meinen Mann, my true companion ♡

# Eine schicksalhafte Begegnung

### Sommer 2011

Valerie fühlte sich leicht, als sie mit ihrem kleinen Handgepäckkoffer über eine der vielen Brücken von Amsterdam rollte. Der Junihimmel war grau, aber das schien die Möwen nicht zu stören, die in einem ganzen Schwarm über dem Wasser kreisten. Amsterdam war sogar bei diesem trüben Wetter wunderschön. Vorfreude stieg in Valerie auf wie kleine Blasen, die ihr im Magen und unter der Kopfhaut kribbelten. Sie freute sich auf das Wochenende mit ihrer Schwester, das so viel mehr war als nur ein Städtetrip. Für Valerie sollte es als Zäsur dienen zwischen ihrem alten Leben mit Björn und dem neuen Leben ohne ihn.

Es war sicher keine Meisterleistung, mit dreißig schon eine gescheiterte Ehe hinter sich zu haben. Sie hatte oft das Gefühl, anders zu sein als andere, die ihr Leben in einer »richtigen« Reihenfolge lebten. Abitur, Studium, Beruf, heiraten und Kinder bekommen. Manchmal kam es ihr vor, als würde das Leben ihrer damaligen Schulkameraden wie auf Schienen verlaufen, während sie selbst mehr als einmal entgleiste und schließlich den holprigen Weg durch den Wald nahm, weit entfernt von Bahnhöfen, die man angeblich dringend erreichen musste.

Sie schaute auf das Straßenschild an der Ecke, *Bloemgracht*, hier musste es sein. Sie blickte auf eine Reihe entzückender schmaler

Häuser, eins schöner als das andere. Suchend lief sie die Straße entlang, bis sie ihr Hotel fand.

Eine knallgelbe Bank stand vor dem Haus, und im bodentiefen Fenster hing ein Fahrrad. Mit einem Lächeln trat sie ein. Ein langer, schmaler Raum tat sich vor ihr auf. Die Beleuchtung kam spärlich von ein paar kleinen Lampen an der Wand, dafür standen auf dem großen Tresen viele bunte Kerzenlichter.

Valerie machte im Kopf ein Foto und beschloss, in ihre kleine Kaffeeecke im Waschsalon auch Kerzen zu stellen. Ob sich das mit dem übrigen Ambiente vertrug, musste man sehen. Von den Holländern konnte man auf alle Fälle eine Menge lernen in Sachen Einrichtung und Gemütlichkeit, das wurde ihr auf dem Weg zum Tresen, der gleichzeitig als Rezeption fungierte, klar.

»Wie kann ich dir helfen?«, wurde sie sofort auf Englisch von einem gut aussehenden Kerl gefragt. Seine Locken trug er in einer eindrucksvollen Tolle auf dem Kopf.

Valerie nannte ihren Namen und wurde von ihm durch ein Labyrinth von Treppen in ihr kleines, aber immerhin zweietagiges Zimmer geführt.

Außer Atem, schloss sie die Tür hinter sich und musste dann direkt noch eine Treppe hochsteigen, die so steil war, dass man gut ein Seil und eine Spitzhacke hätte brauchen können, um sich nach oben zu hangeln. Valerie stellte den Koffer ab und warf sich rückwärts auf das gemütliche Bett, über dem ein kleiner Basketballkorb hing.

Valerie spürte, wie die Anspannung der letzten Monate langsam von ihr abfiel. So viel Wut, Trauer und Bedauern lagen hinter ihr. Jetzt konnte sie tatsächlich von vorne anfangen.

Sie rappelte sich zwischen den vielen Kissen zum Sitzen hoch und schaute aus dem Fenster auf den Kanal. Einige alte Kähne lagen am Ufer. Eine Entenfamilie schwamm vorbei. Hier konnte man gar nicht anders, man musste sich einfach entspannen.

Valeries Schwester hätte eigentlich schon vor ihr im Hotel sein müssen. Aus Köln brauchte man mit dem Zug nur knappe drei Stunden, wenn alles glattging. Anne hatte allerdings »Reisepech«, und weil sie fest daran glaubte, hatte jeder Zug und jedes Flugzeug, in das sie stieg, auch prompt stundenlang Verspätung.

Valerie war nach Amsterdam geflogen. Von München wäre es mit dem Zug zu weit gewesen. Zwischen Anne und ihr lagen knapp 600 Kilometer. Sie sahen sich definitiv zu selten. Anne hatte deshalb auch sofort zugestimmt, als Valerie sie fragte, ob sie mit ihr ein Wochenende in Amsterdam verbringen wollte.

Valerie zog ihr Handy aus ihrer Handtasche und wählte Annes Nummer.

»Zugverspätungszentrale, was kann ich für Sie tun?«, meldete sie sich.

»Wie sieht es aus?«, fragte Valerie.

»Erbärmlich. Ich glaube, ich breche meinen letzten Reisepechrekord. Wir sind gerade erst losgefahren und haben jetzt«, etwas schrappte über das Mikro, und ihre Stimme wurde vorübergehend dumpf, »drei Stunden und vierzig Minuten Verspätung!«

»Das ist eine echte Leistung auf so einer kurzen Strecke! Was war denn los?«

Anne ahmte jetzt eine Lautsprecherdurchsage nach: »Sehr geehrte Fahrgäste, leider müssen wir Ihnen mitteilen, dass sich die Fahrt wegen einer Signalstörung verzögern wird. Wir sagen Ihnen aber nicht, wie lange, weil das für uns so viel lustiger ist. Wir danken für Ihr Verständnis.«

Anne würde also noch eine Weile brauchen, bis sie ankam.

Valerie beschloss, alleine loszuziehen.

Als sie aus dem Hotel trat, begann es zu nieseln. Sie lief die kleinen Gassen entlang, ging mal nach links, mal nach rechts und kam so auf eine Einkaufsstraße. Sie ließ sich von einem Laden zum nächsten treiben.

Überall fand sie etwas, was sich gut in ihrem neuen WG-Zimmer machen würde, aber sie hatte sich gerade von so vielen Dingen getrennt und wollte nicht sofort neue Sachen anhäufen.

Die gemeinsame Wohnung mit Björn war groß und schön gewesen. Altbau, dritter Stock, in der Nähe vom Gärtnerplatz, was für sie beide in München normalerweise unbezahlbar gewesen wäre. Björns Eltern hatten die Wohnung für sie gekauft. Valerie fand es in Ordnung, dass sie das Feld räumen musste, nachdem ihre Ehe gescheitert war.

Sie hatte ihm fast alle Möbelstücke und auch sonst sehr viel von der gemeinsamen Einrichtung überlassen. Es schien ihr unter ihrer Würde zu sein, jede CD in die Hand zu nehmen und zu entscheiden, ob es nun ihre oder seine war.

Außer ihren geliebten Büchern hatte sie fast nichts mitgenommen. Ihre Freundin Lena hatte zwar gesagt, Björn müsste ihr eigentlich eine Ablöse zahlen für alles, was sie gemeinsam angeschafft hatten, aber Valerie hatte keine Energie gehabt, das auch noch mit ihm zu diskutieren.

Björn hatte in den letzten zwei Jahren so viel an ihr rumgenörgelt. Diskussionen über alles und nichts waren an der Tagesordnung gewesen, immer war es darum gegangen, was Björn alles an Valerie verbesserungswürdig fand. Sie sollte sich besser anziehen, mehr Sport treiben und doch endlich das BWL-Studium beenden, das sie abgebrochen hatte, um den Waschsalon von Herrn Peters zu übernehmen. Obwohl sie sich in genau diesem Waschsalon kennengelernt hatten, verstand Björn nie, was er ihr bedeutete.

Die Diskussionen um ihr Leben wurden immer absurder, bis Valerie selbst anfing zu glauben, dass Björn vielleicht recht hatte und sie sich einfach mehr Mühe geben müsste, Dinge erreichen müsste, statt einfach so glücklich zu sein.

Eines Morgens wachte sie mit der glasklaren Gewissheit auf, dass sie tatsächlich etwas Grundlegendes an ihrem Leben ändern musste.

Nicht ihren Job, ihren Körper oder ihren Klamottenstil, sondern ihren Mann.

Björn hatte sich am Abend zuvor einen Spruch geleistet, der das Fass zum Überlaufen brachte. Er hatte gesagt, sie sei für ihn zurzeit eines der Hindernisse, die man im Leben eben manchmal überwinden müsste.

Damit hatte er, ohne es zu wissen, eine Tür in Valerie geöffnet. Die Tür zu einem Leben ohne ihn.

Björn war allerdings fassungslos, dass sie sich trennen wollte. Er hätte doch so viel Zeit investiert, Dinge in ihrem Leben »zu optimieren«, wie er sich ausdrückte. Es begann eine sehr unschöne Zeit mit vielen gegenseitigen Vorwürfen.

Valerie war froh, dass all das nun endlich hinter ihr lag. Sie wollte den ganzen Scherbenhaufen vergessen und neu anfangen.

Das Zimmer in der WG war ein Glücksfall gewesen. Es war günstig und lag in der Nähe ihres Waschsalons. Ihre Mitbewohnerin hatte sie erst einmal getroffen. Sie wusste nur, dass sie Elli hieß und eine Vorliebe für ausgefallene Kleider hatte. Als Valerie zur Besichtigung kam, trug sie einen kurzen abstehenden Petticoat und sah aus, als hätte sie sich zum Fasching als Fliegenpilz verkleidet. Ihre dunklen Haare hatte sie zu einem Dutt oben auf dem Kopf zusammengesteckt, ihre Lippen waren knallrot bemalt.

Valerie gefiel das Zimmer, und Elli gefiel, dass Valerie keinen Kaffee wollte, sondern, genau wie sie, am liebsten Chaitee trank, je süßer, desto besser.

Gestern erst war sie eingezogen, wenn man das so nennen konnte. Eigentlich hatte sie nur, mit Lena zusammen, ihre wenigen Kisten in das leere Zimmer gestellt und dann die Nacht, in Ermangelung einer Matratze, bei ihrer Freundin verbracht.

Nach dem Wochenende in Amsterdam wollte sie zu IKEA fahren und alles Nötige besorgen.

Als sie aus dem Laden trat, regnete es in Strömen. Sie hätte doch den Schirm mitnehmen sollen, den ihr der Lockige an der Rezeption angeboten hatte. Valerie hatte abgelehnt, weil sie die Fähigkeit hatte, Schirme in kürzester Zeit zu verlieren. Sie steckte sie in einen beliebigen Schirmständer, und dort entmaterialisierten sie sich sofort.

Der Regen rauschte auf sie herunter. Sie setzte sich ihre Kapuze auf, was sie nur bedingt vor der Nässe schützte, und ging mit schnellem Schritt die Straße entlang und fiel fast von selbst in die kleine Bäckerei mit dem schönen Namen »Bake my day«.

Valerie schloss die Tür hinter sich, fasziniert von dem überwältigenden Duft von Zimt und frisch Gebackenem. Ihr Blick schweifte durch den hellen Raum. Auf der einen Seite befand sich die Theke und eine kleine Küche, auf der anderen Seite standen einladende Holztische und kleine Sessel.

Valerie bestellte sich ein süßes Teil, das wie eine flache Muschel aussah, und einen Chaitee. Alleine für den Tee erhielt das kleine Selbstbedienungscafé von ihr Pluspunkte. Kaum ein Café in München bot Chaitee an. Meist musste sie einen schwarzen Tee bestellen und ihn mit Milch auffüllen, was natürlich nicht dasselbe war.

Suchend schaute sie sich nach einem freien Tisch um. Alle waren besetzt. Während sie noch überlegte, wo sie sich dazusetzen konnte, bot ihr ein Mann um die dreißig den freien Sessel an seinem Tisch an.

Sie dankte ihm und setzte sich. Er klappte sein Buch wieder auf und las weiter.

Ted hatte die hübsche blonde Frau direkt beim Reinkommen bemerkt. Die Art, wie sie sich umsah, verriet ihm, dass es sich um eine Touristin handeln musste. Sie trug einen rosafarbenen Rucksack, der sie jünger wirken ließ, als sie war. Er schätzte, dass sie in seinem Alter sein musste. Ihre Wangen waren von Regen und Wind draußen gerötet. Er fand es sympathisch, dass sie keinen Regenschirm dabeihatte. Normalerweise erkannte man Touristen an ihren Schirmen, die auch sofort verrieten, in welchem Hotel sie abgestiegen waren. Er beobachtete sie unauffällig, und als ihr Blick durch den Raum schweifte, tat er so, als würde er lesen. Er versuchte sich seit einer halben Stunde mit einem langweiligen Buch abzulenken, in dem ein Mann eines Tages ohne seinen gewohnten Bart aufwacht.

Tage, an denen er seinen Sohn Joris wieder bei seiner Ex-Freundin ablieferte, waren dunkle Tage. Er hatte es sich zur Gewohnheit gemacht, danach in diesem kleinen Café Trost zu suchen. Zwischen einem Cappuccino und dem beruhigenden Geräuschteppich aus aufschäumender Milch, Tassengeklapper und Gesprächen wartete er, bis der Schmerz nachließ und er es schaffte, zurück in seine kleine, leere Wohnung zu fahren. Jedes Mal begrüßten ihn Joris' Spielzeuge stumm und vorwurfsvoll. Er packte sie in Kisten, in denen sie darauf warteten, dass kleine Hände sie, zwei Wochen später, wieder auspacken würden. Joris war diesmal besonders lang bei ihm gewesen – eine ganze Woche bis zum heutigen Freitag. Nun war der Schmerz umso größer.

Die Frau sah sich nach einem freien Tisch um, fand aber keinen. Ted überlegte kurz. Sie war zu hübsch, um sie einfach einzuladen, sich zu ihm zu setzen. Sicher passierte es ihr ständig, dass Männer sie ungefragt ansprachen. Er entschied, ihr einen Sessel anzubieten und sich dann wieder in seinem Buch zu verkriechen. Das war ein unaufdringlicher Kompromiss.

Ihr Tischnachbar las, und so konnte sie unbeobachtet ihr Gebäck genießen. Valerie versank in zuckriger Glückseligkeit. Die flache Muschel schmeckte fantastisch. Überraschenderweise war sie mit einem zitronigen Quark gefüllt, der auf der Zunge zerging. Sie lehnte sich zurück und berührte probeweise ihre Teetasse. Der Chai war noch zu heiß, um ihn zu trinken. Verstohlen betrachtete sie den Mann, der ihr so freundlich einen Platz angeboten hatte. Seine blauen Augen hatten sie kurz aus der Balance gebracht. Sie hatte sich hinter einem Lächeln versteckt, und er war sofort in seinem Buch abgetaucht. Er sah gut aus. Blond, schlank, vermutlich nicht viel größer als sie. Unwillkürlich verglich sie ihn mit dem großen dunkelhaarigen Björn. Sie schüttelte diesen Gedanken verärgert ab. Erstens wollte sie nicht an ihn denken, und zweitens war sie nicht auf der Suche nach einem Mann. Das hier war nur eine Zweckgemeinschaft an einem Tisch.

Sie breitete den Stadtplan aus und sah nach, wo sie war und wo ihr Hotel lag.

»Bist du das erste Mal in Amsterdam?«, fragte er sie plötzlich.

Ted biss sich auf die Zunge. Er hatte sie in Ruhe lassen wollen. Die Frage kam ihm wie von selbst über die Lippen, nachdem er ihre schlanken Finger gesehen hatte, die flink über den Plan gewandert waren. Sie trug keinen Ring.

Sie schaute ihn an und schien erstaunlicherweise nicht genervt, sondern erfreut zu sein, dass er ein Gespräch anfing.

Sie war Deutsche, ganz wie er vermutet hatte. Sie erriet richtig, dass er Holländer war und in Amsterdam wohnte.

»Wo genau wohnst du?«, wollte er wissen. Er kannte nur die großen Städte in Deutschland und hoffte, sie würde eine davon nennen.

»In München.«

Er wollte etwas sagen, aber sie unterbrach ihn. »Sag jetzt nicht Oktoberfest!«

Er lachte. »Das wollte ich gar nicht sagen«, schwindelte er.

»Das sagen immer alle, wenn sie München hören. Ist das mit Amsterdam genauso?«

Sie sahen sich an und sagten gleichzeitig: »Tulpen!«

Beide mussten grinsen. »Na, dann haben wir die Klischees ja schon abgehakt«, sagte sie.

Er sah ihr Grübchen auf der rechten Wange, das ein Stückchen höher saß, als es Grübchen üblicherweise tun.

»Gehen Münchner gar nicht auf das Oktoberfest? Ist das nur für Touristen?«

»Ehrlich gesagt, doch. Ich kenne kaum Münchner, die nicht wenigstens einmal im Jahr auf die Wiesn gehen.«

»Die Wiesn«, wiederholte er belustigt.

Sie schaute etwas verlegen auf ihren Tee.

»Wir Niederländer stellen uns auch gerne ›Tulp‹ in die Vase«, sagte er, um wieder gute Stimmung zu machen.

»Wie ist es, hier in Amsterdam zu wohnen?«, wollte sie wissen.

Er überlegte kurz, ob er vom Wasser schwärmen sollte und von den Gassen, den freundlichen Menschen und den vielen Möglichkeiten, entschied sich dann aber, die Wahrheit zu sagen.

»Wenn ich könnte, würde ich wegziehen.«

Sie sah ihn interessiert an.

Er stellte fest, dass ihre Augen mehr grün als blau waren. »Die Stadt war früher toll. Ich bin hier geboren. Aber in letzter Zeit hat sie sich sehr verändert. Es ist einfach zu voll. Nichts gegen Touristen«, beeilte er sich zu sagen, »aber wenn du keine Straße entlanggehen kannst, ohne an Menschenmassen vorbeizumüssen, und jeder Laden, in dem du schnell etwas kaufen willst, proppenvoll ist, dann nervt das auf Dauer.«

Valerie nickte verständnisvoll. Sie hatte das Gedränge auch bemerkt, es aber auf das beginnende Wochenende geschoben.

»Früher kamen die Touristen im Sommer, den Rest des Jahres hatten wir die Stadt für uns. Inzwischen spielt die Jahreszeit keine Rolle mehr. Es ist immer voll.«

»Ich finde es schön hier«, sagte sie zaghaft. »Das ganze Wasser, das ist so schön! Und ihr habt es überhaupt nicht weit zum Meer.« Diese Vorstellung schien sie völlig zu faszinieren.

»Und du hast es nicht weit in die Berge«, sagte er, ähnlich fasziniert von dem Gedanken, in kürzester Zeit in den Alpen zu sein.

»Ich würde so gerne am Meer wohnen«, sagte sie seufzend.

»Und ich so gerne in den Bergen!«

Sie lachten die Sehnsucht weg, die sich ausgebreitet hatte.

»Warum ziehst du nicht weg, in die Berge? Dein Deutsch ist super, du könntest sicher leicht im Allgäu arbeiten.«

»Vielleicht«, sagte er, »aber mein Sohn ist hier. Es würde alles verkomplizieren, wenn ich so weit wegziehe.«

Er klang plötzlich traurig. Valerie konnte nur ahnen, dass er von der Mutter seines Sohnes getrennt war.

»Ich kann auch nicht so leicht wegziehen. Ich habe zwar keine Kinder, aber eine Sache, die wie mein Baby für mich ist.«

Er nickte verständnisvoll und fragte nicht nach, genau wie sie.

Er wollte gerne beim Thema Sehnsuchtsorte bleiben. Es tat ihm gut, dass sie kein Gespräch führten mit den üblichen Fragen. Wie heißt du? Was machst du beruflich? Bist du verheiratet? Er wollte nicht über Joris reden. Der Schmerz war gerade am Abflauen. Er wollte nicht der Dreißigjährige sein, der schon ein Kind in die Welt gesetzt hatte, das er nur alle vierzehn Tage sah. Für die blonde Frau wollte er einfach ein Kerl sein, der die Berge liebte und seltsamerweise in der Stadt am Wasser wohnte. Er erzählte ihr, wie sein Opa mit ihm früher Wanderungen in den Alpen gemacht hatte. Lagerfeuer bei untergehender Sonne. Läutende Kuhglocken, endlose Wiesen.

Seine Stimme hatte etwas Hypnotisches. Sein holländischer Akzent war so niedlich, sie hätte ihm stundenlang zuhören können. Sie half ihm, wenn er ein Wort nicht wusste, ansonsten hörte sie sich stumm seinen romantischen Bericht über die Berge an.

»Das klingt wundervoll. Jetzt kommt es mir wie eine Sünde vor, dass ich in München wohne und so selten in die Berge fahre.«

»Man will immer das, was man nicht hat. Und das, was man hat, schätzt man nicht. Ich war lange nicht am Meer. Dieses Jahr noch gar nicht.«

»Nein?«, fragte Valerie und musste selbst über ihr Entsetzen lachen.

»Warum liebst du das Meer?«, fragte er sie.

Sie begann ihren Satz mit »Weil …«, in der Annahme, direkt eine Antwort parat zu haben. Aber wie sollte sie das in Worte fassen? Plötzlich schien ihr die Frage viel zu persönlich. »Ich liebe es einfach«, sagte sie knapp.

Er schaute sie an. Wieder brachte das intensive Blau sie etwas aus der Fassung. Was war denn los mit ihr? Sie fand es angenehm, mit ihm über Sehnsüchte zu sprechen. Viel besser als der übliche Small Talk. Sie hatte keine Lust, ihn zu fragen, was er beruflich machte, und sie wollte nicht gefragt werden, ob sie verheiratet war und Kinder hatte. Die fast geschiedene Frau zu sein, war sie noch nicht gewohnt. Es hörte sich falsch an. Aber um die Frau zu sein, die das Meer liebte, dazu musste sie schon etwas mehr von sich preisgeben.

»Am Meer fühle ich mich einfach immer richtig. Diese große Fläche, die Weite, die Wellen. Es kommt mir so beständig vor, und trotzdem ist es ständig in Bewegung.«

Er nickte ihr aufmunternd zu, und sie sprach weiter.

»Ich bin in Stuttgart geboren, weit weg vom Meer, und trotzdem ist es jedes Mal so, als würde ich nach Hause kommen. Das Meer versteht alles, verzeiht alles, weiß alles.«

»Das ist ja lustig. Dasselbe Gefühl geben mir die Berge.«

Spontan berührte sie ihn. Sie ließ ihre Hand kurz auf seinem Oberarm liegen, nahm sie aber schnell weg, als ihr die Geste bewusst wurde.

Die Berührung hatte nicht länger als zwei Sekunden gedauert, aber die hatten gereicht, um ihn zu elektrisieren. Sein Blick streifte ihren Hals und wanderte noch etwas tiefer. Sie trug eine Bluse, unter der sich ihr Busen wölbte. Nicht zu groß und nicht zu klein. Er zwang sich, woanders hinzugucken. Er hatte den Faden verloren, versuchte sich wieder auf ihr Gespräch zu konzentrieren. Sein Puls war erhöht. Er fand sich selber peinlich. Es lag sicher nur daran, dass er viel zu lange keinen Sex gehabt hatte.

»Wenn ich das nächste Mal in den Bergen bin, versuche ich das mal dort zu spüren«, sagte sie und lächelte ihr Grübchen hervor.

Er bekämpfte den leichten Schwindel im Kopf, den sie in ihm auslöste.

»Ich glaube nicht, dass das möglich ist. Es gibt Meertypen, und es gibt Bergtypen.« Es half ihm, ein paar nüchterne Dinge zu sagen.

»Dann passen wir wohl nicht zusammen«, antwortete sie. Flirtete sie mit ihm?

Flirte ich gerade mit ihm?, fragte sich Valerie. Die Berührung und jetzt dieser Satz, ihr Körper schien sich hier gerade etwas selbstständig zu machen. Was sollte er von ihr denken?

»Ich finde, wir passen sehr gut zusammen, wir haben dieselbe Sehnsucht nach etwas, das wir eben momentan nicht haben können«, sagte Ted.

War das jetzt zweideutig gemeint? Sie fühlte eine Spannung und hantierte mit dem Stadtplan, um etwas zu tun zu haben.

»Kennst du den Spruch von Konfuzius? Wenn du etwas liebst, lass es frei. Kommt es zu dir zurück ...«

»... gehört es dir für immer!«, vervollständigte Ted ihren Satz.

Sie sahen sich beide in die Augen. Ted hatte plötzlich den verrückten Gedanken, sich einfach über den Tisch zu lehnen und sie zu küssen. Er sah schnell weg.

»Das bedeutet, wir sollten unsere Meer- und Bergessehnsucht loslassen?«, fragte Valerie.

»Das bedeutet, dass Konfuzius wahrscheinlich Glück hatte«, antwortete er.

Sie lächelte.

Ted sprach weiter: »Loslassen ist vermutlich eins der schwersten Dinge. Ich meine, hast du schon mal jemand getroffen, der gesagt hat: Loslassen, das ist meine Stärke, da bin ich so richtig gut drin?!«

Valerie schüttelte den Kopf. Er war witzig.

Es entstand eine Gesprächspause. Ted wollte noch etwas Lustiges sagen, etwas, das sie noch mal zum Lachen brachte.

Konfuzius hätte etwas gewusst. Ihm fiel einfach nichts ein.

»Ich verbringe das Wochenende hier mit meiner Schwester. Hast du Tipps, wo wir heute Abend essen gehen könnten?« Sie schob ihm den Plan entgegen, und er rutschte näher.

»Diese Straße hier ist toll«, er zeigte auf den Plan. »Da findet ihr ein gutes Restaurant nach dem anderen.«

Ihr Finger folgte seinem, aber diesmal achtete sie darauf, ihn ja nicht zu berühren. Sie konnte sein Aftershave riechen, seine männliche Präsenz wurde ihr plötzlich überdeutlich. Innerlich schüttelte sie den Kopf über sich selbst. Sie hatte sicher nur zu lange keinen Sex gehabt, das war alles.

»Was isst du denn gerne?«, fragte er und blieb mit dem Blick dabei auf dem Plan, als wäre es unanständig, sich ins Gesicht zu schauen, wenn man schon so nah aneinandersaß, dass man sich beinahe berührte.

»Ich esse ALLES gerne. Thai, italienisch, indisch ...«

Jetzt sah er sie doch an und grinste. Dann empfahl er ihr so viele Restaurants, dass es ihr unmöglich war, sie sich alle zu merken.

»Halt! Schreib sie mir auf«, bat sie und reichte ihm einen Stift.

Ihre Finger streiften seine leicht bei der Übergabe. Er zwang sich, ruhig zu bleiben, und schrieb konzentriert die Namen seiner Lieblingsrestaurants an den Rand des Plans. Er bemühte sich um eine schöne Schrift, was nur halbwegs gelang. Sie war zu nah. Ihre Haare hatten ihn gekitzelt, als sie sich beide über den Stadtplan gebeugt hatten.

Sie packte ihre Sachen ein, und ihm wurde schlagartig bewusst, dass ihre Begegnung nun enden würde.

»Wir sollten uns wieder treffen und uns erzählen, was aus unseren Sehnsuchtsorten geworden ist. Vielleicht in zehn Jahren«, fügte er leichthin hinzu, um es nicht wie einen verzweifelten Versuch aussehen zu lassen, sie bald wieder zu treffen.

Ihre grünen Augen blitzen auf. »Lass uns das machen!«, sagte sie begeistert. »Wir treffen uns genau in zehn Jahren wieder, am 24. Juni 2021!« Sie strahlte ihn an.

Er konnte nur nicken.

Sie holte ein blaues Notizbuch aus ihrem Rucksack und nahm ihm sanft den Stift aus der Hand.

»Wie heißt du?«, fragte sie. Ihre Stimme war etwas atemlos, so begeistert war sie von der ungewöhnlichen Idee.

»Ich bin Ted.«

»Valerie.«

Der Moment war fast feierlich. Sie sah ihn etwas länger an als nötig und schrieb dann in ihr kleines Buch:

*Ted treffen*
*24.06.2021*
*im Bake my day*

»Weißt du die Straße?« Sie schob ihm Stift und Notizbuch hin, und er schrieb den Straßennamen in die nächste Zeile. Er schaute auf seine Armbanduhr.

14:13 Uhr, schrieb er hinter das Datum.

Er schob ihr das Büchlein zu und sagte mit absichtlich dramatischer Stimme: »Ich werde hier sein. In genau zehn Jahren.«

Er konnte sehen, wie sehr ihr das Spiel gefiel. Sie lächelte ihn an.

»Ich auch!« Sie drückte kurz seine Hand und löste damit einen weiteren elektrischen Impuls aus, dem sein ganzer Körper folgte.

Sie riss eine Seite aus dem Notizbuch, schrieb alle Fakten für ihn ab und reichte ihm den Zettel.

Er steckte ihn in seine Jackentasche.

»So was habe ich noch nie gemacht.« Sie zappelte auf ihrem Sessel herum wie ein kleines Mädchen. Ihre kinnlangen Haare wellten sich eigenwillig von der Feuchtigkeit draußen.

»Hier in Holland machen wir das ständig, ich muss auch gleich los, mein anderes Date von vor zehn Jahren treffen.« Er grinste sie an.

»Wir werden alt sein, wenn wir uns wiedersehen«, stellte sie plötzlich fest.

»Na ja, alt ... wie alt bist du jetzt?« Ob es unhöflich war, das zu fragen? »Ich bin dreißig«, fügte er hinzu.

»Ich auch.« Sie nickte, als müsste sie sich das selbst bestätigen.

»Dann sind wir nicht sooo alt in zehn Jahren.«

»Vierzig.« Die Zahl schwebte durch den Raum. Eine Weile versuchten sie sich beide vorzustellen, vierzig zu sein. Es gelang nicht. Zehn Jahre schienen eine Ewigkeit weit entfernt zu sein.

»Wir werden ganz schön lange warten müssen, bis wir uns wiedersehen«, sprach er aus, was er dachte.

»Das ist ja gerade das Spannende daran. Ein Date in zehn Jahren, man verspricht einem Fremden, ihn in exakt einem Jahrzehnt wiederzutreffen. Das ist magisch. Es ist ...« Ihre Augen wanderten durch den Raum, bis sie die richtigen Worte fand, »als würden wir die Zukunft berühren!«

Ihre Begeisterung war ansteckend.

»Sollen wir E-Mail-Adressen austauschen? Für den Fall, dass einer nicht kommen kann?«

Sie schüttelte wild den Kopf. »Auf keinen Fall! Das ist doch das Aufregende daran. Kein Sicherheitsnetz. Nur das Datum, die Zeit und den Ort. Verlier den Zettel nicht!«, sagte sie und guckte streng wie eine Englischlehrerin, die Vokabeln aufgibt.

Er klopfte auf seine Jackeninnentasche, die sich direkt über seinem Herzen befand. »Sicher nicht. Außerdem könnte ich unser Treffen gar nicht verpassen. Dazu war es zu schön mit dir.«

Vielleicht war er jetzt zu weit gegangen. Sie stand stürmisch auf.

»Es war sehr schön, dich kennenzulernen, Ted. Ich bin gespannt zu hören, wie deine nächsten zehn Jahre verlaufen werden und ob du deine Almhütte in den Bergen bekommst.«

Er stand ebenfalls auf.

»Valerie, es war mir eine Ehre. Hab eine schöne Zeit in Amsterdam. Ich hoffe, du wirst eines Tages am Meer wohnen. Und bleib so lebendig, bis wir uns wiedersehen.«

Sie umarmte ihn spontan. Er legte die Arme um sie und spürte ihren Körper, roch ihren Duft nach Orange. Ihre weichen Haare an seiner Wange. Chaos brach in ihm aus. Sein Puls blieb erhöht, auch noch lange nachdem sie aus der Tür war, die er eine Ewigkeit lang anstarrte, als könnte er sie dadurch zurück in das Café holen.

Der Regen rauschte draußen in Strömen vom Himmel. Das Geräusch hüllte ihn ein. Er berührte ihre leere Teetasse, um sich zu vergewissern, dass er sich die Begegnung mit ihr nicht nur eingebildet hatte.

# Träumereien

Anne war inzwischen angekommen. Sie wartete in der Hotellobby auf sie, an einem der kleinen Tische. Valerie ging auf sie zu. Ihre Schwester stand in einer fließenden Bewegung auf und umarmte sie.

Gemeinsam setzten sie sich und redeten über Belanglosigkeiten, um die Fremdheit, die sie die ersten Minuten jedes Mal spürten, loszuwerden.

Ihre rötlichen Haare, die Sommersprossen, ihre Hände, die immer in Bewegung waren, all das war Valerie zutiefst vertraut. Trotzdem war da am Anfang immer die Erkenntnis, dass sie sich lange, zu lange, nicht gesehen hatten. Anne trug ihr Haar jetzt kürzer, und Valerie empfand eine alberne kleine Kränkung darüber, dass ihre Schwester ihr das nicht mitgeteilt hatte. Früher hatte sie schon Monate vor dem Friseurbesuch Bescheid gewusst. Haare und wie lang oder kurz man sie trug, waren ein sehr wichtiges Thema für Anne gewesen. Wochenlang erörterte sie eine neue Frisurenidee mit Valerie, bevor sie sie in die Tat umsetzte. Anschließend war es Valeries Jobs gewesen, sie in den darauffolgenden Tagen in ihrer Entscheidung zu bestätigen.

»Du hast die Haare kürzer«, bemerkte sie und gab sich Mühe, es beiläufig klingen zu lassen.

»Jaaaaa.« Anne legte beide Hände an die Wangen und machte

ein entsetztes Gesicht. Offensichtlich waren neue Frisuren immer noch ein wichtiges Thema, das sie aber inzwischen mit anderen Menschen erörterte.

»Wie findest du es?«

Die Frage tröstete Valerie etwas. Ihrer kleinen Schwester schien viel an ihrer Antwort zu liegen. Sie nahm die Hände nicht von den Wangen, bis Valerie sagte, es sähe sehr gut aus.

Anne war zwei Jahre jünger als sie. Man sagt, je älter man wird, desto mehr verschwinden Altersunterschiede. Das mochte stimmen, aber die Rollen blieben gleich. Witzigerweise hätte Anne von ihrem Charakter her viel besser auf die Rolle der älteren Schwester gepasst. Abgesehen von ihren Frisurenzweifeln hatte Anne ihr Leben immer schon gut im Griff. Zielstrebig hatte sie studiert, ein Volontariat beim WDR gemacht, einen Job dort als Redakteurin angenommen und geheiratet. Alles hübsch nacheinander, ohne Irrwege oder Sackgassen.

Ihr Mann Thorsten war natürlich der perfekte Mann. Er hängte die Wäsche auf, ging einkaufen, kochte für sie und gab ihr abends auf dem Sofa auch noch Fußmassagen. Nicht, dass Valerie es ihr nicht gegönnt hätte, es ließ nur ihre eigene Wahl, die auf Björn gefallen war, noch schlechter aussehen.

Ihrer Schwester war es mit Leichtigkeit gelungen, einen Thorsten zu finden. Sie würde mit dreißig vermutlich keine getrennte Ehefrau sein, sondern Mutter, wie es sich gehörte.

Valerie starrte auf die halb leere Kaffeetasse, die vor Anne auf dem Tisch stand. Schwarzer Kaffee ohne Milch und Zucker. Schon immer. Valerie wäre lieber nackt durch eine Einkaufsstraße gerannt, als das zu trinken.

»Magst du einen Schluck?«, neckte Anne ihre Schwester, die ihren Blick gesehen hatte.

Wie auf Kommando erschien der lockige Rezeptionist und

fragte, ob sie auch etwas trinken wolle. Valerie bestellte ein Wasser.

»Wie geht es dir?«, fragte Anne, als sie den ersten Schluck getrunken hatte und die Fremdheit langsam der Vertrautheit wich.

Valerie machte eine Handbewegung, die hieß, dass diese Frage nicht einfach zu beantworten war.

Anne verstand. »Und wie ist deine neue WG?«

»Das weiß ich noch gar nicht. Als ich gestern eingezogen bin, war Elli gar nicht da. Sie ist ein bisschen verrückt, aber das ...«

»... passt ja«, vervollständigte Anne ihren Satz und grinste.

»Ja, ich hoffe auch. Die Lage ist perfekt, auch wenn es sicher eine ganz schöne Umstellung wird, von unserer großen Wohnung auf ein einziges Zimmer.«

Ihr wurde bewusst, dass sie »unsere« gesagt hatte. Das hatte sie zumindest lange geglaubt, auch wenn im Grundbuch nicht ihr Name stand. Bis es nach der Trennung ganz plötzlich nur noch seine Wohnung war. Verständlich und trotzdem schmerzlich.

»Es tut mir leid. Alles.« Anne fuhr mit den Händen über den Tisch und über ihren Arm.

»Mir auch.« Valerie spürte, wie ihr die Tränen kamen.

»Was hast du denn schon entdeckt? Was müssen wir unbedingt sehen?«, lenkte sie Anne ab und breitete zwei Reiseführer und eine Karte von Amsterdam aus.

Sie besprachen einige Sightseeing-Highlights, die sie sehen wollten, und entschieden dann aber, sich durch die Stadt treiben zu lassen.


Als die Erkenntnis langsam zu ihm durchsickerte, war es zu spät. Er hatte volle 45 Minuten gebraucht, um zu begreifen, dass er Valerie unbedingt wiedersehen musste. Und zwar nicht erst in zehn Jahren. Ihr Grübchen, ihre Stimme, das, was sie gesagt hatte und wie sie es gesagt hatte – alles ergab eine einfache Gleichung. Er hatte sich verknallt in die blonde Frau, die das Meer liebt.

Er rauschte aus dem kleinen Café. Nieselregen empfing ihn draußen auf der Straße. Hektisch sah er sich um. Er hatte keinen Anhaltspunkt, in welchem Hotel sie war, und es war eine Dreiviertelstunde vergangen, in der er sinnlos vor sich hin gestarrt hatte. Eine Dreiviertelstunde, in der sie sich überallhin bewegt haben könnte. Vielleicht hatte er ja aber auch Glück, und sie war noch in der Nähe. Er lief hoffnungsvoll die Straße lang und ging in jeden Laden, den seiner Meinung nach eine deutsche Frau um die dreißig aufsuchen würde. Sein Blick scannte die Ladenflächen. Zweimal dachte er, sie zu sehen, um mit klopfendem Herzen beim Nähertreten zu merken, dass sie es gar nicht war.

Nach einer Stunde hatte er die komplette Harlemmerstraat nach ihr abgesucht. Weil er nicht wusste, was er tun sollte, ging er zurück ins *Bake my day*. An »ihrem« Tisch saßen jetzt andere Leute. Verloren stand er mitten im Raum. Es war, als hätte ihr Treffen überhaupt nicht stattgefunden. Er suchte in seiner Jackeninnentasche nach dem Zettel und erwartete fast, ihn nicht zu finden, aber er war da. Er faltete ihn auseinander und las ihre eigenwillige Handschrift, die mehr nach einem Mädchen als nach einer erwachsenen Frau aussah. Er starrte auf das Datum in zehn Jahren und schüttelte leicht den Kopf. Es musste eine Möglichkeit geben, sie vorher zu finden. Noch war sie hier, in seiner Stadt.

Er ging im Kopf das ganze Gespräch mit ihr durch, auf der Suche nach einem Anhaltspunkt. Sie war das erste Mal in Amsterdam, das hieß, sie würde vielleicht die klassischen Highlights besuchen. Sie liebte das Wasser, aber dieser Hinweis war in der Stadt der vielen Kanäle natürlich ein Witz. Wasser war hier überall.

Zwei junge Mädchen mit überdimensionalen Zimtschnecken

wollten an ihm vorbei, er stand blöd im Weg rum mit seinem Zettel in der Hand.

Warum nur war es ihm so spät aufgefallen, wie viel ihm an ihr lag? Er ärgerte sich über sich selbst. Das war so typisch für ihn. Er war nie der Schnellste gewesen. Ein klassischer Spätzünder. Seine Mutter erzählte heute noch, dass er erst mit siebzehn Monaten gelaufen war. Sein Bruder war mit elf Monaten schon durch die Gegend gerannt, natürlich.

Die Führerscheinprüfung war ihm erst beim dritten Mal gelungen, und seinen ersten Kuss hatte er mit neunzehn bekommen.

Und auch bei Johanna, der Mutter seines Sohnes, hatte es gedauert, bis er gemerkt hatte, dass er mehr von ihr wollte als nur die Englischhausaufgaben. Johanna und er waren in eine Klasse gegangen. Erst drei Jahre nach dem Abschluss der Havo hatte es bei ihnen gefunkt.

Er verließ das Café und fuhr mit der Bahn nach Hause. Jede blonde Frau auf der Straße verursachte kurzfristige Herzrhythmusstörungen.

In seiner Wohnung angekommen, räumte er, wie immer, zuerst zügig alle Spielzeuge von Joris weg. Sein Pullover lag noch auf dem Sofa.

Ted knüllte sich den weichen Stoff ins Gesicht. Er roch nach Joris.

Plötzlich fühlte er sich unendlich müde. Er sank auf die Couch, den Kinderpullover in der Hand.

Vielleicht war Valerie nur ein verzweifelter Versuch weiterzumachen und aus der ewigen Johanna-Joris-Schleife auszubrechen.

Vor dem Van-Gogh-Museum war eine furchtbar lange Schlange

gewesen, deshalb hatten sie beschlossen, einfach durch die Negen Straatjes zu bummeln.

Die »Neun Straßen« waren mit entzückenden kleinen Läden gesäumt. In jedem dritten Laden konnte man Käse kaufen und – noch sehr viel besser – Käse probieren.

Valerie und Anne probierten alten und jungen Käse, mit Kräutern, mit Chili und sogar mit Erdbeergeschmack. Es gab auch fantastische Dips dazu. Anne kaufte sich ein Stück Käse und nahm dazu den Ingwer-Mango-Dip. Valerie hatte sich für das gleiche Stück Käse und den Himbeer-Zimt-Dip entschieden.

Sie probierten Kleider und Hüte an, ließen sich treiben und fanden, Amsterdam war der perfekte Ort, um ein Schwesternwochenende zu verbringen.

»Mir tun die Füße weh«, stöhnte Anne irgendwann.

»Mir tut alles weh!«, jammerte Valerie.

Sie kehrten im nächsten Café ein. Es war ein typischer Tourischuppen, die Gerichte waren in Bildern auf die Karte gedruckt, und alle Kellner sprachen nahezu perfekt Deutsch.

Beide bestellten ein Wasser.

»Ich weiß übrigens schon, wo wir heute Abend essen gehen können.« Valerie klappte den Stadtplan auf und fuhr mit dem Finger über die Namen der Restaurants, die Ted an den Rand geschrieben hatte.

Anne bekam die ganze Geschichte über den gut aussehenden Holländer zu hören.

»Und ihr trefft euch erst in zehn Jahren wieder? Was soll das denn?«, fragte Anne verständnislos.

»Das ist doch gerade das Charmante daran«, verteidigte sich Valerie.

»Ihr habt euch toll unterhalten, er sieht gut aus, so wie es sich angehört hat, ist er Single ...« Anne machte eine Handbewegung, mit der sie ausdrücken wollte, dass man so einen Mann nicht laufen lässt.

»Ich hab keine Ahnung, ob er Single ist. Darüber haben wir nicht gesprochen. Ich weiß nur, dass er einen Sohn hat und deshalb nicht so leicht wegziehen kann.«

»Klingt nach Trennung«, analysierte Anne.

»Wir wollten gar nicht so viel voneinander wissen. Wir haben einfach über unsere Sehnsüchte geredet, und dann kam uns die Idee, uns in zehn Jahren wiederzutreffen und zu erzählen, wie es weiterging. Ich finde das schön und spannend. Es ist, als ob man einen Anker in die Zukunft wirft.«

Anne lächelte sie an. »Das stimmt. Es ist wirklich spannend. Und wo gehen wir jetzt heute Abend hin?«

Das war die Lösung! Ted sprang auf. Er hatte ihr Restauranttipps gegeben. Wenn er sich richtig erinnerte, hatte er ihr vier Restaurants aufgeschrieben. Alles, was er tun musste, war, heute Abend in diesen vier Restaurants Wache zu schieben. Er brauchte Verstärkung.

Er rief seinen Freund Roman an. Roman und er kannten sich seit der ersten Klasse und hatten beide Amsterdam nie verlassen. Roman war Lebenskünstler und schrappte immer knapp an der Pleite vorbei.

Ted erklärte kurz die Situation.

»Wir sind auf der Suche nach einer scharfen deutschen Braut, hab ich das richtig verstanden?«, fragte Roman.

»Wenn du es so formulieren willst, ja.«

»Alter, wie willst du das denn sonst formulieren?«

»Egal, du musst zwei Restaurants abdecken und ich zwei.«

»Und wie erkenne ich die scharfe Braut? Du hast nicht zufällig ein Foto von ihr?«

»Nein, aber ich beschreibe sie dir. Das klappt schon!«

Ted wollte sich unbedingt schon um sechs Uhr treffen, um Valerie auf keinen Fall zu verpassen. Roman versprach ihm, pünktlich an der Ecke Bloemstraat, Prinsengracht zu sein.

Ted hatte lange überlegt, was er anziehen sollte, sich dann aber entschieden, genau so zu bleiben. In diesen Klamotten würde Valerie ihn wiedererkennen, und es sah dann nicht so aus, als hätte er sich extra umgezogen. Sein Plan war sowieso, das Treffen zufällig aussehen zu lassen, so als würde das Schicksal wollen, dass sie sich wiedersehen.

Roman kam etwas zu spät, aber damit hatte er gerechnet. Sie umarmten sich und klopften sich auf die Schulter, so wie sie es immer taten, wenn sie sich sahen.

»Wieso hast du sie denn nicht nach ihrer Nummer gefragt?«

»Habe ich. Aber sie fand es spannender so. Wir haben ja ein Date. Allerdings erst in zehn Jahren.«

»Dann kürzen wir das Jahrzehnt mal ab.« Roman ging mit federndem Schritt neben ihm her.

Ted liebte die große Begeisterungsfähigkeit, die sein Freund hatte. Er war genau der Richtige für diese Aktion.

»Sie ist so groß.« Ted zeigte mit der Hand auf die Höhe seiner Nase.

»Schlank, blonde glatte, schulterlange Haare ...«

»Ohh, das ist tricky«, unterbrach ihn Roman.

»Frauen können alles Mögliche mit ihren Haaren machen. Sie könnte einen Pferdeschwanz tragen oder alles so hochgeknüllt haben, oder sie macht sich so ein Zeugs rein, etwas, das die Haare verlängert und dann ...« Er machte wilde Gesten auf seinem Kopf.

»Guck einfach nach einer hübschen blonden Frau, grünblaue Augen, und sie hat hier ein Grübchen, wenn sie lacht.« Er zeigte auf seine Wange, um die Stelle zu verdeutlichen.

»Na, dann werde sich sie mal zum Lachen bringen. Ist eine meiner leichtesten Übungen!«

»Das weiß ich!« Ted knuffte Roman in die Seite, und Roman knuffte zurück. Sich gegenseitig schubsend, liefen sie die Straße entlang.

»Sie ist vermutlich mit ihrer Schwester unterwegs.«

»Warum sagst du das nicht gleich? Sieht die gut aus?«

»Keine Ahnung. Ich habe sie ja nicht gesehen.«

»Kann ich die Schwester kriegen? Aber nur, wenn sie gut aussieht.«

»Sie sieht sicher gut aus. Warum sollte eine hübsche Frau eine hässliche Schwester haben? Ruf mich sofort an, wenn du glaubst, sie zu sehen! Und starte bitte keine peinliche Aktion. Das Ganze muss nach einem zufälligen Treffen aussehen.«

»Aye, aye, Sir!« Er machte mit seinem dünnen, schlaksigen Körper ein Salutierzeichen und verschwand dann im Thailänder, der in sein Überwachungsgebiet fiel.

Ted ging weiter.

»Ey, ich hab sie!«, rief Roman und hängte sich aus der Eingangstür raus.

Ted machte kehrt. »Wirklich?«

»Nein. Spaß.« Er grinste unverschämt.

»Idiot!«

»Immer gerne!«

Ted schaute in beide Restaurants, die noch so gut wie leer waren, lief dann noch einmal die Straße hoch und runter. Bisher keine Spur von Valerie und ihrer Schwester.

Er wählte eins der Restaurants nach Bauchgefühl aus, bestellte ein Bier und zahlte direkt. Lange würde er nicht bleiben können, das vierte Restaurant musste schließlich auch überwacht werden.

Valerie und Anne taten die Füße weh vom vielen Rumlaufen. Sie lagen zu zweit auf Valeries Bett und waren hin- und hergerissen zwischen Hunger und dem Wunsch, einfach für immer auf diesem Bett liegen zu bleiben.

»Können wir uns nicht einfach den Room Service kommen lassen?«, fragte Anne matt.

»Das geht gar nicht. Wir sind in Amsterdam – jetzt müssen wir auch was erleben!« Valerie schlug ihrer Schwester auf den Oberschenkel.

Sie jammerte und krümmte sich, als hätte sie ihr ein Brandzeichen verpasst.

»Los, hoch mit dir. Wir gehen essen. Du darfst auch aussuchen, was wir essen.«

Anne stöhnte und setzte sich auf. »Was hat dir denn dein Zehnjahresmann aufgeschrieben?«

Valerie holte den Stadtplan, und sie studierten die vier Namen. »Er sagte, man könne überall in der Straße gut essen. Wir gucken einfach, was gut aussieht«, beschloss Valerie.

Sie liefen los, kamen aber nicht weit. In der Dämmerung spiegelten sich alle Lichter auf den Kanälen. An jeder Ecke fanden sie neue, tolle Motive, die unbedingt fotografiert werden mussten. Amsterdam im Dunkeln war schön und geheimnisvoll. Die Straßen waren leerer, die Gassen rückten dichter aneinander.

Auf der Karte hatten sie gesehen, dass sie eigentlich nur geradeaus gehen mussten, einer kleinen Straße folgen, bis sie auf die Bloemstraat stießen.

Die kleine Straße war abenteuerlich eng. Alle hundert Meter war ein Kiosk, aus dem grelles Licht quoll und Schokolade neben Äpfeln und Zigaretten verkauft wurde. Eine Katze brachte sich schnellstens in Sicherheit, als sie vorbeigingen. Sie rannte in den Laden und duckte sich neben einem Karton mit Melonen. Valerie tat das Tier leid. Es war sicher kein Spaß, hier mitten in der Stadt zu leben. Sie hätte gerne eine Katze gehabt, fand das aber nicht artgerecht, sie in einer Wohnung festzuhalten, weil sie draußen womöglich überfahren wurde. Katzen gehörten aufs Land, wo sie Mäuse fangen und durch eine Katzenklappe in ein hutzeliges Reetdachhaus gelangen konnten. Die Katze würde bei ihr auf den Schoß springen und schnurren, während sie mit einem Buch in der Hand in das brennende Feuer ihres Kamins blickte und sich von ihrem Spaziergang am Meer aufwärmte.

»Träumst du manchmal von einem anderen Leben?«, fragte sie Anne.

»Wie meinst du das?«

»Na, träumst du manchmal davon, an einem anderen Ort zu wohnen, in einem Haus oder auf einer Farm oder einer Insel? Du würdest etwas komplett anderes machen und hättest ein ganz anderes Leben!«

Valerie breitete die Arme aus, um ihr die Möglichkeiten dieses Traums zu verdeutlichen.

Anne schüttelte den Kopf. »Nö. Ich hab ja kein anderes Leben.« Manchmal machte sie der Pragmatismus ihrer Schwester wahnsinnig.

»Aber wenn du ein anderes wählen müsstest, was würdest du dann wählen?«, fragte Valerie hartnäckig nach.

Anne blies die Backen auf. »Dann wäre ich wahrscheinlich Redakteurin beim Bayerischen Rundfunk und würde wie du in München wohnen. Unsere Wohnung wäre dann kleiner, weil München teurer ist, und ich würde seltener in den Urlaub fahren.«

»Du spielst das nicht richtig«, beschwerte sich Valerie.

»Was wäre denn dein Traum?«, fragte Anne versöhnlich.

Valerie zögerte. Es kam ihr albern vor, jetzt damit herauszurücken. »Ich würde gerne am Meer wohnen.«

»Das weiß ich doch. Das würde jeder gerne. Und du warst schon immer so wasserverrückt.«

»Ja, aber ich würde wirklich gerne am Meer wohnen. Ans Meer ziehen, in ein schnuckeliges Häuschen mit einer Katze ...« ...und Mann und Kindern. Den letzten Teil verschwieg sie. Sie wollte nicht die demnächst geschiedene Dreißigjährige sein mit Torschlusspanik.

»Und du meinst, am Meer wärst du dann glücklicher als in München?«

Valerie verstand die Frage nicht. »Ja, natürlich!«

Anne beschleunigte unwillkürlich ihre Schritte. »Das ist eben der Trugschluss. Man nimmt sich immer mit und all seine Probleme. Nichts wäre besser, wenn du am Meer wohnen würdest«, sagte sie bestimmt.

»Ach ja. Und du weißt das natürlich wieder. So wie du alles immer weißt. Du bist ja Superanne. Und Superanne macht keine Fehler, sie weiß einfach, wie das Leben funktioniert!«

Valerie wusste selbst nicht, warum sie plötzlich so sauer auf ihre Schwester war. Die überhebliche Art ging ihr einfach gerade furchtbar auf die Nerven.

»Jetzt beruhig dich mal wieder. Ich hab nur gesagt, dass man sich und seine Probleme immer mitnimmt. Es ist egal, ob du in Köln, München oder am Meer wohnst. Man ist überall gleich zufrieden oder unzufrieden.«

»Das ist doch Schwachsinn!« Valerie fuhr herum und versperrte ihrer Schwester den Weg. »Nur weil du keine Träume hast, musst du mir meine nicht schlechtreden!«

Während Valerie jetzt vor Aufregung zitterte, blieb Anne ruhig. »Ich habe doch einfach nur meine Meinung vertreten. Ich glaube einfach, es liegt nicht am Wohnort, wenn man unzufrieden ist.«

»Da gebe ich dir ausnahmsweise mal recht. Es liegt nicht nur am Wohnort. Es kann durchaus auch an einer schrecklichen Trennung liegen!«

Anne hätte sie jetzt in den Arm nehmen müssen, stattdessen sagte sie sanft: »Valerie, ich meine doch nur, wenn du nicht immer mit dem Kopf in den Wolken herumlaufen würdest, dann wären die Dinge auch einfacher in deinem Leben.«

»Und das weißt DU natürlich!«, schrie Valerie jetzt.

»Ja, ich kenne dich doch schon lange.«

»Ach, und ich mache das also schon lange falsch, ja?«

Anne spürte, dass sie sich jetzt auf ganz dünnem Eis befand, und antwortete lieber nicht.

Valerie drehte sich wütend um. »Du kennst mich überhaupt nicht! Und ich mach lieber Fehler, als so ein langweiliges Leben zu haben wie du!«, schrie sie und stapfte wütend in die andere Richtung davon.

Die Tränen vermischten sich mit dem einsetzenden Nieselregen. Valerie wollte einfach nur Abstand zwischen sich und Anne bringen.

Es tat ihr augenblicklich leid, was sie ihr an den Kopf geknallt hatte. Aber warum musste ihre kleine Schwester auch so pedantisch auf ihrem Leben rumhacken? Gerade jetzt, in der Phase der Neuorientierung, in der sie sowieso so wackelig und dünnhäutig war. Anne und sie hatten jeden Tag telefoniert in der schweren Zeit der Trennung von Björn. Mit einer riesigen Geduld hatte sich Anne alles angehört und immer tröstende und beruhigende Worte gefunden. Anne war der Meinung, Valerie sei ohne Björn viel besser dran. Nach dem Streit jetzt breitete sich in Valerie das Gefühl aus, ihre Schwester hatte heute ihre wahre Meinung offenbart, dass sie selber schuld war an allem, weil sie »mit dem Kopf in den Wolken lebte«.

In ihrer Kindheit war es kaum ein Problem gewesen, dass sie beide so unterschiedlich waren. Während Valerie stundenlang in ihrem Zimmer mit Musik vor sich hin träumte, stand Anne mitten im Leben. Anne war Klassensprecherin. Ihr Zimmer war immer aufgeräumt, und sie verlor nie ihre Monatskarte für den Bus wie Valerie.

Früher hatte Anne Valerie bewundert für ihre Träumereien. Sie fand, ihr selbst fehlte die Fantasie zu solchen schillernden Vorstellungen.

Heute fand sie Valeries Träume anscheinend nicht mehr beneidenswert, sondern dumm.

Wütend stapfte Valerie zum Hotel zurück. Als sie ankam, ging es ihr etwas besser. Sie legte sich in ihrem Zimmer auf das Bett. Es war albern gewesen wegzurennen. Sie hätten sich ja streiten und trotzdem essen gehen können. Valerie wusste selbst nicht, welchen empfindlichen Punkt Anne da gerade bei ihr getroffen hatte.

# So etwas wie Vorbestimmung

Roman war so fixiert auf eine blonde Frau gewesen, dass ihm die Rothaarige, die sich direkt neben ihn an die Theke gesetzt hatte, gar nicht aufgefallen war. Erst als sie zwei Essen zum Mitnehmen auf Englisch bestellte, nahm er sie wahr. Sie hatte ein hübsches Gesicht mit Sommersprossen. Er betrachtete heimlich von der Seite, wie sie nach dem Bestellen noch lange die Speisekarte studierte, als ob sie ihre Auswahl überprüfen müsste.

»Und, kannst du sie bald auswendig?«, sprach er sie an.

Verwirrt sah sie ihn an.

»Die Karte«, half er ihr auf die Sprünge und grinste.

»Ach so«, sie lächelte ein winziges Lächeln. »Da sind viele Sachen falsch geschrieben, das ist so eine Macke von mir, jeden Fehler zu finden.«

Anne dachte bei diesem Satz unwillkürlich an Valerie. Sie hätte einfach die Klappe halten sollen. Ihre große Schwester war eben eine Träumerin, daran würde sie sowieso nichts ändern.

»Das Essen ist hier aber sehr lecker, auch wenn es falsch geschrieben ist«, sagte der lange Dünne neben ihr.

Anne hoffte, dass das jetzt keine Anmache von ihm war, sondern nur ein harmloses Gespräch. Solange sie auf das Essen wartete, konnten sie sich ja auch unterhalten.

»Wohnst du in Amsterdam?«

Er nickte stolz.

»Und warum isst du hier nichts, wenn das Essen so gut ist?«, fragte sie.

Roman schaute auf sein leeres Bierglas. Er lehnte sich verschwörerisch zu ihr herüber. »Ich bin hier in einer geheimen Mission«, flüsterte er.

»Aha«, sagte sie unbeeindruckt. »Und was ist Ziel der geheimen Mission?«

»Das kann ich nicht verraten«, antwortete er bedauernd. Sein Handy blinkte. Er schaute auf das Display. »Mein geheimer Auftraggeber«, sagte er mit Agentenstimme. »Ich muss leider los. Es war mir eine Freude!«, er machte eine theatralische Verbeugung und verließ mit schnellen Schritten das Restaurant.

Seltsamer Kerl, dachte Anne.


»Was machst du denn hier?«, herrschte Ted Roman an, der sich schwungvoll neben ihn fallen ließ.

»Du hast mir eine SMS geschickt, wie die Lage ist, und hier kommt der Bericht ...«

»Du solltest mir einfach eine SMS zurückschicken. Stattdessen verlässt du deinen Beobachtungsposten. Sie könnte genau jetzt in eins der Restaurants kommen, die du überwachen sollst!« Ted fuhr sich aufgeregt durch die Haare.

»Ganz ruhig. Atmen. Nicht aufregen. Sie wird nicht in das Restaurant rennen und in fünf Minuten fertig mit essen sein und wieder rausfliegen. Außerdem kostet eine SMS 35 Cent. Das war mir zu teuer. Willst du jetzt einen Lagebericht oder nicht?«

»Was ist denn mit deinem tollen Hundert-SMS-inklusive-Vertrag? Hast du den nicht erst vor zwei Wochen abgeschlossen?«

Roman schüttelte den Kopf und nahm einen Schluck von Teds Bier.

»Ich hatte keine Ahnung, wie schnell hundert SMS verschickt sind. Die Mädels lieben SMS. Sie können nicht ohne mindestens fünf am Abend einschlafen. Das sind bei fünf Frauen 25 SMS an einem Abend. Und morgens brauchen sie dann wieder alle fünf, weil man sich versichern muss, dass man gut geschlafen hat ...«

»Ich nehme jetzt doch gerne den Lagebericht«, kürzte Ted Romans Redeschwall über seine viele Frauen und SMS ab.

Umständlich erzählte Roman, dass er keine blonde Frau gesichtet hatte.

»Doch eine, aber die war jenseits der vierzig.«

Ted musste daran denken, dass Valerie vierzig sein würde, wenn sie sich offiziell wiedertrafen. »Zehn Jahre! Ich bin so ein Idiot! Warum habe ich nicht gesagt, dass wir uns in einem Jahr wiedertreffen?«

Roman zuckte mit den Schultern. »In einem Jahr kann auch sehr viel passieren. Sie könnte nächstes Jahr schon verheiratet und schwanger sein.« Er nahm Teds Bier und trank es aus. »Du musst dir ein Beispiel an mir nehmen, was Frauen angeht!«

Ted musste lachen. Roman stolperte von einem Bett ins nächste und war meilenweit von einer ernsthaften Beziehung entfernt.

»Alter, ich will sie nicht knallen, ich will mit ihr zusammen sein. Das könnte die Frau fürs Leben sein, verstehst du?«

»Du willst sie nicht knallen?« Er sah ihn schief an.

»Doch, natürlich, aber nicht in erster Linie!«

»Du setzt die falschen Prioritäten! Wann hattest du das letzte Mal Sex?«

Ted schüttelte den Kopf. »Diese Frage werde ich nicht beantworten!«

»Das hast du gerade!« Roman klopfte ihm mitleidig auf den Rücken.

»Los, Restaurantwechsel!«

Sie verließen gemeinsam den Inder und trennten sich erneut auf der Straße.

»Kann ich etwas Spesengeld kriegen? Ich muss ja ständig neu etwas zu trinken bestellen!« Roman legte seinen Oberkörper in eine seltsam schiefe Position.

Ted gab ihm seufzend einen Fünfeuroschein.

»Und Hunger hab ich langsam auch!«

»Wir gehen eine Currywurst essen, wenn das hier vorbei ist, o.k.?«, vertröstete ihn Ted.

Brummend setzte sich Roman in Bewegung.


»Room Service!«

Valerie erkannte schon am Klopfen, dass es Anne war. Sie beeilte sich, die steile Treppe zur Tür herunterzulaufen.

Ihre Schwester hielt zwei Plastiktüten hoch, die verheißungsvoll dufteten.

Valerie umarmte sie. Man musste Anne einfach lieb haben, wenn sie ihren Hundeblick aufsetzte und ihre Sommersprossennase kräuselte.

Sie verwandelten Valeries Bett in eine Food-Lounge. Anne hatte asiatisches Essen mitgebracht.

»Ich hoffe, du stehst noch auf Ente?«

»Ich liebe Ente, immer noch.«

Anne machte ein sehr zufriedenes Gesicht und reichte ihrer Schwester ein paar Stäbchen.

Sie aßen eine Weile, bevor sie mit den Entschuldigungen anfingen.

»Ich habe das nicht so gemeint, Anne, mit deinem langweiligen Leben. Das tut mir sehr leid.«

»Doch, das hast du. Aber das ist o.k. Wir müssen nicht das

gleiche Leben leben. Mir sind deine Träume zu wild, und dir ist meine Bodenständigkeit zu langweilig. Wir müssen uns einfach nur akzeptieren.«

Valerie nickte nachdenklich.

»Das trifft es aber nicht ganz. Ich mag deine Bodenständigkeit. Ich finde nur, du könntest manchmal etwas mehr vom geraden Weg abweichen.«

»Warum?«

Valerie zögerte mit der Antwort. »Wie kann ich das sagen … Weil du dann vielleicht am Ende mehr vom Leben bekommst als nur das Hauptmenü.«

»Ich finde, das Hauptmenü reicht völlig«, sagte Anne kauend.

»Aber was ist mit den Glückskeksen?«

»Die schmecken doch nie.«

»Aber die kleinen Zettel, die da drin sind!«

»Das ist doch alles Quatsch. Wer glaubt denn so einen Müll?«

»Ich!«, sagte Valerie empört.

»Ich weiß«, sagte Anne lächelnd und holte aus der Tüte zwei Glückskekse.

»Wieso komme ich mir ständig so vor, als ob ich die kleine Schwester bin?«, fragte Valerie lachend.

»Weil du dich so benimmst.«

»Anne, du bist so anstrengend.«

»Das sagt Thorsten auch immer.«

Sie aßen weiter, gaben ihr Bestes und konnten die Portionen letztendlich aber einfach nicht schaffen.

»Der seltsame Holländer hatte recht – das Essen ist super!«, stöhnte Anne und legte sich auf den Rücken.

»Meinst du Ted? Warst du in einem der Restaurants, die er empfohlen hatte?

»Nein und ja. Ich war in dem *Litte Tiger*. Neben mir an der

Bar saß so ein dünner, langer Kerl, der mich sofort anquatschte. Der hat erzählt, das Essen sei super. Er faselte noch etwas von einer geheimen Mission und einem Auftraggeber, dann ist er abgehauen.«

»Sah er gut aus?«, Valerie kuschelte sich neben ihre Schwester.

»Ja, auf eine seltsame Art schon.«

»Würdest du ...«

»Nein«, unterbrach sie Anne. »Ich würde Thorsten nie betrügen.«

»Ab wann ist es Betrug?«

»Na, wenn es eben Betrug ist.«

»Ja, aber wo fängt der bei dir an? Stufe drei, zwei, eins?«

Das Stufensystem hatte Valerie eingeführt, als sie noch Teenager waren. Sie hatte es in einem Buch gelesen und fand es sehr praktisch. Man musste dann nicht fragen: »Hat er dich geküsst?«, »Hat er dich angefasst?« Man konnte einfach sagen: »Stufe eins oder zwei?« Zu Stufe drei kam es kaum, zumindest nicht bei Anne. Thorsten war der einzige Mann, mit dem sie je geschlafen hatte.

»Sobald man über Stufen nachdenkt, ist es schon Betrug.«

»Und flirten?«

Anne seufzte. »Jetzt bist du aber anstrengend.«

»Komm schon, Schwesterchen, irgendwo hast du doch auch deine dunklen Geheimnisse.«

»Ich stehe manchmal nachts auf ...«, sagte Anne mit Geisterstimme. »Und dann gehe ich die Treppe runter und ziehe mir Gummistiefel an ...« Valerie drehte sich auf die Seite und hörte gespannt zu.

»Und dann ... Gummihandschuhe, ... und dann ... mache ich den Kühlschrank auf ...« Sie machte eine bedeutungsvolle Pause.

»Und dann?«, fragte Valerie gespannt.

»Dann räume ich alles raus und putze ihn.«

»Das ist ein Witz?!«

»Nein. Wenn ich nicht schlafen kann, putze ich den Kühl-schrank. Das macht man nämlich viel zu selten, weißt du, wie viele Keime sie in Kühlschränken gefunden haben bei einer Stu-die?«

»Und warum in Gummistiefeln?«

»Die Glasplatten sind so riesig, da läuft immer Wasser dane-ben, wenn man die in der Spüle sauber macht. Und ...«

»Du hasst nasse Socken!«

»Stimmt. Daran erinnerst du dich?«

»Na klar.«

Eine Weile lagen sie in Erinnerungen versunken still neben-einander.

»Anne?«

»Hm?«

»Wie hast du das gemeint, als du gesagt hast, mein Leben wäre einfacher, wenn ich nicht immer mit dem Kopf in den Wolken wäre?«

»Willst du das wirklich wissen?«

»Ja.«

»Aber ich will dich nicht verletzen.«

»Dann verpack es diplomatisch.«

»Das ist jetzt nicht gerade meine Stärke ...«

»Definitiv nicht.«

Schweigen.

»Los, sag's.«

Anne seufzte. »Du hast immer grandiose Vorstellungen davon, wie die Dinge sein müssten. Urlaube müssen sonnig und wunder-voll sein, zum Beispiel. Aber in der Realität sind sie eben wolkig und mittelmäßig, und darauf bist du dann überhaupt nicht vorbe-reitet.«

»Okay«, sagte Valerie, »weiter!«

»Na ja ...« Anne zögerte. »Und dann musste es unbedingt Björn sein. Kein netter Mann, nein, du wolltest einen mit Bang und Zong!«

Valerie musste lächeln. Bang und Zong war ein Ausdruck aus ihrer Kindheit. Anne und sie hatten damit immer außergewöhnlich große Ereignisse beschrieben. Weihnachten war Bang und Zong, und einmal mit einem Pony zur Schule reiten, das wäre damals das allergrößte Bang und Zong überhaupt gewesen.

»Du musstest unbedingt einen Mann haben, mit dem du dich nachts auf der Straße streitest, bis die Nachbarn aus dem Fenster gucken ...«, fuhr Anne fort.

»Das war ein Mal! Okay, zwei Mal ...«

»Du willst einfach immer zu viel. Bei dir muss die große Liebe einschlagen wie ein Blitz mit Schicksal und ...«

»Es war ja auch Schicksal, dass er ausgerechnet an diesem Tag in den Waschsalon kam!«

»War es das?«

Valerie zupfte an der Bettdecke.

»Ich denke, es wäre einfacher für dich, wenn du nicht so große Träume von allem hättest.«

»Aha.«

»Jetzt bist du beleidigt. Ich wusste es.«

Valerie sagte nicht Nein, denn es ist ziemlich albern, einer Schwester vorzuspielen, man wäre nicht beleidigt, wenn man es ist. Schwestern merken alles.


»Holst du uns noch eine?« Roman sah Ted flehend an. Es war unglaublich, welche Mengen an Fritten in den langen dünnen Kerl passten.

Ted reichte ihm ausdruckslos seinen Geldbeutel. Er wollte einfach hier sitzen, auf den Kanal starren und sich in seinen trüben Gedanken wälzen. Vielleicht war es naiv gewesen zu glauben, sie würde direkt heute Abend seine Restauranttipps testen.

»Wir müssen es morgen noch einmal versuchen«, sagte er zu Roman, der mit zwei großen Portionen Pommes wiederkam.

»Ich bin dabei, wenn das wieder in einem Festmahl endet, aber wenn du meine vernünftige Meinung hören willst ...«

»Will ich nicht.«

»Du solltest das Mädchen vergessen, Alter. Du hast ein Talent, dich unglücklich zu verlieben, und das musst du überwinden. Du verpasst die besten Jahre, Mann!«

Um seine Sätze zu unterstreichen, stopfte er sich extrem viele Fritten in den Mund und kaute dann demonstrativ mit weit aufgerissenen Augen.

»Du siehst aus wie ein Irrer!«

Roman störte der Kommentar nicht. Er vernichtete weiter große Mengen Pommes auf einmal.

Es hatte aufgehört zu regnen. Die Lichter der Straßenlaternen spiegelten sich in der nassen Straße.

»Ich will eben genau die besten Jahre nicht verpassen, Roman. Ich habe ein Kind und keine Familie. Das ist furchtbar. Ich dachte immer, Johanna wäre die Liebe meines Lebens. Aber es ging nicht auf. Wir haben es wirklich versucht. Wir passen einfach nicht zusammen.«

»Ich weiß.« Roman war fertig mit den Pommes und bereit für ein ernsthaftes Gespräch.

»Und warum glaubst du jetzt, diese Frau könnte die ›Liebe deines Lebens‹ sein?« Er betonte »die Liebe deines Lebens« in einer sarkastischen Stimmlage.

»Es war ein Gefühl. Die ganze Zeit, während wir zusammen an diesem Tisch saßen. Ich habe es nur zu spät kapiert.«

»Okay. Du sagst also, dass es so was wie Vorbestimmung gibt, verstehe ich das richtig? Da draußen gibt es – deiner Meinung nach – DIE Frau für dich und DIE Frau für mich?!«

»So in etwa, ja.«

»Aber wenn wir davon ausgehen, dass das so ist«, Roman hielt die Hände beschwörend über die leeren Pommesschalen, »dann müssen wir gar nichts tun, die Bräute werden uns ganz einfach über den Weg laufen!« Er grinste Ted an.

»Genau das ist mir ja heute passiert – und ich habe es vermasselt!«

»Ach so. Klar. Das ist jetzt logisch. Es gibt also das Schicksal, das mir 'ne Braut schickt, aber wenn ich sie im Bus nicht sofort erkenne und ihr einen Heiratsantrag mache, dann ist die Chance vorbei, für immer. Alles klar!« Roman tippte sich an die Stirn. »Alter, wenn du schon an Schicksal und große Liebe und so einen Kram glauben willst, dann vertrau doch auch darauf, dass sie dir noch einmal über den Weg laufen wird. Und wenn nicht, dann war sie auch nicht DIE Frau!«

Ted sah ihn an. Das klang gar nicht schlecht. Vielleicht hatte Roman recht. Morgen würde er die Sache anders angehen. Morgen würde er mit offenen Augen durch die Stadt streifen und sich von seinem Bauchgefühl leiten lassen. Das war ein guter Plan.

Er klopfte Roman auf die Schulter. »Ich hasse dich, Mann, ich hasse dich wirklich.« Diesen Spruch hatten sie seit der Schulzeit.

Roman antwortete das, was er seit der sechsten Klasse darauf antwortete: »Ich dich auch, Mann. Ich hasse dich auch!«

Seite an Seite liefen sie durch die nassen Straßen ihrer Stadt. Roman auf dem Weg zu einer heißen Braut, die er gerade per SMS klargemacht hatte, Ted auf dem Weg in seine leere, viel zu stille Wohnung.

# Schattengeister

Valerie lag wach im Bett in ihrem neuen WG-Zimmer. Ihr taten alle Knochen weh vom Auspacken der Kartons, aber sie konnte trotz Erschöpfung einfach nicht schlafen. Die Geräusche waren fremd. Die Bäume vor den Fenstern warfen unheimliche Schatten in ihr Zimmer, die sich leicht hin- und herbewegten, als wären sie auf dem Boden kriechende Geister, die alle schönen Gedanken fraßen.

Das Wochenende in Amsterdam hallte in ihr nach. Heute Morgen erst hatte sie den ersten Flieger nach München genommen und den ganzen Tag damit verbracht, ihr Zimmer einzurichten. Ihre Bücher waren jetzt alle ausgepackt und stapelten sich in Ermangelung eines Regals auf dem Boden.

Sie hatte es immerhin geschafft, ihr Bett aufzubauen. Elli hatte sie mit einem erstaunlich gut ausgestatteten Werkzeugkoffer tatkräftig unterstützt. Der Tag war so voll gewesen, dass sie noch überhaupt keine Zeit gehabt hatte anzukommen. Die Seele reist immer langsamer als der Körper. Valerie stellte sich vor, wie ihre Seele noch in Amsterdam zwischen den Grachten herumflog. Vielleicht schwebte sie in die kleine Bäckerei und setzte sich zu Ted an den Tisch.

Sie hatte insgeheim gehofft, ihn noch einmal zu treffen, und überall heimlich nach ihm Ausschau gehalten. Aber sie würde ihn ja wiedersehen. In zehn Jahren. Sie lächelte bei diesem Gedanken, bis die Schattengeister ihn wegfraßen und nur das Gefühl, in diesem Zimmer fremd zu sein und nicht hierherzugehören, übrig blieb.

Sie stand auf und schlich sich in die Küche. Ihr Herz setzte aus, als sie am Küchentisch im Dunkeln eine Gestalt sitzen sah.

»Willst du auch einen Chai?«

»Elli, ich hab fast einen Herzinfarkt bekommen. Sitzt du immer nachts ohne Licht in der Küche?«

»Oft.« Elli zündete eine Kerze an. »So besser?«

Valerie nickte und setzte sich seufzend neben sie.

»Kannst du nicht schlafen?«, fragte Elli mitfühlend.

Valerie schüttelte den Kopf. »Es war einfach ein bisschen viel heute.«

Elli stand auf und bediente routiniert den Wasserkocher. »Ich bin oft nachts wach. Ich brauche nicht so viel Schlaf, und ich mag die Nachtgedanken, die man dann so hat.«

»Du magst sie? Ich finde sie eher beängstigend.«

Elli lächelte weise und goss den Tee auf. In ihrem Schlaf-T-Shirt ohne die rot geschminkten Lippen wirkte sie viel jünger. Auf ihrem Shirt war ein Bild von David Bowie. Valerie erinnerte sich daran, dass Björn seine Musik »arrogant« fand und sie deshalb aufgehört hatte, seine Songs zu hören. Sie würde gleich morgen wieder damit anfangen. Sie sollte sich eigentlich frei fühlen in ihrem neuen Zuhause. Stattdessen spürte sie einfach nur Heimweh nach einem Leben, das es nicht mehr gab.

»Das dauert«, sagte Elli leise, die ihre Gedanken erraten hatte, und stellte ihr den Chai hin.

»Wird man davon nicht erst recht wach?« Valerie zeigte auf die Tasse.

»Der ist ohne Schwarztee, nur Gewürze.« Sie reichte ihr Mich und Honig.

Valerie nahm einen Schluck und fühlte sich gleich ein bisschen besser. Das haben heiße Getränke mit Honig so an sich.

Elli saß ihr lächelnd gegenüber und wartete einfach mit Valerie zusammen, bis ihre Seele ein bisschen ankam.

Roman ließ sich stöhnend auf den Boden fallen. »Ich hasse Squash!«

Ted brach neben ihm zusammen und röchelte: »Ich auch.«

Eine Weile stöhnten und atmeten sie vor sich hin, bis sich Ted zum Sitzen aufrichtete. »Warum spielen wir es überhaupt?«

»Weil es anstrengend ist. Und das ist gut.« Roman streckte seine langen Glieder aus und füllte damit gefühlt den ganzen kleinen Squash-Raum aus.

Ted klopfte ihm spielerisch mit seinem Schläger auf die Arme, und Roman krümmte sich, als hätte er ihn mit einer Axt geschlagen.

»Du bist so ein Lappen, Alter!« Ted wischte sich den Schweiß von der Stirn. Seine nassen Haare hingen ihm bis in die Augen.

Von außen klopfte jemand unsanft an die Scheibe. »Seid ihr Ladys da drinnen mal fertig?« Die nächsten Spielpartner forderten ihren Squashplatz ein.

So ist Amsterdam, dachte Ted. Nie hast du irgendwo Platz oder Zeit. Alles ist durchgetaktet, alles ist voll.

Sie schleppten sich in die Dusche. Ted ließ das warme Wasser über seinen Rücken laufen und vermied es, in Romans Richtung zu gucken, der zwei Meter neben ihm duschte. Sein langer, dünner Körper erinnerte ihn daran, wie die anderen Jungs in der Grundschule Roman früher immer geärgert hatten. Er war damals klein und schmächtig mit einem winzigen Penis, und das fanden seine Schulkameraden damals Grund genug, ihn nass und nackt durch die Luke auf das Schuppendach zu schubsen.

»Dann kriegt der kleine Pimmel mal etwas Sonnenlicht ab, vielleicht wächst er dann!«, hatte der Anführer der Bande gegrölt.

Ted hatte hilflos danebengestanden. Die Luke war bewacht worden, und er hatte nicht den Hauch einer Chance gehabt. Er war selber nicht der Größte und dazu noch eher zurückhaltend und schüchtern.

Aber da draußen hatte sein Freund gesessen, alleine und nackt, und er hatte Hilfe gebraucht.

»Mein Pimmel ist auch winzig!«, hatte er der Bande entgegengerufen.

»Na, dann kannst du direkt zu dem Loser aufs Dach!«

Sein Plan war hervorragend aufgegangen. Er wurde gepackt und ebenfalls durch die Luke geworfen. Sie hatten sich glücklicherweise nicht mal die Mühe gemacht, ihm sein Handtuch abzunehmen.

Er hatte Roman auf dem Bauch liegend gefunden, damit er von den Kindern auf dem Schulhof nicht gesehen wurde. Ted hatte ihm auf die Schulter getippt und ihm ein Stück von seinem Handtuch angeboten.

Zu zweit hatten sie dann nackt unter einem Handtuch auf dem Schuppendach gesessen und sich Witze erzählt, bis der Hausmeister sie befreit hatte.

Sie mussten nachsitzen, weil sie nicht erklären konnten, warum sie unerlaubterweise und auch noch ohne Kleidung auf dem Dach saßen. Ted fragte sich damals, ob die Erwachsenen wirklich so bescheuert waren zu glauben, es sei ihre Idee gewesen, oder ob sie dafür bestraft wurden, die Täter nicht verraten zu haben. Hätten sie das getan, wären die nächsten Jahre noch anstrengender für sie gewesen.

Ted nahm sich damals vor, die Gesetze des Schulhofes nicht zu vergessen, um es seinen Kindern später einmal leichter zu machen mit solchen Dingen. Noch ging Joris nicht in die Schule, aber wenn es so weit war, würde Ted für ihn da sein.

»Gehen wir noch was essen? Ich hab Hunger!«

»Du hast immer Hunger.«

»Das ist normal für einen Mann meiner Größe.« Roman stolzierte neben ihm her aus der Halle heraus.

Sie gingen ins *Little Tiger* und bestellten beide, ohne auf die Karte zu gucken, ihr Lieblingsgericht. Ted nahm immer die Ente. Er liebte Ente, und Roman nahm immer Hühnchen mit Erdnusssoße.

Automatisch hielt Ted Ausschau nach Valerie. Ihr Treffen war inzwischen eine Woche her, aber er konnte einfach nicht glauben, dass es das jetzt gewesen sein sollte.

»Psst, da hinten, das ist sie!«, zischte Roman, nur um ihn zu ärgern.

Ted reagierte sofort, ohne dachzudenken, und verriet sich so.

Roman schüttelte den Kopf. »Alter, das ist jetzt wieder so eine fixe Idee von dir, oder?«

»Mir gefallen da gleich zwei Sachen nicht in deinem Satz, *fixe Idee* und *wieder*. Was willst du sagen?«

»Ich will sagen, dass du spinnst. Du suchst dir immer Gründe, um unglücklich zu sein.« Das war sogar für Roman ein echt harter Satz.

»Ich suche mir Gründe, um unglücklich zu sein?«, wiederholte Ted sauer und ließ seine Gabel sinken.

»Frauenmäßig nur«, beschwichtigte Roman. »Die ganze Geschichte mit Johanna – das war zu lang. Das hat dich so viel Lebenszeit gekostet. Ich versteh das – ihr habt ein Kind und so. Aber du warst das letzte Mal glücklich verliebt in der zehnten Klasse, Mann!«

»In Johanna!«, sagte Ted triumphierend.

»Das steht aber in keinem Verhältnis! So viele Jahre Unglück für so ein bisschen Glück.«

Die Worte trafen Ted. Da war etwas Wahres dran.

»Du hast eins vergessen: Joris. Das war jedes Unglück wert.«

Roman nickte und klopfte Ted auf die Schulter. »Aber mach jetzt nicht wieder den gleichen Fehler, so lange einer Frau nachzuhängen, die du nicht haben kannst. Leb mal ein bisschen!«

Ted schaute ihn an. Seine Augen blitzten. »Gehst du mit mir aufs Oktoberfest?!«

Lena und Valerie setzten sich auf die verpackten Kartons mit Bücherregalen und bissen in ihre Hotdogs. Das war immer das Beste an einem Möbelhaus-Einkauf. Die heiße Wurst in dem labberigsten Brötchen der Welt, mit viel Ketchup und Röstzwiebeln.

»Weißt du, wie viele Keime sich in dem Gurkenfach da befinden?« Lena zeigte auf die Selbstbedienungsbar.

Solche Informationen, die man nun wirklich nicht haben wollte, bekam man haufenweise von Lena.

Manchmal fragte sich Valerie, wie ihre Freundin wohl früher in der Schule gewesen war. Vermutlich so eine Hermine Granger, die alles besser wusste. Valerie hatte Lena bei einem Yogakurs kennengelernt, den sie beide nur ein einziges Mal besuchten und anschließend gemeinsam schwänzten und lieber in Cafés rumhingen und quatschten.

»Sag es mir nicht«, protestierte Valerie schwach, weil sie schon wusste, Lena würde diese Information über ihr ausschütten, ob sie nun wollte oder nicht.

»Millionen! Das haben die mal getestet.« Lena nickte wissend und biss dann fröhlich in ihre Wurst, die mit ziemlich vielen dieser infizierten Gurken bedeckt war. Gruselige Informationen schienen immer nur für andere zu gelten, Lena selbst schien gegen alles immun zu sein. Vermutlich glaubte sie sogar, die Millionen Keime hielten sich nur in der einen Hälfte des Gurkenfachs auf, sodass sie nicht in Gefahr war, wenn sie aus der anderen Hälfte welche nahm.

»Als ob«, sagte Valerie.

»Als ob, was?«

»Na, als ob die das testen, feststellen, da sind Millionen Keime drin, und dann nichts daran ändern.«

»Überall sind Keime«, erklärte Lena wenig logisch.

Ohne es zu wollen, musste sich Valerie jetzt die ganze Welt mit Keimen vorstellen. An den Griffen der Einkaufswagen und an den Türen und den Tischen und … Sie stoppte diese Gedanken gewaltsam.

»Ich seh jetzt überall Keime, dank dir!«, beschwerte sie sich bei ihrer Freundin. »Zur Strafe baust du jetzt das ganze Regal mit mir auf!«

Lena grinste. Es machte ihr heimlich Spaß, andere mit ihren Horrorgeschichten zu schockieren.

»Erst mal müssen wir das alles in dein kleines Auto kriegen.«

Das war tatsächlich eine schier unlösbare Aufgabe. Sie mussten die Hälfte der Sachen auspacken und dann Tetris waagerecht spielen. Lena reichte Valerie Teil für Teil, und sie verstaute es so geschickt im kleinen Auto, dass am Ende alles reinpasste außer Lena. Den Beifahrersitz hatten sie ganz nach vorne geschoben und zusätzlich noch mit Kissen, Brettern und Pflanzen vollgestellt. Selbst eine kleine Katze hätte Mühe gehabt, sich noch dazuzuquetschen.

Valerie sah sie hilflos an. »Und jetzt?«

Lena öffnete mit großer Geste den Kofferraum und schlängelte sich dann zwischen die ganzen Holzlatten.

Valerie schloss vorsichtig die Klappe und setzte sich auf den Fahrersitz. Rechts und links von ihr ragten lange Holzlatten beinahe bis an die Scheibe.

»Es ist total gefährlich, so zu fahren«, sagte sie zu Lena, die irgendwo zwischen den Latten am Autodach klebte.

»Wusstest du, dass in sechzig Prozent aller tödlichen Verkehrsunfälle die Leute nicht angeschnallt waren?«, tönte es dumpf aus dem Berg von Sachen hinter ihr.

»Dann schnall dich mal lieber an, ich fahr jetzt los.«

Valerie lenkte das Auto so vorsichtig wie möglich und fuhr mit großem Sicherheitsabstand zum Vordermann.

»Das Gute ist, dass ich gar nicht durch die Scheibe fliegen kann. Platzmäßig unmöglich.«

»Na, das beruhigt mich ja jetzt.«

»Musik!«, verlangte die Stimme hinter ihr.

Das Radio spielte alte Hits aus den Neunzigern, und beide sangen mit. Sie kamen heil an Valeries Wohnung an. Es gab keinen Aufzug, also mussten sie jedes Teil die Treppe hochschleppen.

»Kann man euch vielleicht helfen?«

Der Mann in Jeansjacke stellte diese Frage zwar, wartete ihre Antwort aber gar nicht ab, sondern schnappte sich ein paar Teile und kam direkt mit die Treppe hoch.

Es war richtig viel Arbeit, alles nach oben zu tragen, und als sie alle schwitzend und schnaufend oben standen und endlich alles in Valeries Zimmer war, kam es ihr sehr unhöflich vor, ihn nicht noch auf ein Getränk in die Küche einzuladen.

Er hieß Markus, sah absolut unauffällig aus, war höflich und nett, und trotzdem wäre es Valerie lieber gewesen, er wäre nach der Cola auch wieder gegangen.

»Den Aufbau schaffen wir alleine«, sagte sie und stand auf in der Hoffnung, er würde den Wink verstehen.

»Okay, dann geh ich mal«, sagte er und klang etwas enttäuscht.

»Valerie ist Single, und wir wollten heute Abend ins Kino gehen, aber ich kann nicht, also wenn du Lust hast, freut sie sich bestimmt, wenn du mitgehst!«, sagte Lena aus heiterem Himmel und strahlte beide an.

Markus war hocherfreut, und Valerie biss die Zähne zusammen, bis er aus der Tür war.

»Sag mal, bist du eigentlich total bescheuert? Was sollte das?! Aus der Nummer konnte ich nicht mehr aussteigen!«

»Das war mein Plan.« Lena sah sehr zufrieden aus. »Du musst mal ausgehen, das hilft am allerbesten gegen Liebeskummer. Du musst ihn weder heiraten noch mit ihm ins Bett gehen. Einfach nur einen netten Abend haben.« Lena hatte Björn von Anfang an nicht leiden können. Sie hatte Valerie sofort unterstützt, als der Anruf kam, dass sie sich von ihm trennte. Der nächste Mann in Valeries Leben würde nicht so ein arroganter Arsch sein, dafür würde sie sorgen.

»Ich will nicht mit diesem Markus einen netten Abend haben. Außerdem muss ich das Regal aufbauen!«

»Das machen wir!«, Elli erschien mit dem Akkuschrauber in der Hand. Sie trug einen knallgrünen Petticoat mit Ringelshirt und Ringelsocken. Mit dem Akkuschrauber in der Hand sah sie einfach nur witzig aus.

Valerie seufzte. »Fürs Protokoll – ich gehe nicht freiwillig, sondern nur weil ich gezwungen werde!«

»Ja, du hast echt miese Freundinnen. Die bauen dir Regale auf, während du ins Kino gehst. Ganz schlimm!«, sagte Lena.

»Du hast ein Talent, die Dinge zu verdrehen!«

»Und du hast ein Talent, dich anzustellen. Los, geh duschen!«

Er kaufte ihr Popcorn und stellte ihr viele Fragen. Er tat sehr interessiert, als Valerie von ihrem Waschsalon erzählte, und mitten im Film legte er vorsichtig den Arm um sie. Er war ein total harmloser und netter Kerl. Und genau das fand sie furchtbar.

Sie hörte die Stimme ihrer Schwester in ihrem Kopf, die ihr sagte, sie sollte doch einfach mal eine Sache in ihrem Leben richtig machen.

*Lass dich doch mal mit einem netten Kerl ein.*

Valerie gab sich Mühe. Sie ließ seinen Arm, wo er war, und willigte ein, nach dem Film noch an der Isar spazieren zu gehen. Vielleicht stellte sich ja noch etwas Kribbeln ein, wenn sie dem Ganzen eine echte Chance gab.

Plötzlich musste sie an den blonden Holländer denken. Bei ihm war jeder Blick, jedes Wort und jede Berührung ein Feuerwerk gewesen. Offensichtlich hatte es nicht nur daran gelegen, dass sie seit Monaten keinen Sex mehr hatte. Bei Markus passierte überhaupt nichts, obwohl er gut gebaut war und sich jede Menge Mühe machte, sie ständig zufällig zu berühren.

In Gedanken an Ted ließ sie zu, dass er ihre Hand nahm. Es war ein schöner Abend. Die Sonne war gerade untergegangen, es war warm, und an den Isarauen tummelte sich ganz München. Der Himmel vertiefte sein sanftes Blau zu einem kräftigen Blau. Die ersten Sterne waren zu sehen.

Ein Stück vor ihnen kam ein Pärchen eng umschlungen auf sie zu. Die Gestalt des Mannes kam ihr seltsam vertraut vor. Es war zu spät, um auszuweichen oder umzudrehen. Sie würden sich unweigerlich begegnen. Sie und Markus Hand in Hand und Björn mit seiner neuen Flamme eng umschlungen. Sie fasste Markus Hand fester, als sie sah, dass Björn sie erkannte. In seine Augen trat ein panischer Ausdruck.

Na, dem würde sie es zeigen. *Ice, ice, Baby*, sagte sie sich innerlich, um so cool wie möglich zu sein.

Björn sah gut aus, besser, als sie ihn in Erinnerung hatte. Es war ein kaltes Gefühl im Bauch, ihn Arm in Arm mit einer anderen zu sehen. Die Frau war hübsch, etwas zu gestylt, aber das passte zu ihm.

»Hi, Björn!«

»Oh, hallo, Valerie, was für eine Überraschung!« Björn tat erfreut und umarmte sie übertrieben freundlich. Automatisch machte sie einen Schritt rückwärts, was die ganze Umarmung etwas lächerlich wirken ließ.

»Jenny, das ist meine Cousine Valerie!« Björns Augen flehten sie an.

Cousine?! Hatte der noch alle Latten am Zaun? Vermutlich dachte er, es wäre auch in ihrem Interesse, sich jetzt nicht als getrennte Ehepartner zu outen. Tatsächlich war diese Variante die einfachste, weil sie dann nicht mit Markus über ihre Trennung sprechen musste. Sie hatte den ganzen Abend möglichst alles Persönliche vermieden. Nur den Waschsalon hatte sie erwähnt.

Sie beschloss, das Spiel mitzuspielen.

»Du hast mir gar nicht erzählt, dass du eine Cousine hast, die in München wohnt!« Jenny knüllte Björns Lippen zu einer Schnute zusammen und küsste ihn. »Wir sollten was zusammen trinken gehen!«, strahlte sie.

»Nein!«, kam es einstimmig von Björn und Valerie.

»Ach kommt schon, das wird lustig!« Markus legte einen Arm um sie und lief los Richtung Corneliusbrücke.

Sie landeten in einem Café am Gärtnerplatz, in dem Björn und Valerie oft zu Abend gegessen hatten, als sie noch zusammenwohnten.

Jenny knuffte und herzte Björn alle paar Minuten, und auch Markus fing an, ständig an ihr herumzufingern. Ich sollte einfach aufstehen und gehen, dachte Valerie und blieb sitzen. Ein wenig genoss sie Björns gequälte Blicke, die sie auf Markus zurückführte, und deshalb ließ sie ihn gewähren und nahm auch ab und zu seine Hand.

Björn entschuldigte sich und ging auf die Toilette. Valerie nutzte die Gelegenheit, um an ein paar Informationen zu kommen.

»Wie habt ihr euch denn kennengelernt?«, fragte sie scheinbar beiläufig.

»Oh, das ist eine witzige Geschichte – Björn war beruflich in Budapest und ich auch, wir hatten im Hotel unsere Zimmer nebeneinander, und na ja – es musste einfach passieren!« Sie nahm einen Schluck Wein und lächelte bei dem Gedanken daran.

Valerie war verwirrt. Soviel sie wusste, war Björn nur einmal beruflich in Budapest gewesen, und zwar vor zwei Jahren.

»Ihr wirkt so frisch verliebt, seit wann seid ihr denn zusammen?«

Jenny setzte ein geheimnisvolles Gesicht auf. »Du bist nicht zufällig mit seiner Ex-Frau befreundet?«

»Ich? Nein, null, die konnte ich nie leiden – diese Schlampe!« Valerie fand, sie trug zu dick auf.

Aber Jenny kaufte es ihr ab und fuhr mit gesenkter Stimme fort: »Wir haben seit zwei Jahren schon eine Affäre, aber seit die Olle ausgezogen ist, wohnen wir zusammen, ist das nicht toll?!«

Valerie sah sie entsetzt an. Das konnte nicht wahr sein. Andererseits machte jetzt alles noch viel mehr Sinn. Björns ewige Nörgeleien, die langen Abende im Büro, alles passte zusammen.

»Ich weiß, ich weiß. So was macht man nicht«, sagte Jenny mit einer lustig verstellten Stimme. »Aber wo die Liebe eben hinfällt!« Sie lachte zu laut und schwenkte selbstzufrieden ihr Glas.

Valerie starrte auf ihre angeklebten Fingernägel und die langen, glatten schwarzen Haare. »Ich finde, ihr passt toll zusammen!«, sagte sie mit einer tonloseren Stimme, als ihr lieb war.

Markus sah etwas besorgt zu ihr herüber, während Jenny, die schon ihr zweites Glas Wein trank, nichts bemerkte.

Björn kam zurück an den Tisch, und dann ging alles sehr schnell.


Elli und Lena applaudierten. Sie saßen in ihrem Zimmer auf dem Boden neben dem aufgebauten Regal. Es war weit nach Mitternacht.

Markus hatte sie schweigend nach Hause gebracht und am Ende nur gesagt: »Wenn du drüber reden willst, ruf mich an!«

Er tat ihr leid. Schließlich war er ganz unschuldig in den ganzen Wahnsinn mit hineingeraten, und sie hatte ihm durch das Händchenhalten vermutlich echte Hoffnungen gemacht.

»Du hast Björn sein ganzes Glas Radler über den Kopf geschüttet? Ich brauch unbedingt mehr Details!« Lena war begeistert von diesem Teil ihrer Geschichte.

»Björn kam zurück von der Toilette und setzte sich. Der Kellner kam und brachte ihm noch ein Glas Radler, und ich habe überhaupt nicht nachgedacht und es einfach genommen und es ihm ins Gesicht geschüttet. Das glaubt man gar nicht, wie viel in so einem Glas ist. Er war komplett nass. Haare, Hemd, alles.«

»Und dann? Was hast du gesagt?«

»Ich hab Jenny gefragt, ob er beim Sex noch diese Grunzgeräusche macht, und sie fragte ihn entsetzt: ›Du hast mit deiner Cousine geschlafen?‹«

Elli und Lena kugelten sich vor Lachen. Valerie musste auch grinsen, obwohl sie immer noch vor Aufregung zitterte.

»Und was hat er gesagt?«

»Nichts, er hat nur wütend geguckt.«

»Das war das Beste, was du tun konntest!« Lena klopfte ihr anerkennend auf den Rücken. »So ein Schwein!«

Elli machte ein paar Grunzgeräusche, und alle lachten.

Als Valerie später alleine im Bett lag und die Schattengeister durch ihr Zimmer spukten, kamen die Tränen. Sie weinte und konnte nicht mehr aufhören.

# Erkenntnisse

Herr Peters Waschsalon war seit 1980 eine Institution in München. Valerie kannte ihn nicht. Sie hatte sich 2005 als Studentin auf eine Anzeige bei ihm gemeldet, in der eine Mitarbeiterin gesucht wurde. Frische Wäsche konnte nicht schaden, hatte Valerie gedacht und die Nummer angerufen. Ohne Umschweife wurde ihr eine Uhrzeit und eine Adresse genannt.

Nie würde sie vergessen, wie es war, als sie das erste Mal den Waschsalon betreten hatte. Es roch nach Waschpulver. Die Maschinen drehten sich beständig. Ein paar Kunden lasen Zeitschriften oder tranken an der kleinen Bar einen Kaffee. Eine Frau legte emsig Wäsche zusammen. Der Ort strahlte eine tiefe Zufriedenheit aus.

Herr Peters, ein älterer Herr, begrüßte sie herzlich. Seine aufrechte Körperhaltung machte es schwer, sein wahres Alter zu schätzen, nur die vielen Fältchen um die Augen verrieten, dass er bestimmt schon um die siebzig war.

Er bat sie nach hinten in ein kleines, enges Büro. Zu ihrem Erstaunen stapelten sich hier überall Bücher. Sie entdeckte einige Klassiker, Brecht, Jane Austen ... Aber es gab auch moderne Romane wie *Harry Potter* oder *Die Frau des Zeitreisenden*. Herr Peters bot ihr den einzigen Stuhl an und setzte sich dann, in Ermangelung einer Sitzgelegenheit, auf den Schreibtisch. Dazu musste er einige Bücher wegschieben.

»Ich lese gerne«, sagte er entschuldigend. »Man liest automatisch, wenn man viel in einem Waschsalon arbeitet. Nicht, dass man nichts zu tun hat, es ist die Atmosphäre, die einen dazu bringt.«

Valerie lächelte. »Das ist schön«, sagte sie. »Ich lese auch gerne.«

»Was lesen Sie?«

Valerie zuckte mit den Schultern. »Eigentlich alles. Es muss mich fesseln, da ist es mir egal, ob es ein Sachbuch ist oder ein Krimi.«

Herr Peters schaute sie interessiert an. Seine grünen Augen hielten Blickkontakt. Valerie wartete auf eine Einleitung des Bewerbungsgesprächs, doch Herr Peters ließ sich Zeit.

»Sie sind jung«, stellte er fest.

»Ich bin 24.«

Er nickte und schaute ihr weiter fest in die Augen. »Spielen Sie Klavier?«

Valerie konnte nicht einschätzen, was diese Frage mit der Arbeit in einem Waschsalon zu tun hatte.

»Als Kind habe ich mal gespielt. Jetzt nicht mehr.«

»Sie sollten wieder damit anfangen.« Er klang wie ein Orakel.

»Warum? Haben sie hier zufällig ein altes Klavier rumstehen?«

Er grinste. »Klavier spielen macht frei.«

»Ich fand es eher anstrengend früher, die ganze Überei.«

Er stand plötzlich auf und verließ den Raum. Valerie blieb unschlüssig sitzen. Er lehnte sich mit seinem Oberkörper durch die Tür in das Büro. »Na los, kommen Sie mit!« Seine Augen glitzerten wie bei einem Kind, das seine Weihnachtsgeschenke zeigen will.

Sie gingen einen langen Flur entlang. Am Ende des Flures führte eine schmale Treppe nach oben. Er ließ ihr den Vortritt. Oben angekommen, befanden sie sich auf einem Dachboden, der komplett leer war – bis auf ein Klavier in der Mitte des Raumes. Der ganze Dachboden war eher dunkel, nur das Klavier erstrahlte in einem Lichtkegel. Es stand direkt unter dem einzigen Dachfenster und wurde von oben beleuchtet wie von einem Scheinwerferspot.

»Wow«, entfuhr es Valerie.

Herr Peters lächelte geschmeichelt und setzte sich auf den Klavierhocker. Valerie kam näher. Er fuhr mit den Fingern zärtlich über die Tasten, bevor er anfing zu spielen.

Die Melodie war heiter und unbeschwert. Seine Finger glitten mühelos über die Tasten. Die meiste Zeit über sah er nicht auf seine Hände, sondern in ihr Gesicht. Er war gut, sogar sehr gut, soweit Valerie das beurteilen konnte. Sie kannte das Stück nicht, aber es rührte sie, und sie hatte alle Mühe zu verbergen, was die Musik bei ihr bewirkte.

Als er fertig war, schwiegen sie und warteten, bis sich die Melodie über den Dachboden dahin verflüchtigt hatte, wohin Melodien gehen, nachdem sie gespielt wurden. Vielleicht gibt es einen Ort, an dem sie warten, bis sie wieder dran sind zu erklingen.

»Das war großartig, haben Sie mal professionell gespielt?«

Herr Peters hatte damals nicht auf ihre Frage geantwortet. Erst einige Jahre später bekam sie heraus, dass er Musik studiert hatte und jahrelang in Paris in Kneipen und Cafés aufgetreten war.

Statt einer Antwort hatte Herr Peters sie gefragt, ob sie Montag anfangen könnte.

Sie sagte zu, obwohl er mit keinem Wort die Art der Arbeit oder die Bezahlung erwähnt hatte. Er stellte als einzige Bedingung, dass sie jeden Tag nach der Arbeit eine Viertelstunde Klavier spielen sollte.

»Eine Viertelstunde nur?«

»Eine Viertelstunde«, bestätigte er. »Immer. Immer wenn Sie hier sind, spielen Sie anschließend Klavier.«

»Das kann ich gerne machen, aber Sie sollten sich da keine großen Hoffnungen machen, ich bin nicht besonders gut oder talentiert.«

Er lächelte. »Talent wird überschätzt. Man muss spielen. Das ist das ganze Geheimnis. Wir sehen uns Montag!« Mit diesen Worten verließ er den Dachboden, und als Valerie die enge Treppe herunterkam, war er nirgends mehr zu sehen.

Sie ging durch den Waschsalon zum Ausgang. Die Frau, die die Wäsche gefaltet hatte, war gegangen. Die Maschinen drehten und schleuderten weiter. Ein paar Kunden tranken Kaffee, einige waren in ein Buch vertieft. Valerie lief durch diesen tief zufriedenen Ort, sog den Geruch des Waschpulvers ein und fragte sich, ob sie da oben auf dem Dachboden gerade mit einem Geist gesprochen hatte oder ob es den wunderlichen Herrn Peters wirklich gab und sie soeben das seltsamste Jobangebot ihres Lebens bekommen hatte.


Ted hatte herausgefunden, dass das Münchner Oktoberfest im September stattfand. Zwei Monate würde er noch warten müssen, bis er die Chance hatte, Valerie zufällig dort zu treffen. Sicher, er würde Glück brauchen, aber er fand, das hätte er jetzt mal verdient.

Sein letztes Wochenende mit Joris war schön gewesen. Ein Kind hält einen im Jetzt. Er hatte kaum Zeit gehabt, an Valerie zu denken. Nur als er mit Joris am Meer war und kleine Krebse gefischt hatte, musste er unwillkürlich an das Mädchen denken, das

das Meer so liebt. Die Weite, der Wind, die Wellen. Er konnte ihre Sehnsucht nachvollziehen und genoss den Tag am Strand bewusster. Er hatte mit Joris eine riesige Sandburg gebaut und sein helles Lachen für die kommenden Tage ohne ihn gesammelt.

Sein hellblondes Haar flatterte im Wind, während er ernsthaft Muscheln auf die Zugbrücke dekorierte. Er sah ihm selbst viel ähnlicher als seiner Mutter. Nur die braunen Augen mit den dichten Wimpern, die so todernst blicken konnten, die waren unverkennbar Johannas.

Er war wie immer im Türrahmen stehen geblieben, als er Joris bei ihr abgeliefert hatte. Er hatte ihm einen großen, aufblasbaren Delfin gekauft, den Joris jetzt in seinem voluminösen Zustand freudig seiner Mutter entgegenhielt.

»Der ist ja toll«, sagte sie zu ihm und drückte das Kind mit dem großen Schwimmtier an sich. Über Joris Schulter hinweg traf ihn ihr anklagender Blick. Den bekam er fast immer, wenn er ihren Sohn zurückbrachte. Oft waren es Kleinigkeiten, über die sich Johanna ärgerte, und diesmal war es eben ein großer, aufgeblasener Delfin.

Ted versuchte, ihre Blicke nicht allzu persönlich zu nehmen. Sie war eben auch alleine in der viel zu leeren Wohnung, wenn Joris bei ihm war. Außerdem war es keine gerechte Aufteilung. Sie war für den Alltag zuständig und er der Wochenendspaßpapa. So nannte Johanna ihn, wenn sie ihm wieder vorwarf, dass er mit Joris nur Pizza essen ging und kein Gemüse für ihn kochte, ihn zu spät ins Bett gehen ließ und seine Müdigkeit am nächsten Tag mit Eis kurierte.

»Jetzt schleppst du mir hier ein riesiges Gummitier an. Vielen Dank auch«, sagte ihr Blick.

»Das stimmt. Aber wir haben auch eine Höhle im Wohnzimmer gebaut, und Joris hat mir erzählt, dass er nachts manchmal Angst hat alleine in seinem Bett, und er durfte bei mir im Arm schlafen, die ganze Nacht in unserer kleinen Höhle. Am Strand habe ich ihn dreimal eingecremt mit der Sonnencreme, die du empfohlen hast, und ich habe ein Wetttrinken mit ihm veranstaltet, damit er genug Wasser trinkt. Ich bin kein schlechter Vater«, versuchte er ihr mit den Augen zu antworten.

»Willst du noch auf einen Kaffee reinkommen?«

Ted reagierte nicht gleich. Die Frage war absolut untypisch. Normalerweise sprang Joris in die Wohnung, während sie im Flur leise die wichtigsten Informationen austauschten oder sich im Flüsterton über alles stritten, was Ted nicht gut genug machte.

Er war lange nicht in der Wohnung gewesen und stellte erleichtert fest, dass sich nichts verändert hatte. Dasselbe graue Sofa mit denselben bunten Kissen. Als er sich setzte, stand schon sein *Koffie verkeerd* für ihn bereit. Johanna setzte sich nervös und sprang gleich danach wieder auf, lief in die Küche und kam mit einer Packung seiner Lieblingskekse wieder.

Joris turnte aufgedreht zwischen ihnen rum. Er spürte die Spannung zwischen seinen Eltern.

»Magst du im Schlafzimmer Fernsehen gucken?«, fragte Johanna.

Joris sprang begeistert um den Tisch.

Ted wurde heiß und kalt. Den Fernsehtrumpf zog Johanna nur selten, und dass er hier plötzlich seine Lieblingskekse bekam, nachdem er zwei Jahre lang keinen Fuß über die Türschwelle setzen durfte, machte ihm kein gutes Gefühl.

Johanna kam zurück und strich ihr gelbes Kleid glatt. Sie trug ihre schulterlangen braunen Haare in einem unordentlichen Pferdeschwanz. Ted mochte die Frisur an ihr. Sie war hübsch, das stellte er jedes Mal aufs Neue fest, seit so vielen Jahren.

Ihre braunen Augen suchten seine. Da war er, der todernste Johannablick. »Ted, ich habe jemand kennengelernt.«

Valerie beendete ihren Arbeitstag im Waschsalon immer noch mit einer Viertelstunde Klavier spielen. Herr Peters hatte sie anfangs dazu verpflichtet, und inzwischen war es so eine liebgewonnene Gewohnheit geworden, dass sie es sich gar nicht mehr ohne vorstellen konnte.

Das Klavier müsste dringend gestimmt werden, und sie müsste sich auch dringend mal an neue Stücke wagen, aber sie wollte diesen Übergang zwischen der Realität im Waschsalon und dem Leben, das nicht nach Waschpulver roch, einfach nur genießen und hier nicht auch noch Pflichten haben.

Sie spielte ein paar Bluesstücke und genoss die Disharmonien. Ihr Ärger auf Björn hatte in den letzten Wochen so richtig Fahrt aufgenommen, was dazu führte, dass Valerie sich mit einigen Männern verabredet hatte. Vermutlich konnte man sich gar nicht verlieben, wenn man so sauer war, aber Elli und Lena waren sich sicher, es sei das Richtige für sie.

Allerdings kam sie jedes Mal frustriert nach Hause und berichtet Elli dann in der Küche davon, wie gruselig der Abend gewesen war.

Sie hatte einem allerletzten Date zugestimmt, das heute Abend stattfinden würde. Elli hatte einen alten Schulfreund ausgegraben, der es lustig fand, sich auf ein Blind Date zu verabreden.

Valerie klappte den Klavierdeckel schwungvoll nach unten und beeilte sich, die enge Treppe herunterzulaufen. Sie war schon spät dran, das Aufhübschen würde ausfallen.

Ulf wartete vor dem Restaurant auf sie. Er war klein und hatte viel zu kurze dunkle Haare. Er sah aus, als würde er beim Militär arbeiten. Zur Begrüßung sah er demonstrativ auf seine Uhr.

Ernsthaft jetzt?, dachte Valerie, die keine fünf Minuten zu spät kam. Sie beschloss, sich nicht zu entschuldigen. Die Begrüßung fiel dementsprechend frostig aus.

Als sie sich an den Tisch setzten, betrachtete Ulf sie aus seinen braungrünen Augen abschätzend von oben bis unten. Valerie kam sich vor wie eine Stute auf dem Viehmarkt.

»Soll ich mich noch mal hinstellen, damit du sehen kannst, ob dir meine Beine passen?«, fragte Valerie halb im Scherz, halb im Ernst.

Ulf lächelte nicht, er seufzte stattdessen.

Die Kellnerin brachte ihm zu langsam die Karte, was er lautstark kommentieren musste. Als sie ihre Bestellung aufnahm, fragte er nach drei Gerichten, die alle nicht auf der Karte standen. Die Kellnerin verneinte jedes Mal lächelnd.

»WAS haben sie denn überhaupt?«, fragte er.

»Die Gerichte, die wir haben, stehen alle auf der Speisekarte. So ist das meistens in Restaurants«, sagte sie freundlich und ohne mit der Wimper zu zucken.

Valerie musste sich die Serviette vor den Mund halten, um nicht zu lachen.

Er bestellte umständlich und mit mindestens drei Extrawünschen. Valerie nahm einen Salat.

»Das bestellen Frauen ja immer«, kommentierte er.

»Was machst du beruflich?«, fragte er sofort, als sie wieder alleine am Tisch saßen, als würde er eine innerliche Liste mit Fragen abhaken.

»Ich wasche Wäsche.« Valerie formulierte es absichtlich so,

und wie sie erwartet hatte, rümpfte er die Nase, nur ganz leicht, aber sie sah es.

»Und du?«

»Ich arbeite bei Siemens als Controller.« Sie versuchte ebenfalls, leicht die Nase zu rümpfen, was ihr nicht wirklich gelang.

»Weißt du, was ein Controller macht?«, fragte er, als würde er mit einem Kind sprechen.

»Nein, aber es interessiert mich auch nicht.« Hatte sie das gerade wirklich laut gesagt?

»Dann hoffen wir mal, dass das Essen schnell kommt«, sagte er angesäuert.

Offensichtlich hatte sie ihn verärgert. So konnte der Abend nicht weitergehen.

»Entschuldige, ich bin ... sauer auf jemand anderen. Es ist unfair, das an dir auszulassen. Wollen wir noch mal anfangen?«

Er zuckte mit den Achseln.

»Ich bin Valerie, hallo. Es tut mir leid, dass du warten musstest. Was macht ein Controller?«

Ulf entspannte sich ein bisschen und erzählte lang und ausführlich, was genau er machte. »Das ist eine sehr wichtige Position, und daher verdiene ich auch ganz gut Geld.«

»Das ist ja schön für dich«, sagte Valerie, die nicht wusste, was sie sonst sagen sollte. »Und du kennst Elli also aus der Schulzeit?«, versuchte sie, ein anderes Thema anzuschneiden.

»Ja, wir hatten damals nicht so viel miteinander zu tun, aber ich habe ihr noch einen Gefallen geschuldet, weil sie mich damals in Französisch gerettet hat, damit ich keine Fünf bekomme, also bin ich hier.« Er breitete großzügig seine kurzen, behaarten Arme aus.

»Du bist hier, weil du Elli einen Gefallen schuldest?« Valeries

Stimme war jetzt gefährlich leise, was er nicht zu bemerken schien.

Er nickte selbstzufrieden.

Valerie stand auf. »Ulf, ich schulde Elli keinen Gefallen und dir auch nicht. Du bist tatsächlich der vorletzte Mensch in München, mit dem ich einen Abend verbringen möchte.«

Sie wartete seine Antwort nicht ab, sondern rauschte aus dem Restaurant. Aus den Augenwinkeln sah sie, wie die Kellnerin ihr einen Daumen nach oben zeigte.

Passend zur Stimmung begann es in Strömen zu regnen, als sie auf der Straße stand. Sie flüchtete sich ein paar Ecken weiter in einen kleinen Imbiss, der ein bisschen auf Diner machte, allerdings nicht wirklich konsequent. Die Tische waren silbern, man saß auf roten Plastiksofas, aber die Theke, an der man das Essen bestellte, sah einfach deutsch und etwas ranzig aus.

Valerie hatte keine Lust, Elli und Lena von ihrem Abend zu erzählen. Sie brauchte ein bisschen Zeit für sich. Das hier war der perfekte Ort, um etwas zu essen und nachzudenken. Sie bestellte Pommes rot-weiß. Es waren kaum Gäste anwesend. Sie setzte sich alleine an einen Tisch, verbrannte sich erst die Finger an den heißen Pommes und dann den Mund.

Sie schob den Teller von sich weg und nahm einen großen Schluck eiskalter Cola. Sie sah zu, wie der Regen in Sturzbächen an der Scheibe herunterlief. Ihre Haare waren feucht. Sie fröstelte und schloss den Reißverschluss ihres Kapuzenpullis. So ging das nicht weiter. Sie musste anfangen, ehrlich zu sich selbst zu sein.

Ulf war ein absoluter Idiot, aber bei den anderen Männern waren schon einige Nette dabei gewesen. Angefangen bei Markus. Er hatte sich nicht mehr bei ihr gemeldet, was nach dem schrägen Abend mit Björn und seiner Schnalle auch kein Wunder war.

Björns Affäre machte sie wütend, die Trennung machte sie traurig, aber das war nicht der Grund dafür, dass all die Dates völlig umsonst waren. Sie hatte mit Björn abgeschlossen, es war nur verletzter Stolz, der jetzt in ihr tobte. Aber hätte das nicht eher dazu führen müssen, dass sie sich den Männern an den Hals warf, statt an jedem etwas auszusetzen?

Diese Aufbruchsstimmung, die sie in Amsterdam gefühlt hatte, die Freiheit, die sie nach der Trennung empfunden hatte, wo war die hin?

Sie schaute in den Regen hinaus, der die Straße in einen kleinen Bach verwandelte.

Sie glaubte plötzlich, den Geruch von Zimt und frisch Gebackenem wahrzunehmen. Langsam öffnete sich eine Tür in ihrem Innern. Die kleine Bäckerei in Amsterdam. Valerie war, genau wie heute, vor dem Regen geflüchtet.

Die leckere Muschel mit Zitronenquark. Blaue Augen.

Teds blaue Augen, sein Lächeln, wie er den Kopf schief legte, wenn er über eine Frage nachdachte, die sie ihm stellte. Jeder Blick von ihm, jede Berührung hatte ein Feuerwerk in ihr entzündet. Eine heftige Sehnsucht überfiel sie. Sie wollte nicht irgendeinen Mann, sie wollte einen bestimmten. Es war nicht der perfekte Zeitpunkt gewesen, ihm zu begegnen. Aber das sucht man sich ja nicht aus.

Ted. Der blonde Holländer hatte in den zwei Stunden ihr Herz erobert, und sie hatte es nicht gemerkt oder nicht wahrhaben wollen. Er war der Mensch, mit dem sie jetzt zusammen Pommes essen wollte. Er war derjenige, dem sie nach einem schlechten Tag ihr Herz ausschütten wollte. Bei ihm am Tisch hatte sie sich zu Hause gefühlt. Warum fiel ihr das erst jetzt, zwei Monate später, auf?

Er ist das Bang und Zong, das Anne ihr immer vorwarf.

Sie musste ihn wiedersehen. Jetzt, nicht erst in zehn Jahren!

Fieberhaft versuchte sie sich an alle Informationen zu erinnern, die sie von ihm hatte. Er heißt Ted, ist 30 Jahre alt, er wohnt in Amsterdam und hat einen Sohn.

Sie wusste nicht einmal seinen Nachnamen.

Aber sie hatte eine Adresse. *Bake my day*. Dort hatten sie sich getroffen. Das bedeutete, dass er ab und zu dort war. Das war ihre Chance. Sie zog ihr Handy aus der Tasche und wählte die Nummer ihrer Schwester. »Anne, du musst noch mal mit mir nach Amsterdam. Es ist ein echter Notfall, und ich brauche dich!«

# Ein komplett schwachsinniger Plan

»Es ist ein komplett schwachsinniger Plan, Alter.«

»Jetzt hör auf, das zu sagen. Du langweilst mich.« Ted stellte demonstrativ das Radio lauter.

»Sag, dass du weißt, dass es ein komplett schwachsinniger Plan ist«, schrie Roman gegen das Radio an.

»Ich weiß, dass du weißt, dass es ein komplett schwachsinniger Plan ist!«, schrie Ted zurück.

Roman stellte das Radio aus. »Weiß ich auch. Und du auch. So dämlich bist nämlich nicht mal du.«

Dreizehn Kilometer lang sah Roman zufrieden durch die Scheibe auf die Straße. Sie waren seit Kurzem jenseits der Grenze, und es faszinierte ihn jedes Mal, wie schnell man hier in Deutschland fahren durfte.

»Fahr mal hundertachtzig!«, schlug Roman begeistert vor.

Ted trat auf das Gaspedal, und beide grinsten zufrieden, als die Zahl hundertachtzig auf dem Tacho erschien.

Roman hielt ihm die Hand hin für ein High five.

Ted schüttelte nur den Kopf und behielt beide Hände am Lenker. Er drosselte die Geschwindigkeit.

Es war nicht schwer gewesen, Roman zu diesem Trip zu überreden. Er hielt sich wie immer mit Gelegenheitsjobs über Wasser, und gerade hatte er keinen. Ted, der in einer Firma für die Funktion der Computer zuständig war, hatte sich leicht freinehmen können. Es kam oft vor, dass er von zu Hause aus arbeitete, dort Programme schrieb oder einen Laptop von Viren befreite. Es fiel ihm leicht, und er arbeitete schneller als seine Kollegen. So konnte er auch mehr Freizeit genießen, was ihm vor allem mit Joris zugute kam.

»Ich hab Hunger«, sagte Roman und wühlte im Handschuhfach nach Keksen.

»Du hast schon alles weggefressen, brauchst gar nicht zu suchen. Wir machen in Köln eine Mittagspause.«

»Köln«, stöhnte Roman, »das dauert ja noch mindestens eine Stunde! Hier, warum halten wir nicht in Aachen?« Er zeigte auf die Ausfahrt.

»Johanna hat einen anderen.«

»Echt jetzt?«

Ted nickte.

»Wen? Seit wann?«

»Hab ich alles nicht gefragt.«

»Dann gib mir die Infos, die du hast.«

Ted seufzte. »Sie hat jemand kennengelernt, in den sie sich wohl sehr verliebt hat, und es ist so ernst, dass sie mir das mitteilen wollte. Mehr weiß ich eigentlich nicht.«

»Und warum wollte sie dir das mitteilen? Wie schräg ist das denn?«

»Sie möchte, dass Joris ihn kennenlernt.«

»Oh.«

»Du sagst es.«

»Und«, Roman rappelte sich in seinem Sitz auf, auf dem er so weit nach unten gerutscht war, wie es mit seinem langen Körper eben ging, »wie ist das für dich?«

75

Ted dachte nach. Irgendwie fehlte ihm dazu das Gefühl. Johanna hatte einen anderen. Das alleine war seltsam genug.

»Ich weiß es nicht. Ich bin ehrlich gesagt fast ein bisschen erleichtert, dass sie jemand hat. Das ist ganz seltsam. So als wäre ich jetzt freier, verstehst du?«

»Absolut, das macht Sinn.«

»Nur den Teil mit Joris, da möchte ich nicht drüber nachdenken. Ich will mir nicht vorstellen, was er mit meinem Sohn unternimmt.«

»Kein Problem, wir lenken dich ab. Du musst dir gar nichts vorstellen!«, sagte Roman schnell. »Wir fahren jetzt aufs Oktoberfest, und da finden wir unter Hunderten von Leuten deine Frau fürs Leben, und dann muss Joris gleich zwei neue Leute kennenlernen. Das wird spitze!«

»Klingt nach einem komplett schwachsinnigen Plan.«

»Alter, jetzt hast du's begriffen!« Roman klopfte ihm lachend auf die Schulter.


»Valerie, wie stellst du dir das vor? Ich kann mir nicht einfach Urlaub nehmen. Ich habe einen Job!«

»Ich hab auch einen Job. Und ich bin sogar selbstständig.«

»Eben, du entscheidest, ob du im Waschsalon stehst oder nicht, bei mir entscheidet das mein Chef!«

»Anne ...«, Valerie wollte ihr sagen, dass Selbstständigkeit nicht die totale Freiheit bedeutete. Wenn sie ein paar Tage nicht im Salon war, ging alles drunter und drüber, und ihre Arbeit blieb liegen. Es gab keine Vertretung für ihre Aufgaben als Chefin und kein Urlaubsgeld. Ihre ganze Familie tat immer so, als wäre der Waschsalon eben ein seltsames Hobby von ihr, während Anne natürlich einen richtigen Job hatte. Diese Diskussion würde aber zu nichts führen, und sie musste Anne dabeihaben.

»Bitte! Ich brauche dich einfach. Dann komm wenigstens am Wochenende!«

Sie saßen mitten in Köln in einem asiatischen Restaurant. Das *Pad Thai* von der Mittagskarte war unglaublich lecker gewesen. Valerie hatte sich, nachdem sie ihren Kollegen Fred angebettelt hatte, wenigstens ihre Schichten im Waschsalon zu übernehmen, einfach in den nächsten Zug nach Köln gesetzt und Anne bei der Arbeit überrascht. Sie musste sie persönlich überzeugen, nachdem sie am Telefon gescheitert war.

Jetzt saßen sie in der Mittagssonne vor ihren leer gegessenen Tellern.

Valerie spielte mit einem Gänseblümchen, das sie aus der Blumenvase gezupft hatte.

»Wie lange willst du denn das Café bewachen?«, fragte Anne.

»So lange, bis er kommt.«

»Und wenn er nicht auftaucht?«

Valerie seufzte. »Was würdest du denn machen?«

Jetzt seufzte Anne. »Das willst du nicht hören.«

»Du würdest versuchen, ihn zu vergessen, stimmt's?«

»Warum muss es jetzt unbedingt dieser Holländer sein, du kennst ihn doch kaum!«

»Ich habe mich das auch gefragt. Aber es war wie eine ganz tiefe Gewissheit. Ich saß in diesem Diner, schaute in den Regen, und plötzlich war er überall. Wenn es so etwas gibt wie den Mann fürs Leben, Anne, dann muss ich Ted finden. Jetzt und nicht erst in zehn Jahren! Und nehmen wir mal an, ich irre mich, mein Gefühl stimmt nicht, und er ist überhaupt nicht für mich bestimmt, dann treffe ich ihn, stelle fest, was für ein Idiot er ist, und habe nur einige Zeit zu viel in Amsterdam rumgehangen. Aber wenn ich es nicht versuche und erst in zehn Jahren feststelle, dass er derjenige ist, der Mann, mit dem ich alt werden will, der Mann, von dem ich Kinder bekommen will, mein *True Companion* ...«, Anne lächelte bei der Anspielung auf das Lied von Marc Cohn, »dann habe ich wirklich etwas verloren. Nämlich zehn Jahre mit ihm.«

Anne trank ihren Mangoshake aus und stellte den leeren Becher schwungvoll auf den Tisch ab.

»Gut. Ich komme mit, aber nur das Wochenende, den Rest der Woche musst du da alleine rumhocken. Und wenn er nach einer Woche nicht auftaucht, versprich mir, dass du dann aufgibst.«

»Ich verspreche es!«, sagte Valerie schnell, die alles versprochen hätte, nur damit Anne mitkam.

Sie standen auf, um zu gehen, und Valerie umarmte Anne kurz und heftig.


»Park ein, der Parkplatz wird nicht größer, nur weil du draufstarrst.«

»Siehst du die zwei Frauen da hinten?« Ted verrenkte sich den Hals, aber es war immer ein blödes Straßenschild im Weg.

»Siehst du deine Valerie jetzt auch schon in Köln?«, witzelte Roman.

Ted seufzte und parkte ein. Als er ausstieg, waren die zwei Frauen schon fast am Ende der Straße. Eine war rothaarig und eine blond. So blond wie Valerie.

»Ich muss mal eben ...«, murmelte er Roman zu und spurtete los. Die zwei Frauen bogen in eine Seitenstraße ab. Er beschleunigte seinen Sprint, rannte wie ein Irrer, aber als er an der Ecke ankam, waren sie weit und breit nicht mehr zu sehen.

Roman hatte inzwischen einen freien Tisch in einem Restaurant gefunden. Als Ted sich außer Atem setzte, schüttelte er nur den Kopf.

Das Essen war glücklicherweise sehr lecker, aber Teds Herzschlag beruhigte sich lange nicht.

Vermutlich spinne ich wirklich, dachte er und steckte das Gänseblümchen, das er auf dem Tisch fand, zu den anderen Blumen in die Vase.

In München angekommen, checkten sie in ihr Hotel ein und nahmen dann die Bahn zur Theresienwiese. Der Mann an der Rezeption hatte sie ausgelacht, als sie fragten, wo man denn am Oktoberfest parken könne.

»Woids ihr so da aufschlagen?«, fragte er und zeigte auf ihre Klamotten. Er hatte einen leichten bayrischen Akzent, was es für sie etwas schwer machte, sein Deutsch zu verstehen. »Ihr brauchts fei erst amoi a gscheids Gwand!«

Die beiden Holländer sahen sich nur fragend an. Diese Wörter kannten sie nicht.

»A Lederhosn!«, half der Rezeptionist nach. Er nahm einen Hörer ab und wählte eine Zahlenkombination. »Du, Sabine, ham mir no die Lederhosen von de Japana da?!«

Sabine erschien kurze Zeit später selbst im Dirndl, mit zwei furchtbar aussehenden Plastiklederhosen, die sie ihnen stolz in die Hände drückte.

»Danke, aber das ist wirklich nicht nötig«, beeilte sich Ted zu sagen, während Roman sich sein Teil schon begeistert an den Körper hielt.

»Ja freilich ist es nötig«, sagte der Rezeptionist in dem besten Hochdeutsch, dass er zustande brachte.

»Für den Lulatsch da könnt's allerdings knapp wern«, sagte er zu Sabine. Sabine hatte sofort eine Idee, schob die beiden in eine Abstellkammer, in der sie sich umziehen sollten, und verlängerte Romans Hosenträger dann mit einem Bindfaden. Roman hielt still und warf Ted bedeutungsvolle Blicke zu.

Ted fühlt sich unwohl in seinem Outfit, es kratzte überall, und er fand, sie sahen beide aus wie komplette Idioten.

»Supy schaugts ihr aus!«, sagte Sabine.

Ted sah Roman zweifelnd an, der sich wie eine Prinzessin um sich selbst drehte und seine Lederhose präsentierte.

An der Haltestelle Theresienwiese wurden sie mit einer Masse an Leuten aus der Bahn direkt aufs Oktoberfest gespült. Ted musste einfach über sich selbst lachen. Er hatte sich naiv Gedanken gemacht, ob Valerie wohl unter Tausenden von Leuten zu finden sei, aber es waren *Hunderttausende* von Menschen. Die Wiesn war so viel größer, als sie sich das vorgestellt hatten, dass sein ganzer Plan absolut lächerlich erschien.

»Das ist ein komplett schwachsinniger Plan!«, sagte er zu Roman, der genau wie er überwältigt von der Menschenmasse mitgerissen wurde.

»Das ist ein komplett geiler Plan!«, rief Roman und zog Ted direkt zum ersten Fahrgeschäft.

Roman kaufte zwei Tickets beim Break Dancer und zog Ted zu einem lilafarbenen Auto.

Während sich um ihn herum alles drehte, Lichter blinkten und laute Musik auf sie herabdröhnte, beschloss Ted, das alles mit Roman einfach zu genießen. Er würde Valerie hier nur durch einen übergroßen Zufall finden, und wenn sie beide wirklich füreinander bestimmt waren, konnte das ja durchaus passieren.

Er klammerte sich an den Bügel und jauchzte mit Roman, als sich das Auto wie ein Wirbelwind um die eigene Achse drehte und gleichzeitig nach oben flog.

Zwei Stunden später hatte Roman dem riesigen Teddybären, den er bei den Losen gewonnen hatte, einen Namen gegeben. Er hieß Valero, eine Abwandlung von Valerie, weil Roman glaubte, das würde Glück bringen. Valero brachte ihm auf alle Fälle jede Menge Aufmerksamkeit von Frauen. Ständig mussten sie stehen bleiben, weil eine Frau den Teddy streicheln, mit ihm sprechen oder ihn dringend geschenkt haben wollte.

»Es tut mir echt leid, dass ich das sagen muss, Alter, aber Valero ist ein sehr viel besserer Wingman als du!«

»Damit kann ich leben«, brummte Ted. Er scannte automatisch jede blonde Frau, die ihnen entgegenkam.

Inzwischen war er ganz froh, in der Lederhose zu stecken. Nahezu jeder hier trug Tracht. Die wenigen, die normal gekleidet waren, fielen richtig auf. Er hatte sich von Romans Begeisterung anstecken lassen, was hier auf der Wiesn auch wirklich nicht schwer war. Es lag ein Summen in der Luft, die Stimmung war allgemein ausgelassen. Überall spielte Musik, überall blinkte und leuchtete es, und überall verführte einen ein anderer Geruch. Süße und salzige Verlockungen wechselten sich ab. Sich hier nicht zu amüsieren, war praktisch unmöglich.

Sie hatten, vermutlich klug, entschieden, erst mal mit allem Möglichen zu fahren und danach etwas zu essen.

Vor allem im »Cyber Space«, einer Art Riesenpendel, in dessen Gondel man sehr hoch durch die Luft fliegt, hatte sich ihr Magen vom übrigen Körper gelöst und schwebte noch Minuten nach dem Fahrerlebnis drei Meter über ihren Köpfen.

Besonderen Spaß hatten sie in der Wilden Maus, einer Achterbahn, mit der vor allem Familien mit Kindern gerne fuhren. Ted wollte direkt ein zweites Mal fahren, und Roman und Valero hatten nichts dagegen.

Inzwischen war es dunkel, und langsam hatten sie richtig Hunger.

»Lass uns mal in so eine Hütte gehen«, schlug Roman vor und zeigte auf ein Festzelt. Musik und helles Licht schlug ihnen entgegen.

Überall standen lange Tische, an der Decke hingen Kränze, und die Luft war viel besser, als sie erwartet hätten.

Eine Kellnerin im Dirndl schoss auf sie zu. »Habt's ihr reserviert?«

Sie schüttelten den Kopf. Sie führte sie zu einem Tisch am Rand und nahm direkt ihre Bestellung auf.

»Was empfehlen Sie denn?«

Die Kellnerin sagte etwas, was sich für Roman und Ted etwa so anhörte: »Kalte Hände und ein Pass.« Sie schauten sich ratlos an, dann grinsten sie und bestellten die Hände und den Pass.

»Lassen wir uns überraschen!«

Ihr Tisch war in kürzester Zeit voll besetzt. Die meisten um sie herum sprachen Italienisch, aber ihnen gegenüber saßen zwei Frauen aus Berlin, die genauso schlechte Dirndls trugen wie sie Lederhosen.

Sie witzelten gemeinsam über ihre Outfits, dann wurden von der Kellnerin zwei halbe Hähnchen vor ihnen auf den Tisch gestellt und mit einem dumpfen Klirren zwei Maß Bier.

Die Berlinerinnen bestellten dasselbe und wussten auch, wie es hieß.

»Zwei halbe Hendl und zwei Maß, bitte!«

Nach den ersten Bissen und Schlucken war es Ted und Roman allerdings völlig egal, wie man es nannte, es schmeckte einfach großartig!

Mit einem Liter Bier im Kopf wusste Ted plötzlich genau, was er zu tun hatte. Er kletterte aus seiner Bank und schob sich an den vielen Menschen vorbei in Richtung Bühne. Es waren Hunderte von Leuten in diesem Zelt, es war vielleicht nicht wahrscheinlich, aber eben auch nicht unmöglich, dass Valerie auch hier war. Er würde jetzt einfach auf die Bühne gehen und einen charmant romantischen Aufruf machen. Sie würde sich in der Menge zu erkennen geben, und das Ganze würde in einem Kuss unter den Kränzen enden.

Roman und die Mädels waren plötzlich hinter ihm. Sie nahmen an, dass er sich nach vorne schob, um die Musik lauter zu hören. Na, die würden gleich Augen machen. Siegessicher kletterte er an der Balustrade hoch auf die Bühne. Roman folgte ihm begeistert wie ein kleiner Hund.


»Das war beeindruckende Arbeit, meine Herren!« Roman machte eine lustige Verbeugung vor den zwei Security-Leuten, die sie soeben aus dem Zelt geworfen hatten. Ohne genau zu wissen, was passiert war, wurden Ted und Roman vom Bühnengeländer gepflückt und fast schon gelangweilt von den Männern vor die Tür gesetzt.

Die Berlinerinnen waren ihnen lachend gefolgt, und schnell wurde entschieden, gemeinsam Geisterbahn zu fahren.

Ted schaute sich etwas wehmütig nach dem Zelt um.

»Sicher war sie gar nicht da drin!«, meinte Ted Valero sagen zu hören, den er jetzt tragen musste, weil Roman eng umschlungen mit einer der beiden Begleiterinnen im grünen Dirndl vor ihm herlief und dabei keinen Teddy schleppen konnte.


Roman und seine neue Flamme saßen vor ihnen und fingen schon an zu knutschen, bevor sich der Wagen bewegte.

Ted platzierte den Teddy zwischen sich und die Berlinerin im blauen Dirndl. Sie fuhren los, und schon nach der ersten Kurve hatte Claudia, oder hieß sie Christina, sich den Bären auf den Schoß genommen und war näher an Ted herangerutscht. Als sie sich Schutz suchend an ihn klammerte, während ein Untoter über ihnen hinwegschwebte, fragte er sich, ob das so eine kluge Idee gewesen war mit der Geisterbahn.

Claudia oder Christina unternahm einige Versuche, ihm näher zu kommen. Als sie an einem Friedhof vorbeifuhren, bei dem sich ständig irgendein Grab öffnete, gestand er ihr: »Tut mir leid, ich bin verliebt in ein Mädchen, das ich hier finden will.«

»Na, dit is ja mal 'ne Herausforderung.«

Beide schrien kurz, als sich plötzlich der Boden auftat und der Wagen mit ihnen in die Unterwelt raste.

Es war ein überwältigendes Gefühl, das kleine Café wieder zu betreten. Der Geruch erweckte sofort die Erinnerung an Ted. Valerie sah mit einem Blick, dass er nicht hier war. Sie bestellte sich einen Chai, setzte sich an ihren Tisch und wartete.

Anne streifte in der Zeit durch Amsterdam.

Um 18 Uhr holte sie Valerie an der kleinen Bäckerei ab, die um diese Uhrzeit schloss. »Und?«

»Ich hab so viel Chai getrunken, dass ich aussehe, als wäre ich im vierten Monat schwanger!«

Anne zuckte bei diesem Satz ein winziges bisschen zusammen. Jemand anders hätte es sicher nicht bemerkt, aber Valerie sah es.

»Er ist nicht aufgetaucht?«, fragte Anne schnell.

Valerie schüttelte den Kopf und versuchte, ihre Enttäuschung zu verbergen. »Na, das habe ich auch nicht erwartet, gleich am ersten Tag!«, sagte sie mit gespielter Leichtigkeit.

Anne nahm sie in den Arm. »Und was jetzt? Möchtest du ans Meer?«

Valeries Augen leuchteten bei der Frage.

Sobald sie am Strand ankamen, zog Valerie Schuhe und Socken aus und lief dem Wasser entgegen. Sie war so schnell, dass Anne kaum hinterherkam. Die Abendsonne zauberte mit ihren Strahlen ein Glänzen auf die Wasseroberfläche.

Der harte Sand fühlte sich kalt an unter Valeries Füßen. Sie machte einen großen Sprung in eine ankommende Welle und spritze sich die Hosenbeine nass. Der Anblick des Meeres, diese Weite, der Himmel, den die Sonne jetzt in ein kräftiges Orange tauchte, all das schäumte in ihr über.

Sie nahm die Hand ihrer Schwester und zog sie mit. Beide rannten am Wasser entlang, Valerie mit ihren nackten Füßen durch die ankommende Gischt und Anne in Schuhen daneben auf dem Sand.

Irgendwann blieben sie außer Atem stehen.

»Warum sind wir gerannt?«, keuchte Anne und sah sich um, als würde sie den Werwolf suchen, der hinter ihnen her war.

»Das muss man. Das überschäumende Glück muss ja irgendwohin!«

Anne sah in Valeries lachendes Gesicht. Übermütig schlug die große Schwester ein Rad, und Anne tat es ihr gleich, genau wie früher.

Sie liefen noch ein Stück und setzten sich dann in den Sand, um der Sonne zuzuschauen, wie sie im Meer versank.

Himmel und Wasser verschmolzen in den schönsten Farben. Das Plätschern der Wellen wurde leiser, und auch Anne und Valerie sprachen kein Wort. Manche Momente muss man einfach still erleben, weil sie unser Herz bewegen, dachte Valerie.

Sie schaute Anne an, die mit großen Augen den Sonnenuntergang bestaunte. Das orangefarbene Licht ließ ihre Haare noch röter leuchten, und ihre Sommersprossen blühten auf. Vielleicht ist sie gerade die schönste Frau der Welt, dachte Valerie und sah wieder zurück auf das Meer.

Wenn die Sonne untergeht, werden alle Sehnsüchte lauter. Valerie dachte an Ted und dann wieder an Anne, die neben ihr saß und sich vielleicht auch heimlich etwas herbeisehnte. Valerie hatte seit einiger Zeit das Gefühl, dass Anne sich ein Kind wünschte. Sie hatten nie darüber gesprochen, aber sie kannte ihre Schwester gut. Wenn das Thema auf Babys von anderen Leuten kam, wurde ihr Blick weich, und sie bewegte sich plötzlich kaum noch, was ein todsicheres Zeichen dafür war, dass sie etwas verbarg.

Vielleicht wünschen wir alle uns etwas, was wir momentan nicht haben können.

# Krokodile sind Einzelgänger

Roman wachte mit einem ordentlichen Schädel auf und brauchte ein paar Minuten, um sich zu orientieren. Das war definitiv nicht sein Schlafzimmer, dachte er, während er die Blümchentapete betrachtete. München. Er war mit Ted nach München auf die Wiesn gefahren. Seine Finger berührten unter der Decke Teds lange Haare. Moment, was?

Er setzte sich ruckartig auf und sah die schlafende Berlinfrau, diesmal ohne Dirndl. Sein Blick wanderte hektisch durch den Raum. Wo waren seine Klamotten?

Ziemlich fertig kam er in seiner Plastiklederhose im Hotel an. Er hatte seine Zimmerschlüsselkarte verloren und ließ sich eine neue geben, um Ted nicht zu wecken, aber als er im Zimmer ankam, war es leer. Das Einzige, was er fand, war er ein Zettel:

*Kleiner Notfall. Joris hat sich den Arm gebrochen. Nehme den nächsten Flieger – fahr bitte das Auto heil nach Hause.*
*Ted*

Roman ließ sich rückwärts auf das Hotelbett sinken und schloss die Augen. In solchen Momenten war er immer sehr froh, nicht Vater zu sein. Obwohl Joris nicht bei seinem Vater lebte, war Ted seit seiner Geburt ständig auf Stand-by. Es kam Roman so vor, als wäre nichts im Leben mehr planbar mit Kindern, weil sie dir jederzeit alles durcheinanderwirbeln konnten. Hatte er letzte Nacht eigentlich ein Kondom benutzt? Er sah in seinem Geldbeutel nach, in dem er immer zwei mit sich herumtrug. Man weiß ja nie. Eins fehlte. Er seufzte erleichtert und nahm den Teddy in den Arm, der einsam auf dem Bett saß. »Hast du Lust auf Frühstück? Ich verhungere!«

Das Wochenende mit Anne war viel zu schnell vorbei, was sicher auch daran lag, dass sie sich ja fast den ganzen Tag nicht sahen. Anne setzte sich am Sonntag zwar eine Stunde zu Valerie an den Tisch, aber sie wollte verständlicherweise mehr von Amsterdam sehen als diese kleine Bäckerei.

Die Bedienung kannte Valerie schon, schließlich saß sie seit zwei Tagen nonstop hier rum. Mit einem Lächeln stellte sie Valerie und Anne nicht nur den Chai und den schwarzen Kaffee, sondern auch noch zwei süße Teilchen hin.

»Das geht aufs Haus!«, sagte sie und strich sich über ihren hochschwangeren Bauch.

Anne bedankte sich und starrte dann lange in ihre Tasse.

Jetzt wäre die Gelegenheit, das Kinderthema anzusprechen, aber Valerie wusste einfach nicht, wie sie anfangen sollte. Wenn Anne ihr nicht freiwillig etwas darüber erzählte, wollte sie vermutlich auch nicht darüber reden. Ihre kleine Schwester war schon immer eher verschlossen gewesen, was ihre Probleme anging. Vielleicht teilte sie ihre Sorgen wenigstens mit Thorsten. In diesem speziellen Fall war er ja mit betroffen.

»Was denkst du?«, fragte Anne.

»Ach, nichts.« Valerie winkte ab.

Anne schaute auf die Uhr. »Mein Zug geht in vier Stunden.«

»Also in fünf«, erinnerte Valerie sie an ihr Reisepech.

»Nee, der fährt einigermaßen pünktlich los, und erst mit mir an Bord geht die ganze Verspätung los!«

»Ach so, stimmt!« Valerie lachte und nahm einen Schluck von ihrem Chai. »Nach der Woche kannst du keinen Chai mehr sehen«, vermutete Anne, als Valerie die heiße Tasse zurück auf den Tisch stellte.

»Danke, dass du mitgekommen bist.«

»Kein Ding. Aber ich hab nie so ganz verstanden, warum es für dich so wichtig ist. Ich bin doch nicht gerade eine große Hilfe.«

»Nein, das bist du ja nie«, scherzte Valerie. Sie fuhr mit den Händen über den Tisch. »Ich weiß auch nicht. Es ist so ein unlogisches Gefühl, dass, wenn ich dich davon überzeugen kann mitzukommen, dann mein Plan nicht völlig bescheuert und aussichtslos ist, verstehst du?«

»Dein Plan ist nicht völlig bescheuert und aussichtslos, nur ein bisschen bescheuert und aussichtslos!«

In diesem Moment betrat ein blonder Mann die Bäckerei. Die Größe, die Haltung, das könnte hinkommen. Valeries Herz schlug schneller, sie hielt die Luft an, bis sie sein Gesicht sehen konnte. Er war es nicht. Die Enttäuschung traf sie wie eine große Welle.

Anne sah sie besorgt an. »Spätestens am Freitag setzt du dich in den Zug und fährst zurück nach München, hörst du?«

Valerie faltete die Hände zusammen.

»Du fährst nach Hause und vergisst ihn. Wenn er hier nicht auftaucht, dann ...«, sie machte eine hilflose Geste, »soll es auch nicht sein, o.k.?«

Valerie nickte, konnte sich aber nicht vorstellen aufzugeben. Es musste einfach einen Weg geben, diese zehn Jahre zu überlisten.

Ein Date in der Zukunft. Es war doch verrückt, dass sie jetzt zehn Jahre warten sollte, um ihm wiederzubegegnen. Sie hatten einen Treffpunkt, es musste doch eine Möglichkeit geben, den Zeitpunkt vorzuverlegen.

Anne fuhr, und Valerie bewachte weiter jeden Tag mit neuer Hoffnung das Café. Auf ihrer Mailbox stapelten sich die Nachrichten aus dem Waschsalon. Alle fragten, wann sie wiederkam. Neues Waschpulver musste bestellt werden. Valerie bestückte die Automaten alle paar Wochen mit einem anderen, damit sie weiterhin den Geruch wahrnahm. Frische Wäsche riecht bei anderen Leuten immer so gut, weil man irgendwann den Geruch des eigenen Wachmittels nicht mehr wahrnimmt.

Um tagsüber etwas zu tun zu haben, kaufte sie sich ein schönes buntes Heft und machte sich lauter Listen. Dinge, die sie am Waschsalon verbessern wollte. Dinge, die sie für ihr Zimmer noch brauchte. Dinge, die sie Björn an den Hals wünschte. Diese Liste fing sie an und riss sie kurze Zeit später wieder aus dem Heft.

Stattdessen schrieb sie: Dinge, die ich an Ted mag. Sie fand erstaunlich viele Punkte, und als sie keinen Platz mehr hatte, kritzelte sie ein Herzchen neben seinen Namen. Das hier war alles völlig verrückt. Sie benahm sich wirklich wie ein Teenager. Müsste man mit dreißig nicht erwachsener sein?

Jeden Abend fuhr sie ans Meer. Sie stellte sich vor, wie schön es wäre, nach Feierabend an den Strand fahren zu können. Sie setzte sich in den Sand und ließ ihn so lange durch die Finger rieseln, bis alle Gedanken zur Ruhe kamen.

Den Waschsalon von Herr Peters zu übernehmen, war damals eine ganz spontane Entscheidung gewesen. Sie erinnerte sich noch genau daran, wie sie nach Ladenschluss den Boden gefegt und er gefragt hatte: »Ich gehe fort. Würdest du den Salon gerne haben?«

Den glatten Besenstiel in der Hand, war ihr nur eine einzige Antwort eingefallen.

Seitdem bekam sie jeden Monat eine Postkarte von Herr Peters. Es war eine sehr einseitige Kommunikation, weil es keine Adresse gab, an die man ihm hätte zurückschreiben können. Herr Peters reiste langsam durch die Welt. Oft kamen die Postkarten eine ganze Weile lang von einem Ort, aber immer, wenn Valerie glaubte, er hätte sich dort niedergelassen, zog er wieder weiter.

Sie liebte den Waschsalon. Er war eine Parallelwelt, die ihr übersichtlicher und freundlicher vorkam als die Welt außerhalb des Waschpulvergeruchs. Allerdings fesselte sie der Waschsalon an München. Die Stadt hatte viele Vorzüge, aber sie lag einfach viel zu weit weg vom Meer.

Valerie konnte sich nicht sattsehen an den Wellen, die unermüdlich an den Strand rauschten. Die schreienden Möwen über ihr, der Wind, der ständig ihr Haar zerzauste. Hier konnte sie atmen und loslassen.


Die Sorge um Joris vereinte Johanna und Ted. Ein frisch operierter Arm war sicher nicht lebensgefährlich, aber den kleinen Kerl so benommen in dem viel zu großen Krankenhausbett zu sehen, brach beiden fast das Herz.

»Es ging alles so schnell, ehe ich gucken konnte, war er schon auf dieser Mauer, und im nächsten Moment ...« Tränen traten in Johannas Augen.

»Dich trifft keine Schuld, so was passiert eben.« Ted strich tröstend über ihren Arm.

Johanna sah ihn wenig überzeugt an. »Ich hätte dich umgebracht, wenn dir das passiert wäre!«

Beide mussten grinsen.

»Ich weiß. Aber Jungs brechen sich nun mal den Arm, das

steht auch in der Gebrauchsanleitung.« Ted streckte sich und lehnte sich müde gegen seine unbequeme Stuhllehne. Er hatte letzte Nacht nur ein paar Stunden auf dem Krankenhausflur geschlafen, weil nur ein Elternteil im Zimmer erlaubt war. Er hatte aber in Joris' Nähe bleiben wollen. Praktischerweise hatte er alles mit. Er war vom Flughafen direkt ins Krankenhaus gefahren. Seine Tasche trug er seitdem mit sich herum.

»Du siehst müde aus.«

Ted stand seufzend auf. »Ich geh mich mal frisch machen«, murmelte er und verschwand mit seiner Tasche im Bad.

Als er einige Zeit später wieder herauskam, sah er ihn. Er hatte die Arme von hinten um Johanna gelegt und schaute auf das schlafende Kind.

Johanna löste sich verlegen aus seiner Umarmung, sobald sie Ted bemerkte.

»Ted, das ist Tobias, Tobias, Ted.« Die beiden Namen klangen, so hintereinander gesprochen, lächerlich austauschbar.

Er schüttelte Tobias automatisch die Hand. Er war groß und sah gut aus. Die Art von groß und gut aussehend, die Spitzensportler haben.

»Ich geh mir eben einen Kaffee holen«, sagte Ted, der plötzlich dringend aus dem Raum rausmusste. Am Kaffeeautomat stützte er sich mit beiden Händen ab. Alles um ihn herum drehte sich.

»Alle klar?« Tobias stand hinter ihm und grinste fröhlich, als sei das hier ein Schulausflug.

»Mein Sohn hat sich den Arm gebrochen. Alles super bei mir!«, entgegnete er uncooler, als ihm lieb war.

»Tut mir leid, Mann. Ich weiß nicht, was ich sagen soll. Ist eine blöde Situation.«

Ted nickte. Musste er diesen Tobias ausgerechnet heute das

erste Mal treffen? Unrasiert und übermüdet, in einem zerknitterten Shirt.

Als sie in das Zimmer zurückkamen, war Joris wach und streckte seinen gesunden Arm nach Ted aus. Ted umarmte ihn und blinzelte heftig die aufsteigenden Tränen weg.

»Hallo, Champion!«, begrüßte ihn Tobias und hielt ihm eine Faust hin, die Joris nur fragend anschaute.

»Hi. Ich hab mir den Arm gebrochen«, erklärte er allen Anwesenden. Johanna küsste ihn auf die Haare. »Das heilt wieder, mein Schatz. Dauert nur ein bisschen.«

»Vielleicht hilft dir ja der hier dabei?« Verlegen zog Tobias ein kleines Stoffkrokodil aus der Tasche.

Joris machte große Augen. »Das sind meine Lieblingstiere, Krokodile!«

»Hast du das gewusst?«, flüsterte Johanna Tobias zu und sah ihn verliebt an.

Er schüttelte den Kopf. »Glück gehabt!«, sagte er sehr erleichtert, als Joris das Stoffkrokodil an sich drückte.

Ted wollte nicht, dass Tobias seinem Sohn Geschenke machte. Er wollte ihn überhaupt nicht hierhaben in diesem Krankenhauszimmer, aber sowohl Johanna als auch Joris schien es gutzutun, dass er da war.

Also blieb Ted sitzen und gab vor zu lächeln.

Als der Arzt kam und fälschlicherweise annahm, Tobias wäre der Vater, weil er so nah neben Johanna saß, entglitt Ted das mühsame Lächeln für eine Weile.

Immerhin hatte der Arzt gute Nachrichten. Joris durfte nach Hause. Es fühlt sich falsch an, dass Tobias zusammen mit Joris und Johanna in ihre Wohnung fuhr.

Johanna versuchte, die Situation zu verbessern: »Du kannst

ihn jederzeit besuchen kommen, Ted, wirklich, komm einfach vorbei, er freut sich, wir freuen uns.«

Tobias gab sich Mühe, passend dazu ein freudiges Gesicht zu machen. Es hätte komisch sein können, wenn es nicht so schräg gewesen wäre.

»Das mache ich. Ich fahr jetzt erst mal nach Hause, duschen.«

»Papa, kommst du nicht mit?« Joris sah ihn fragend an, das Stoffkrokodil an sich gedrückt.

»Ich komm dich besuchen, kleiner Bär, okay? Weißt du, drei erwachsene Krokodile, das ist eins zu viel.«

Joris nickte und grinste. In seinem Tierlexikon, das Ted ihm sogar extra für seine Wohnung ein zweites Mal gekauft hatte, stand, Krokodile seien Einzelgänger.

Er umarmte seinen kleinen, zerbrechlich wirkenden Jungen und drehte sich danach um und ging, ohne Johanna und Tobias noch einmal anzusehen.


Valerie hatte heute ein gutes Gefühl. Sie war von Chai auf Limonade umgestiegen. Langsam fühlte sich das Warten richtig wie Arbeit an. Es wurde anstrengend, Tag für Tag an diesem Tisch zu sitzen und jeden zu scannen, der die Bäckerei betrat. Das alles gab Valerie ein gutes Gefühl. Liebe ist ja immer auch Arbeit. Und wenn es Mühe und Durchhaltevermögen brauchte, um Ted zu finden, dann würde sie eben Mühe und Durchhaltevermögen beweisen.

Annes zunehmende SMS zu beantworten, artete auch langsam in Arbeit aus. Sie wollte unbedingt sicherstellen, dass Valerie am Freitag die Segel strich, aber Freitag war schon übermorgen, und die Chancen, Ted zu treffen, schmolzen von Stunde zu Stunde.

Ted nahm die Bahn. Er war erschöpft von den Ereignissen und der schlaflosen Nacht. Der Automatenkaffee war so scheußlich gewesen, vielleicht würde er eben im *Bake my day* vorbeifahren und sich einen richtigen *Koffie verkeerd* mitnehmen.

Er lehnte seinen Kopf ans Fenster und sah die Stadt an sich vorbeiziehen. Vertraute Straßenschilder, die so ganz anders aussahen als die in München. Er hatte noch keine Zeit gehabt zu bedauern, dass er Valerie nicht gefunden hatte. Erst jetzt sah er sie wieder vor sich. Ihre blonden Haare, die sich von der Feuchtigkeit leicht wellten, ihre angenehme Stimme, das kleine Grübchen an der Stelle, an der niemand sonst ein Grübchen hatte. Er konnte sie nicht vergessen. Wie sollte er das jemals schaffen? Alles kam ihm auf einmal überirdisch schwer vor. Er brauchte dringend einen Kaffee und vielleicht eine *Stroopwafel*. Sanft von der Straßenbahn geschaukelt, fielen ihm die Augen zu.

Valerie konnte auf einmal nicht mehr stillsitzen. Sie drehte eine Runde durch das kleine Café, ging auf Toilette, wusch sich die Hände und starrte eine Weile in den Spiegel. Hundertmal schon hatte sie sich überlegt, was sie sagen sollte, wenn er tatsächlich kam. In ihrer Fantasie brauchten sie allerdings gar keine Worte. Sie würden sich ansehen, und die Welt würde stehen bleiben.

»Die Welt würde stehen bleiben«, wiederholte sie leise ihre Gedanken. »Du bist auch nicht mehr frisch, Valerie Weiden!« Ihr Spiegelbild sah sie belustigt an.

Einem Impuls folgend, verließ sie das Café. Ted könnte hier überall herumlaufen, wenn sie nur wüsste, wo. Seufzend lief sie einmal die Straße auf und ab und kehrte dann an ihren Beobachtungsposten zurück.

Ted erwachte mit einem Ruck. Er musste aussteigen, er musste zu

Joris, er musste Valerie finden, sein Herz raste. Um einen ordentlichen Kaffee im *Bake my day* zu bekommen, hätte er vor fünf Haltestellen schon aussteigen müssen.

So wie es aussah, würde ihn ein Kaffee aber nicht über diesen Tag retten. Das konnten jetzt nur ein paar Stunden anständiger Schlaf.

Benommen stieg er eine Haltestelle weiter aus, ging ein paar Schritte, schloss die Tür zu seiner Wohnung auf und ließ sich angezogen auf sein Bett fallen. Er nahm den Gedanken an Valerie mit in den Schlaf und träumte, er würde mit einem blinkenden Schlauchboot die Berge hoch- und runterfahren auf der Suche nach ihr.


Valeries Handy klingelte lauter als nötig. Fred war dran, seine sonst so ruhige, tiefe Stimme klang hysterisch. »Valerie, hier ist die absolute Katastrophe eingetreten. Wasserrohrbruch. Es muss nachts passiert sein, als Tina heute morgen aufgeschlossen hat, stand schon alles unter Wasser. Valerie? Hörst du mich?«

»Ja, ich bin dran.« Sie holte tief Luft. »Warum informiert ihr mich erst jetzt?«

»Wir haben den Klempner gerufen, der konnte nicht, ein anderer war im Urlaub, jetzt ist einer da, der ...«

»Der was?«

»Der findet den Schaden nicht. Er sagt, da muss eine Spezialfirma kommen, die das Leck aufspürt, aber das kostet. Valerie, hier steht alles unter Wasser, ich tu, was ich kann, aber du musst sofort kommen!«

»Fred, beruhig dich, ich bin schon auf dem Weg. Ich rufe dich an, sobald ich am Flughafen sitze.«

Sie legte auf und versuchte, einen klaren Gedanken zu fassen. Sie musste nach Hause fahren, so schnell wie möglich. Aber sie musste auch Ted finden. Hektisch riss sie eine Seite aus ihrem Notizbuch.

*Lieber Ted,*

*zehn Jahre sind mir zu lange. Ich muss dich sehen. Bitte ruf mich an. Es ist dringend. Vielleicht hatte Konfuzius nicht recht, vielleicht muss man das, was man liebt, nicht loslassen, sondern im Gegenteil suchen und festhalten.*

*Valerie aus München*

Darunter schrieb sie ihre Handynummer mit deutscher Vorwahl. Jetzt musste sie alles auf eine Karte setzen.

Die schwangere Kellnerin hieß Kate. Kate hörte sich ihre Geschichte mit großen Augen an.

»Deswegen hast du jeden Tag hier gesessen, die ganze Woche?«

Valerie nickte ungeduldig. »Ich muss leider dringend weg, aber kannst du ihm diesen Zettel geben, wenn du ihn siehst? Frag ihn, ob er zufällig Ted heißt, und gib ihm diesen Zettel.«

»Jemand um die dreißig mit außergewöhnlich blauen Augen«, nickte Kate. »Ich glaube, ich weiß sogar, wen du meinst. Das ist echt romantisch!« Sie klang begeistert und nahm den Zettel entgegen.

»Meine Nummer steht hier drauf, vielleicht rufst du mich an, wenn du ihm den Zettel gegeben hast?«

»Er wird dich anrufen! Sicher wird er das!« Sie drückte Valeries zusammengefalteten Zettel an ihre Brust.

»Danke!« Valerie umarmte sie spontan. »Und alles Gute!« Sie zeigte auf den Bauch.

Kate strich sich über den prallen Bauch. »Noch sechs Wochen!«

»Ich muss los. Vergiss den Zettel nicht!«

Kate hielt ihn hoch wie eine Fahne und winkte damit.

Die Deutsche verschwand eilig, und Kate machte sich daran, die Spülmaschine auszuräumen. Den Zettel legte sie zusammengefaltet neben die Kasse. Sie würde nachher eine Notiz an ihre Kollegen schreiben, damit jeder, der den blonden Ted sah, wusste, dass es eine Frau gab, die ganz dringend nach ihm suchte.

Etwas Seltsames in ihrem Innern ließ sie mitten in der Bewegung innehalten. Ein zartes unheimliches Geräusch, das klang, als würde etwas mit Wasser Gefülltes platzen. Im nächsten Moment fühlte sie, wie ihr warmes Wasser die Beine herunterlief.

Es war zu früh. Sie war doch noch gar nicht dran. Das konnte nicht sein. »Kate, alles o.k.?« Ihre Kollegin Maren kam gerade aus ihrer Mittagspause zurück.

Sie schüttelte wild den Kopf. »Meine Fruchtblase ist geplatzt!«

Kate hielt sich krampfhaft an der Theke fest. Einer der Kunden, der in der Nähe stand, alarmierte den Notarzt. Maren redete beruhigend auf sie ein, aber sie hörte sie nicht. Kalte Angst schlug über ihr zusammen. All die Schauergeschichten, die sie jemals über Frühchen gehört hatte, tanzten durch ihr Gehirn. Das Baby war zwar schon überlebensfähig, aber etwas stimmte sicher nicht, wenn die Fruchtblase sechs Wochen zu früh einfach platzte. Mit zitternden Fingern versuchte sie, ihren Mann anzurufen, was letztendlich Maren für sie übernahm, weil der Notarzt schon eintraf und sie direkt mit ins Krankenhaus nahm.

24 Stunden später hielt Kate ein ganz zartes, kleines, aber gesundes Mädchen im Arm. Das Frühchen würde noch einige Zeit in

den Brutkasten müssen, bevor es von ihr selbst gestillt werden konnte, aber das war alles zweitranging. Momentan zählte für Kate nur das Wunder, wie an so einem kleinen Menschen alles dran sein konnte. Sie atmete schon alleine, und alles andere würde sich finden.

Etwa zur selben Zeit räumte ihre Kollegin Maren, um sich abzulenken, energisch hinter der Theke auf. Neben der Kasse lag ein zusammengefalteter Zettel, der bei einer ihrer hektischen Bewegungen auf den Boden fiel. Als ihr Handy endlich die gute Nachricht von Kate anzeigte, führte sie mit dem Kollegen vor Freude einen kleinen spontanen Tanz auf. Der Zettel wurde dabei unter den Kühlschrank gewirbelt. Dort blieb er liegen und wurde auch von Kate, die Wochen später fieberhaft nach ihm suchte, nicht entdeckt.

# Glücksschwein

### Sommer 2013

»Ich fass es nicht, dass du gewonnen hast!« Elli starrte ungläubig auf den Brief.

»Sicher, dass das nur für eine Person ist?« Lena riss ihr das Papier aus den Händen.

Alle drei hatten bei einem Preisausschreiben mitgemacht, bei dem man eine Woche Urlaub auf Norderney gewinnen konnte.

»Elli, wir fahren einfach mit und buchen im gleichen Hotel ein Zimmer!«, sagte Lena.

»Ja und ob! Wie weit ist das denn? Und wo genau liegt Norderney? Ist das neben Sylt?«

Während Elli und Lena den Laptop anwarfen, um zu sehen, wo genau sich die kleine Insel befand, las Valerie zum dritten Mal den Brief an sie.

Sie hatte tatsächlich eine Woche Urlaub auf der Nordseeinsel gewonnen in einem schönen Hotel am Strand. Das erste Mal im Leben, dass sie irgendwo etwas gewann.

»Ich weiß gar nicht, ob ich jetzt so einfach eine Woche wegkann, es ist gerade Messe, und da haben wir immer Hochsaison.«

»Wann ist das denn?« Lena riss den Brief wieder an sich. »Nächste Woche schon?!«

»Könnt ihr euch da freinehmen? Kommt ihr wirklich mit?«, fragte Valerie.

Elli war ihr inzwischen fast noch mehr ans Herz gewachsen als Lena. Es verband sie ein tiefes Verständnis füreinander. Elli musste sie Dinge nie erklären, sie wusste einfach, wie Valerie sich fühlte. Lena schien das auch aufgefallen zu sein. Manchmal warf sie Valerie und Elli seltsame Blicke zu, die man als Eifersucht deuten könnte.

Lena atmete tief ein. »Das wird eine Herausforderung. Ich frag gleich morgen meinen Chef, ob ich so kurzfristig freikriege.«

»Elli, und was ist mit dir?«, wollte Valerie wissen.

Elli seufzte. Sie war Osteopathin und hatte immer einen sehr vollen Terminkalender.

»Ich rufe Fred an und frage, ob er das mit der Messe alleine rockt. Das müssten wir doch hinkriegen. Wir drei am Meer! Das wäre so toll!« Valerie presste sich bei dem Gedanken die Fäuste ans Kinn.

Elli schaute zweifelnd. »Ich würde supergerne mit, aber ich weiß wirklich nicht, wer in der Zeit all meine Patienten übernehmen soll. Ich kann mal meine Kolleginnen fragen, aber versprechen kann ich es nicht.«

Lena schüttelte den Kopf. »Ist das nicht spannend, dass ausgerechnet du gewinnst, Valerie?«

»Wie meinst du das?«

»Na, du willst doch immer unbedingt ans Meer. Und jetzt gewinnst du! Du bist ein Glücksschwein! Wusstet ihr, dass es bei fünfzig Prozent aller Preisausschreiben nie einen Preis gibt?«

Elli verdrehte die Augen, und Valerie musste grinsen. Sie hoffte, Fred würde auch zusagen. Seit dem Wasserrohrbuch letztes Jahr war er etwas gestresst, sobald sie länger als zwei Tage nicht im Waschsalon auftauchte.

»Du willst die Stadt verlassen?« Hektisch fasste Fred sich an den Hals, als Valerie am nächsten Tag mit ihm sprach.

»Fred, es gibt nicht jedes Mal einen Wasserrohrbruch, wenn ich weg bin«, sagte Valerie beruhigend.

»Wo bist du denn? Weit weg?«

»Auf Norderney.« Valerie hoffte, dass Fred nicht genau wusste, wo Norderney lag und wie weit die Insel von München entfernt war. Wobei das Wort Norderney ja schon nahelegte, dass es sich nicht im Süden befand.

»Ohhhhh!« Fred bekam einen sehnsüchtigen Blick. »Da ist es schön! Da war ich mal auf Klassenfahrt. Ist 'ne Weile her, aber das war so schön!«

Über die Schwärmerei von der Nordseeinsel vergaß er seine Panik. Valerie hörte sich an, wie herrlich die Dünen waren und die Strandkörbe und wie viele Vögel auf Norderney lebten und die Strände und das Meer und überhaupt! Fred wollte am liebsten mitkommen, erklärte sich dann relativ schnell bereit, nächste Woche die Leitung des Waschsalons zu übernehmen. Wenn Valerie dort, auf diesem paradiesischem Inselchen, einen Urlaub gewonnen hatte, dann war er der Letzte, der ihr im Weg stehen würde.

»Du bist ein Schatz!« Sie umarmte ihn spontan und hoffte, Ellis Kollegin würde auch so toll reagieren.


»Ich habe einen exakten Plan ausgetüftelt. Wenn jeder drei Stunden und ein bisschen fährt, kommt das genau hin. Wir müssen spätestens um 18 Uhr an der Fähre sein. Es fährt danach zwar noch eine, aber dann müssen wir anderthalb Stunden warten. Alle zwei Stunden gibt es etwas zu essen, das heißt, die erste Fressrunde beginnt um neun!« Lena schaute zufrieden auf ihren Plan.

Valerie saß am Steuer, Lena auf dem Beifahrersitz und Elli hinten zwischen Bergen von Taschen und Jacken. Die drei hatten sich für jedes Wetter gerüstet, was zur Folge hatte, dass ihr Gepäck mengenmäßig so aussah, als hätten sie vor, vier Wochen am Nordpol in Zelten zu überleben. Das kleine Auto war voll bepackt.

Valeries und Ellis Augen trafen sich im Rückspiegel. Elli lächelte ihr zu. Valerie war froh, dass sie mitkam. Elli war ihr sehr ans Herz gewachsen mit ihrer sanften Art und ihren feinen Antennen, mit denen sie genau spürte, wie es einem gerade ging.

Ihre Kollegin hatte, so wie Fred, sehr liebevoll reagiert und war bereit gewesen, so viele Patienten von Elli zu übernehmen, wie sie schaffen konnte. Den Rest hatte Elli angerufen und auf übernächste Woche vertröstet.

Sobald man das Wort Norderney aussprach, bekamen die Leute, die diese Insel kannten, einen verträumten Ausdruck. Valerie hatte Schmetterlinge im Bauch vor Aufregung. Eine kleine Insel, umgeben von Strand und Meer. Das klang wirklich schön, und sie hatte seit der Woche in Amsterdam keinen Urlaub mehr gehabt. Sie ertappte sich manchmal dabei, dass sie immer noch auf einen Anruf von Ted wartete. Sie fragte sich dann zum tausendsten Mal, ob er den Zettel je erhalten hatte oder ob er einfach entschieden hatte, dass ihm ein Treffen in zehn Jahren, inzwischen waren es nur noch neun, reichen würde.

Für alle anderen hatte sich das Thema Ted längst erledigt. Lena versuchte ausdauernd, sie mit irgendwelchen Typen zu verkuppeln. Anne fragte etwa einmal im Monat etwas plump nach, ob sich denn bei ihr »etwas ergeben hätte«.

»Was soll sich denn bitte ergeben?«, fragte Valerie dann angriffslustig zurück, und Anne wechselte das Thema.

Nur Elli fragte nie. Ab und zu trafen sie sich nachts in der Küche, wenn sie beide nicht schlafen konnten, und tranken gemeinsam ihren Chai. Meistens schwiegen sie zusammen, und Valerie hatte manchmal das Gefühl, dass sich in dieser Zeit auf eine geheimnisvolle Weise ihre Seelen miteinander unterhielten.

Jedenfalls verstand Elli sie ohne viele Worte.

Mit Lena, als strenge Antreiberin, die sie quer durch Deutschland über die Autobahn hetzte und auch nur unter viel Seufzen hin und wieder eine Pipipause erlaubte, kamen sie überpünktlich bei der Fähre an.

Der erste Blick auf die Insel war trüb. Der Himmel war grau, das Meer war grau. Und die großen, hohen Mehrfamilienhäuser, die man überraschenderweise auf der Insel erkennen konnte, waren es auch. Sie standen zu dritt im kalten Wind und starrten auf das immer näher kommende Land.

»Das Wetter soll ja besser werden«, sagte Elli hoffungsvoll.

Valerie und Lena nickten.

Immerhin war das Hotel schön. Valerie hatte ein schickes Einzelzimmer in Blautönen. Bilder von Meer und Möwen hingen an den Wänden und verbreiteten maritimes Flair.

Besonders gut gefiel Valerie das Alkovenbett. Weiße Bretter trennten den übrigen Raum vom Schlafplatz. Durch ein rundes Bullauge konnte man vom Kopfende aus auf das Meer sehen. Sie legte sich hinein und fühlte sich wie in einer richtigen Koje.

Auch Elli und Lena waren begeistert von ihrem Doppelzimmer.

Sie hatten statt dem Alkoven ein ganz modernes Bett mit übertrieben vielen Kissen in allen Größen und Blautönen.

»Das muss aber auch so toll sein, es ist schließlich schweineteuer«, brummte Lena, während sie ihren Koffer auspackte.

Valerie wollte unbedingt ans Meer, aber die Freundinnen waren müde und wollten lieber in Ruhe auspacken.

»Ich gehe schnell alleine eine Runde.«

»Bleib nicht zu lange, wir wollen bald essen gehen.«

Valerie versprach es, ließ den Aufzug links liegen und rannte die Treppen runter. Sie brauchte dringend Bewegung nach der langen Fahrt.

Das Treppenhaus stach aus dem durchdesignten Hotel heraus. Hier war nichts in Blau gestrichen, und keine schönen Bilder erinnerten daran, dass man sich direkt am Meer befand.

Sie lief über die Strandpromenade runter an den Strand. Der Wind peitschte ihr ins Gesicht. Feiner Nieselregen legte sich auf ihre Haut.

Die Luft roch nach Salz. Möwen kreisten in der Luft und hießen sie willkommen. Valerie fragte sich unwillkürlich, ob Möwen auch weitere Strecken zurücklegten. Waren es vielleicht dieselben Möwen, die sie in Amsterdam begrüßt hatten? Sie fand den Gedanken schön.

Sie musste sehr weit durch den Sand laufen, um endlich ans Wasser zu kommen. Es war Ebbe. Der Strand streckte sich weit hinaus. Als sie endlich am Meer stand, schloss sie kurz die Augen. Die Wellen brausten heran und machten dieses unverwechselbare Geräusch.

Sie zog die Schuhe aus und tauchte ihre Füße in die kalte Gischt. Nach einigen Schritten hatte sie sich an die Wassertemperatur gewöhnt. Es waren kaum Leute am Strand. Sie war alleine mit den Möwen und dem Meer. Sie lief und genoss die Weite. Mit jeder ankommenden Welle fühlte sie sich leichter und glücklicher. Ans Meer kommen war jedes Mal wie nach Hause kommen.

Ted wachte auf. Ihm fiel sofort wieder ein, wo er war, und ein Lächeln breitete sich auf seinem Gesicht aus. Schwungvoll stand er auf und zog die rot-weiß karierten Vorhänge zur Seite. Da waren sie, seine geliebten Berge. Die Morgensonne ließ die Konturen besonders scharf wirken. Der Himmel knallte blau, und das Grau der Bergmassive wirkte kraftvoll und schien ihm Energie zu spenden.

Er buchte dieses kleine Zimmer, das eigentlich für die Kellner hier auf der Alm gedacht war, jetzt schon seit zehn Jahren. Immer wenn ihm in Amsterdam alles zu viel, zu schnell und zu hektisch wurde, nahm er sich ganz alleine diese kleine Auszeit und bekam immer das kleine, schlichte Zimmer, in dem nur ein Bett, ein Schrank und ein Stuhl standen, alles aus Holz. In die Stuhllehne war ein Herz geschnitzt. Deshalb warf er seine Klamotten nur über die Sitzfläche. Er fand es einfach so nett anzuschauen.

Die rot-weiß karierten Vorhänge passten zur Bettwäsche. Die Bettdecke war viel schwerer als bei ihm zu Hause. Wenn er sich zudeckte, war es so, als würde das Bett ihn wohlig festhalten.

Er liebte die Aussicht aus dem Fenster und war dankbar, dass er nicht, wie die anderen Wanderer, im Zehnbettzimmer übernachten musste.

In München hatte er einen Zwischenstopp gemacht und war dort suchend von Café zu Café gelaufen, in der irrwitzigen Hoffnung, irgendwo Valerie zu treffen. Er konnte sie einfach nicht vergessen, auch wenn er das vor Roman geheim hielt, damit der ihn damit nicht aufzog.

Er tröstete sich mit dem Gedanken, dass er nun ein Jahr weniger auf ihr Treffen warten musste, aber so wirklich funktionierte das nicht, denn es waren ja immer noch neun lange Jahre übrig.

Die Berge brachten ihn auf andere Gedanken. Er unternahm jeden Tag eine Wanderung und kehrte abends so müde in sein Zimmer zurück, dass er einschlief, sobald sein Kopf das Kissen berührte. Ein Luxus, den er aus Amsterdam nicht kannte. Zu Hause wälzte er sich oft stundenlang im Bett herum, bevor der erlösende Schlaf kam. Oft wanderten seine Gedanken in seinem schlaflosen Zustand zu Valerie, und dann dachte er sich Möglichkeiten aus, wie er sie finden konnte. Er wollte in einem Münchner Radiosender einen Aufruf starten, er wollte sich ans Fernsehen wenden, er wollte dort eine kleine Wohnung mieten und jedes Wochenende nach ihr suchen. Aber am nächsten Morgen kamen ihm all diese Pläne genauso bescheuert vor wie damals der, sie auf dem Oktoberfest zu finden.

Heute machte er sich bereit für einen seiner Lieblingswanderwege, genannt *Der lange Otto*. *Der Lange Otto* führte erst sehr steil bergauf und führte dann, vorbei an Sommerwiesen, zu einem kleinen, eiskalten See, an dem man manchmal Gämsen beobachten konnte. Ted packe sich eine Brotzeit ein und ging mit langen Schritten los. Nach kurzer Zeit hatte er seinen Rhythmus gefunden. Seine Füße fanden wie von selbst Halt auf dem Geröllweg, und sein Atem floss gleichmäßig dahin. Roman hatte ihn gefragt, ob er mitkommen könnte, aber Ted genoss diese einsamen Wanderungen, auf denen er mit niemandem redete und sich ganz der meditativen Wirkung, die die Bewegung und die Aussicht auf die Berge mit sich brachten, hingeben konnte. Roman, die ewige Labertasche, wäre da der völlig falsche Partner.

Nach einer Stunde Marsch hatte er das steile Stück geschafft. Er war nass geschwitzt. Als er um die Kurve kam und der Weg endlich flach wurde, sah er vor sich eine Frau, die leichtfüßig voranschritt. Sie trug einen blauen Rucksack und hatte ihre langen braunen Haare zu einem französischen Zopf geflochten. Er versuchte eine Weile, sie zu überholen, aber ihr Tempo war so zügig, der Abstand zwischen ihnen verringerte sich kaum. Schließlich gab er auf und stapfte hinter ihr her.

Elli, Lena und Valerie hatte ein strahlender Morgen begrüßt. Die Insel leuchtete in den schönsten Farben. Der grüne Strandhafer, der wie überdimensionales Gras auf den weißen Dünen wuchs, hob sich perfekt gegen den knallblauen Himmel ab. Vom Hotel hatten sie kostenlos Fahrräder bekommen, mit denen sie jetzt durch die wunderschöne Dünenlandschaft zu einem Strand fuhren, der *Oase* hieß. Der nette Rezeptionist hatte ihn empfohlen. Die hügelige Landschaft zog an ihnen vorbei. Über ihnen kreisten ganze Schwärme von Möwen, die mit ihren lauten Schreien ein Gefühl von Freiheit und Urlaub zauberten.

Es war ungewohnt, auf einem fremden Fahrrad zu sitzen. Valerie spürte ihren Hintern auf dem harten Sattel. Ihre Pullover hatten sie längst ausgezogen. Es war sehr viel wärmer als gestern. Auf dem schmalen Weg kamen ihnen ständig andere Fahrradfahrer entgegen. Norderney schien auch schon vor den großen Ferien sehr gut besucht zu sein. Lena fuhr beinahe ein wanderndes Rentnerpärchen über den Haufen, weil sie zu lange zu den Möwen in den Himmel schaute.

Sie stellten die Fahrräder auf dem Parkplatz ab und liefen den schmalen Pfad entlang, der zum Strand führte.

»Na spitze!«, stöhnte Lena, als sie das Schild las.

»Davon hat der Rezeptionist aber nichts gesagt.« Alle starrten auf das große, einladende Schild, das direkt über dem Weg hing. In blauer Schrift stand dort:

Willkommen am FKK-Strand Norderney!
Hier sall de Büx ut!

»Na dann runter mit der Büx!«, rief Valerie fröhlich und lief unter dem Schild hindurch weiter auf dem Holzpfad.

Die Freundinnen folgten ihr etwas zögernd und warfen sich

nervöse Blicke zu. Als sie über die Düne kamen, lag er vor ihnen. Wie aus einem Traum. Der Pfad schlängelte sich durch die weiße, riesige Fläche Sand. Links und rechts standen vereinzelt blau-weiße Strandkörbe. Ganz hinten lag das glitzernde Meer, und in der Mitte des Strandes erhob sich eine Insel aus Holz mit zwei kleinen weißen Türmen.

Vereinzelt liefen ein paar nackte Menschen herum. Die Atmosphäre war so friedlich und einladend, dass die Nacktheit nichts Befremdliches hatte.

Die drei suchten sich einen Platz, was auf dem riesigen Strand nicht schwer war.

»Und jetzt ziehen wir uns aus, oder was?!«, fragte Elli und sah sich um.

»Das ist doch doof. Ist FKK nicht freiwillig?« Lena hielt sich mit beiden Händen ihr Bikinioberteil fest.

»Ich glaube, wenn du an einem FKK-Strand bist, musst du dich auch nackt machen. Stand ja auch da. De Büx muss ut oder so.«

Gut gelaunt zog sich Valerie aus. Ihre Freundinnen guckten ihr zu, bis sie vollkommen unbekleidet dastand.

»Ja, was ist? Wollt ihr mich jetzt weiter anstarren, oder zieht ihr euch auch aus und kommt mit ins Meer?«

Lena und Elli sahen sich hilflos an, zuckten dann mit den Schultern und schlüpften schließlich auch aus allen Klamotten. Ab und zu warfen sich die beiden verstohlen einen Blick zu.

Nackt stürmten die drei Frauen Hand in Hand über den Strand in das Wasser. Als sie knietief drin waren, blieben sie stehen. Das Meer schwappte kalt bei jeder Welle an ihre Oberschenkel. Der Wind wehte hier heftiger als weiter oben am Stand.

»Was machen wir hier? Warum tun wir das?«, schrie Lena gegen den Wind an. »Wusstet ihr, dass jedes Jahr über dreihundert

Leute an einem Herzinfarkt sterben, weil sie zu schnell ins kalte Wasser gegangen sind?«

»Na, da besteht ja bei uns überhaupt keine Gefahr!«, sagte Elli lachend und zeigte auf Lena und Valerie, die sich frierend auf der Stelle bewegten und versuchten, den heranrauschenden Wellen so wenig Hautfläche wie möglich zu bieten.

»Mutig voran!«, schrie Valerie und warf sich in die nächste Welle. »Kalt! Schön! Kalt!«, japste sie.

»Was denn jetzt?«, fragte Lena und klammerte sich mit ihren Armen an ihrem Oberkörper fest, als könnte sie sich damit warm halten.

»Schön kalt! Kommt rein, es ist herrlich!« Valerie schwamm mit kräftigen Zügen auf das offene Meer hinaus. Hier brachen sich die Wellen nicht mehr. Das salzige Wasser auf ihren Lippen, der Himmel mit den weißen Schäfchenwolken und den Möwen über ihr, sie wollte schreien vor Glück.

Sie schwamm nackt in der Nordsee. Dasselbe Meer, in dem Ted vielleicht gerade jetzt auch badete oder vielleicht vor einer Woche gebadet hatte. Valerie hatte keine Ahnung, in welche Richtung die Nordsee strömte. Aber es war ihr auch egal. Sie fühlte sich Ted näher als sonst, und das war ein sehr, sehr gutes Gefühl.

# Neue Möglichkeiten

Der See lag so friedlich da, mitten in der Bergkulisse. Es war absolut windstill und ruhig. Man hätte meinen können, man spazierte durch eine übergroße Fotografie. Er konnte jeden einzelnen Stein sehen. Dazu spiegelten sich die Berge weiter hinten auf dem See. Es war ein magischer Ort.

Ted tauchte seine Hand in das kristallklare Wasser, um sich selbst zu beweisen, dass er wirklich hier war. Das Wasser war eisig. Er tauchte seine Unterarme komplett ein, um sich etwas abzukühlen. Er schöpfte Wasser mit den Händen und erfrischte Gesicht und Nacken.

Er erschrak, als sich im See auf der anderen Seeseite plötzlich etwas bewegte. Wie in einem James-Bond-Film stieg eine wunderschöne, nackte Frau aus dem Wasser. Mit dem Rücken zu ihm wrang sie ihren französischen Zopf aus und hüllte sich dann in ein Handtuch. Es war ihm unbegreiflich, wie sie in diesem eiskalten Wasser hatte schwimmen können.

Ted wusste nicht, wohin mit sich. Er war unfreiwillig Beobachter einer sehr privaten Badeszene geworden, und wenn sie sah, dass er hier war, würde sie auch wissen, dass er sie nackt gesehen hatte.

Es gab keine Möglichkeit, sich zu verstecken, also blieb er einfach am Ufer sitzen, bis sie ihn entdeckte. Er machte eine entschuldigende Geste, und sie lachte. Er lief ein paar Schritte vom See weg, um ihr Gelegenheit zu geben, sich unbeobachtet umzuziehen.

Als er sich wieder traute, in ihre Richtung zu blicken, war sie angezogen, saß auf der einzigen Bank weit und breit und winkte ihm zu.

Es war an der Zeit, sich vorzustellen. Als er nah genug war, streckte er ihr seine Hand hin und sagte auf Englisch: »Mein Name ist Bond, James Bond!« Er sah in ihren Augen, dass sie die Anspielung auf die Szene im Wasser verstand.

Franka war postiv überrascht.

Er sah viel besser aus, als sie vermutet hatte. Sie nahm seine warme Hand. »Bondgirl Franka!«, stellte sie sich vor.

»Ich bin Ted.« Ihr gefiel seine etwas schüchterne Art.

»Mr. 007, ist das ein Hobby von dir, badende Frauen zu beobachten?«, fragte sie grinsend und packte eine Brotzeit aus. Sie klopfte einladend auf den Platz neben sich.

Ted setzte sich zu ihr auf die Bank und unterdrückte den Impuls, sich zu entschuldigen. »Noch nicht, aber das könnte es tatsächlich werden!«, sagte er stattdessen und packte auch seine mitgebrachten Brote aus.

Beide bissen ab und sahen zufrieden auf den tiefblauen See.

Sie kamen ins Gespräch, und sie fand heraus, dass er Holländer war und sein Deutsch fast genauso gut wie sein Englisch. Als er hörte, dass sie aus München war, bekamen seine Augen kurz einen verträumten Ausdruck.

Er hatte eine sehr beruhigende Ausstrahlung. Etwas ganz leicht Melancholisches umgab ihn, was sie irgendwie rührte. Es weckte in Franka den Wunsch, ihn glücklich zu machen. Sie gab sich auf dem Rückweg, den sie gemeinsam gingen, Mühe, ihn zum Lachen zu bringen, was ihr auch hin und wieder gelang.

An einer besonders schönen Stelle blieb er stehen und schaute auf die umliegenden Berge, die so felsenfest und friedlich dastanden, dass man allen Lärm und Kummer, den es auf der Welt gab, vergessen konnte.

Zusammen bestaunten sie die Aussicht.

»Ich liebe die Berge«, sagte er mit einem weichen Ausdruck auf seinem Gesicht.

»Ich auch«, antwortete Franka, ohne den Blick von dem Panorama zu lösen.

Ein Schmetterling flog vorbei.

Wie seltsam, dachte Ted. Jetzt stehe ich hier mit einer Frau, die wie ich die Berge liebt, die schön und witzig ist, und alles, was mir durch den Kopf geht, ist der Satz: Valerie liebt das Meer.

Er sah sie plötzlich vor sich am Strand, wie sie vor den Wellen weglief, mit nackten Füßen und wild zerzausten Haaren.

Einen Moment lang wollte er Franka gerne sein Herz ausschütten. Er wollte ihr sagen, dass er verliebt war in eine Frau, die er nicht finden konnte. Aber sie kannten sich erst seit zwei Stunden, und auch wenn er sie nackt gesehen hatte, war das kein Grund, ihr gleich seine intimsten Gedanken, von denen nicht einmal Roman etwas wusste, mitzuteilen.

Er lächelte sie an, und sie liefen weiter, Seite an Seite mit sicherem Schritt zurück zur Almhütte.

Elli, Lena und Valerie waren in einer Kneipe gelandet, die *Der bunte Hund* hieß. Sie befand sich etwas abseits in einer Nebenstraße, in die sich vermutlich nur selten Touristen verirrten. Bunte Lampen hingen an der Decke, es lief deutsche Musik, der Ton war rau und herzlich. Alle drei tranken einen Cocktail, der eigentlich eine Piña colada sein sollte, aber ganz anders schmeckte und aussah.

Sie saßen in einer Nische auf Plastikbänken mit dicken Lehnen. Der Tisch sah aus, als hätte er schon sehr viel erlebt und gehört. Er wurde sicher schon unzählige Male abgewischt. Es gab Ränder von Wasser- und Biergläsern und in der Mitte einen Brandfleck. Eine kleine Kerze stand direkt daneben, als wollte sie sagen: »Jaha, ich bin nicht so harmlos, wie ihr denkt!«

Seit sie nackt in der Nordsee geschwommen waren, fühlten sie sich unbesiegbar. Die Stimmung war ausgelassen. Sie alberten und kicherten herum. Sogar Lena hielt sich zurück mit ihren dunklen Prognosen. Elli hatte eine herrlich alberne Lache, die einen automatisch zum Mitlachen animierte. Lena genoss es sichtlich, sich von Elli mitreißen zu lassen.

Als ihnen der Kellner eine Schale mit Nüssen hinstellte, vergaß Lena völlig, ihnen zu erzählen, wie viele Bakterien da drin waren und wie wenig Leute sich auf der Toilette die Hände wuschen und dann in so eine Nussschale griffen.

»Kann ich euch noch was bringen?«, fragte der Kellner, als die Schale fast leer war.

»Wir haben fantastische Kartoffelecken mit Knoblauchmajo. Wollt ihr euch eine große Portion teilen?«

Die Frauen sahen sich an. Sie hatten vor zwei Stunden gut und üppig gegessen, aber dieses Angebot klang fantastisch.

»Sicher, dass uns eine große Portion reicht?« Elli beugte sich kichernd über den Tisch.

»Ich mache sie euch extragroß, und wenn ihr mehr wollt, bestellt ihr einfach nach!«, bot der junge Kellner an.

»Das ist sehr nett von dir, wie heißt du?« fragte Lena, die am nächsten zu ihm saß.

»Ich bin Felix.«

Lena nickte, als sei sie mit dem Namen einverstanden. »Hallo, Felix, das hier ist Valerie. Valerie ist eine ganz …«

»… hungrige Person!«, vervollständigte Valerie schnell, bevor Lena etwas Blödes sagen konnte.

Elli lachte sich kaputt über diesen Satz und lehnte ihren Kopf an Lena.

»Na, dann beeil ich mich mal lieber mit den Kartoffelecken!« Er grinste und verschwand Richtung Küche.

»Lena, du musst damit aufhören!«

»Womit denn?«, fragte sie unschuldig und zog an ihrem Strohhalm.

»Mit deinen blöden …«, weiter kam sie nicht. Ein Schmerzensschrei hallte durch das Lokal.

»Martin, um Himmels willen!« Felix rannte aufgeregt zu einem älteren Mann, der in gebeugter Haltung neben seinem Barhocker stand, von dem er eben geklettert war.

»Hexenschuss!«, sagte Elli. Sie stand auf und ging rüber zu dem Mann, der sich mit schmerzverzerrtem Gesicht an der Theke festhielt. Sie berührte sanft seinen Arm. »Ich bin Elli, Osteopathin, sieht so aus, als hätten Sie einen Hexenschuss, ich kann ihnen helfen, wenn Sie möchten.«

Der Mann nickte mit zusammengebissenen Zähnen.

Elli schob vorsichtig seinen Pullover hoch und verschwand dann mit ihren Armen unter seinem Shirt. Mit ruhigen Bewegungen drückte sie an ihm herum, was er mit leisem Stöhnen quittierte.

»Ein Hexenschuss ist nichts Schlimmes, er ist nur ziemlich schmerzhaft. Ihre Muskeln sind durch eine bestimmte Bewegung verhärtet.« Sie schaute auf und sah, dass die komplette Kneipe in einem kleinen Kreis um sie herumstand.

»Schauen Sie mal, ob sie gehen können, dann bringe ich sie irgendwohin, wo ich sie besser behandeln kann.«

Der Mann nickte und versuchte, sich in gebeugter Haltung fortzubewegen.

Elli blieb an seiner Seite und stützte ihn.

»Ich bin Martin Lindner.« Er versuchte ihr die Hand zu geben, gab dann aber auf und schlich weiter. »Wir fahren am besten in mein Hotel, um die Ecke, wir haben einen Wellnessbereich mit einem Physiotherapiezentrum.«

»Perfekt, da wird es ja eine Behandlungsliege geben.« Elli lächelte ihn an.

Zu dritt bugsierten sie ihn vorsichtig in Felix' Auto, was alles andere als leicht war. Jede Bewegung verursachte üble Schmerzen. Als sie endlich saßen, sprang das Auto nicht an.

»Ich fahre hier kaum, auf der Insel«, sagte Felix entschuldigend und brachte den hustenden Motor dann doch noch zum Laufen.

Das *Hotel Inselfrieden* war hell und freundlich eingerichtet. Drei aufgeregte Mitarbeiter kamen ihnen an der Rezeption entgegen. Martin Lindner winkte beruhigend ab und verschwand mit Elli im Aufzug. Lena, Valerie und Felix blieben alleine in der Lobby auf einem dicken, flauschigen Teppich zurück. An den Wänden hingen Bilder von Haien und Delfinen. Es roch nach Zitronen.

Valerie sah sich nach einer Duftkerze um, konnte aber keine entdecken.

Eine der besorgten Mitarbeiterinnen kam auf sie zu. Sie hatte ihre langen blonden Haare zu einem Pferdeschwanz gebunden und trug eine Hoteluniform mit dem Logo des Hotels, eine Friedenstaube auf einer Insel. »Felix, was ist denn passiert?«

»Genau weiß ich es gar nicht. Martin ist von seinem Barhocker geklettert und wollte sich dann bücken, um etwas vom Boden aufzuheben, dabei ist es passiert.«

»Ausgerechnet jetzt, wo uns Simone verlassen hat.«

Mit einem Blick auf Lena und Valerie erklärte sie: »Simone hat bei uns als Osteopathin gearbeitet, sie war super, immer ausgebucht, aber sie ist seit drei Wochen weg, auf dem Festland.«

Sie sagte das Wort Festland, als würde sie einen Städtenamen wie Berlin oder Hamburg aussprechen. Es schien nicht wichtig zu sein, wohin genau Simone gegangen war, solange es sich nicht um eine Insel handelte. Festland war Festland.

»Elli ist auch Osteopathin, sogar eine sehr gute. Er ist bei ihr echt in guten Händen.« Valerie sagte das nicht ohne Stolz auf ihre Mitbewohnerin und Freundin. Sie hatte sich selbst schon einige Male von Elli behandeln lassen und wusste, dass ihre Finger Wunder bewirken konnten.

»Wollt ihr vielleicht etwas trinken? Ich bin übrigens Kim.«

Lena und Valerie stellten sich ebenfalls vor.

»Ich muss eigentlich wieder rüber.« Felix zeigte in eine unbestimmte Richtung, in der Der bunte Hund liegen musste.

»Tut mir leid, dass ihr eure Kartoffelecken jetzt gar nicht bekommen habt. Wenn ihr das nächste Mal kommt, gehen sie aufs Haus!«

Lena fiel siedend heiß etwas ein. »Oh Gott, Felix, wir haben noch gar nicht unsere Cocktails bezahlt!«

Felix winkte ab. »Das erklär ich dem Chef schon. Ihr zahlt einfach das nächste Mal, wenn ihr kommt.« Mit diesen Worten verabschiedete er sich und lief schnell auf den Ausgang zu. Lena und Valerie wurden von Kim zu einer gemütlichen Sofaecke geführt. Ein Kamin verbreitete eine wohlige Stimmung.

Es standen einige senfgelbe Sofas herum, die sich gut auf dem moosgrünen Teppich machten. Das große Bücherregal an der Wand gab dem Raum etwas Heimeliges. Auch hier duftete es nach Zitronen.

Es waren außer ihnen keine anderen Gäste anwesend.

»Kakao und Kekse? Oder trinkt ihr lieber Tee?«

»Kakao«, »Tee«, sagten Valerie und Lena gleichzeitig. Sie mussten lachen.

Als Kim verschwand, beugte sich Lena verschwörerisch nach vorne. »Ich bin froh, dass sie ihn jetzt irgendwo behandelt, wo wir nicht dabei sind. Ich kann das nicht gut sehen. Bei mir verhärtet sich dann auch sofort die Lendenmuskulatur!«

»Du weißt doch nicht mal, wo die sich befindet.«

»Na irgendwo hier.« Lena zeigte auf ihren unteren Körper.

Sie ließen sich in zwei besonders große Sessel fallen, die direkt vor dem Kamin standen.

Tee und Kakao kamen schnell. Kim stellte das Tablett auf dem Couchtisch ab, der klein und rund und gerade groß genug für das Tablett war. Sie ließ die beiden ihre Getränke alleine genießen.

Zwei große weiße Tassen strahlten ihnen entgegen. In zwei kleinen Schälchen lagen jeweils zwei überdimensionale Butterkringel. Im Kamin knisterte es leise.

Valerie schaute etwas neidisch auf Lenas dicken Milchschaum, der auch noch mit Zimt bestreut war. Dann schüttelte sie innerlich den Kopf über sich selbst. Immer will man das haben, was der andere hat, dachte sie und nahm einen Schluck von ihrem Tee, der normal und langweilig schmeckte. Sie dippte den Butterkringel hinein und biss ab. Eine herrlich süße Geschmacksexplosion versöhnte sie mit ihrem Tee.

Lena warf jetzt ihr einen neidischen Blick zu. Kekse kann man auch in Kakao dippen, es ist aber tatsächlich nicht das Gleiche. Die beiden futterten alle Kekse, sahen ins Feuer, redeten kaum und entspannten sich immer mehr.

Wie machen die das nur mit dem Zitronenduft, fragte sich Valerie, und dann dachte sie daran, wie schön und aufregend der Tag gewesen war.

Sie dankte im Stillen für den Gewinn des Preisausschreibens, dabei hatte sie zu diesem Zeitpunkt noch keine Ahnung, wie sehr sich ihr Leben durch diesen Abend verändern würde.

In der wohligen Wärme vor dem Kamin waren Lena und Valerie fast eingeschlafen, als Elli endlich wieder auftauchte.

Franka übernachtete auch auf seiner Almhütte, allerdings hatte sie ein Bett im Zehnerzimmer, was ihr aber nichts auszumachen schien. Sie war überhaupt erfrischend unkompliziert mit allem.

Ted und sie machten jetzt jeden Tag eine Wanderung zusammen. Es hatte sich einfach so ergeben. Am nächsten Tag hatten sie sich beim Frühstück getroffen und zufällig wieder dasselbe Ziel gehabt. Franka hatte diesen Zufall etwas manipuliert.

Ted gefiel ihr. Er gefiel ihr sogar sehr. Sie hatte sich schon auf dem Rückweg vom *Langen Otto* in ihn verliebt. Bei Männern musste sie oft den ersten Schritt machen. Sie war ein bisschen zu schön, als dass Männer sich bei ihr etwas trauten.

Auch Ted war ihr extrem gutes Aussehen nicht entgangen.

Ihre langen braunen Haare wellten sich leicht, wenn sie ihr Haar offen trug. Sie hatte bernsteinfarbene Augen und eine athletische Figur. Wenn sie in voller Montur neben ihm herstapfte, musste er manchmal an Lara Croft denken. Er hatte den Fehler gemacht, sie Roman gegenüber bei einem Telefongespräch zu erwähnen, und seitdem bekam er jeden Tag drei SMS, in denen er in immer neuem Wortlaut dazu aufgefordert wurde, mit ihr zu schlafen.

»Knall sie endlich!«, las er auf seinem Display, als sie sich gerade auf den Rückweg von einer längeren Tour machten.

Jedes Mal, wenn sie sich körperlich etwas näherkamen, schickte ihm sein Gehirn Bilder von Valerie. Er sah ihr Lächeln, ihr Grübchen, ihre Halsbeuge. Das verwirrte ihn, und er zwang sich in letzter Zeit, nicht mehr an Valerie zu denken.

Franka fragte sich, wann sie einen echten Vorstoß wagen konnte. Ted schien nicht uninteressiert an ihr zu sein, aber da war so etwas wie eine unsichtbare Mauer, die sie einfach nicht durchdringen konnte.

Heute kam ihr der Himmel zu Hilfe. Ganz plötzlich kam Wind auf, und entgegen allen Wetterprognosen öffnete der Himmel seine Schleusen. Es regnete auf einmal so stark, dass man kaum noch einen Meter weit gucken konnte. Ted nahm ihre Hand, und sie rannten, so schnell es ging, auf eine kleine Hütte zu, in der vermutlich irgendetwas gelagert wurde. Sie hatten Pech, die Tür war fest verschlossen. Franka warf ihren nassen Rucksack ab und lehnte sich enttäuscht gegen das Holz. Ted gab nicht so schnell auf. Er umrundete die Hütte und fand tatsächlich einen Fensterladen, den er aufklappen konnte. Mit ein bisschen Geruckel ließ sich das alte Fenster öffnen. Er half Franka hinein, obwohl sie viel geschmeidiger als er über die hüfthohe Brüstung kletterte.

In der kleinen Hütte lagerten Heuballen und gefüllte Säcke. Es war nicht unbedingt gemütlich, aber es war trocken und roch gut nach Heu, Staub und Abenteuer.

Hinter dem Fenster war nicht viel Platz, so standen sie dicht aneinander, als der Donner direkt über ihnen losgrollte. Franka zuckte zusammen und klammerte sich instinktiv an Ted. Er konnte durch sein nasses Oberteil ihre Brüste spüren.

Frankas Hände lagen auf Teds Unterarmen. Sie war ihm so nah, dass sie seinen Herzschlag spüren konnte. Ihr Zopf hatte sich im Regen aufgelöst. Ted fühlte ihren Atem und ihren schlanken Körper. Er unterdrückte den Wunsch, noch näher an sie ranzurücken, um sie überall zu spüren, auch dort, wo sich gerade eine riesige Erektion aufbaute. Beide hielten ganz still und beobachten machtlos, wie die Erregung sich mehr und mehr ausbreitete. Als Franka sich ein kleines Stückchen nach vorne bewegte und beim nächsten Blitz, der vom Himmel zuckte, gegen ihn presste, machte sich sein Körper selbstständig. Seine Hände zogen Franka an sich, und er küsste sie leidenschaftlich. Sie erwiderte den Kuss, und ihre Hände fanden einen Weg unter sein nasses Shirt. Wie im Rausch zogen sie die nassen Sachen aus, bis sie endlich Haut an Haut an den Strohballen gelehnt vergaßen, wo sie waren und wer sie waren.

Valerie war früh aufgewacht und hatte eine seltsame Unruhe verspürt. Der Himmel war blau, und die Sonne schickte goldene Strahlen auf den Strand, der beinahe menschenleer dalag.

Sie zog sich schnell an und ging hinunter zum Wasser. Es war gerade Hochwasser. Sie zog ihre Sandalen aus, um das Meer an ihren Füßen zu fühlen. Jeder Schritt hinterließ eine Spur im Sand.

Es waren schon ein paar Leute unterwegs, Jogger und Hundebesitzer. Valerie beobachtete zwei Dalmatiner, die übermütig über den Strand fegten. Langsam ließ ihre innere Unruhe nach. Automatisch schweiften ihre Gedanken zu Ted. Sie schüttelte den Kopf. Ich muss damit aufhören, ermahnte sie sich selbst.

Sie blieb stehen und lauschte. Die heranrollenden Wellen waren an diesem Morgen ganz sanft. Es war ein freundliches Geräusch.

War es Zufall gewesen, dass Ted und sie sich in Amsterdam getroffen hatten? Gab es überhaupt so was wie Zufall? Oder gab es für alles einen Plan? Einen irrwitzigen, seltsam schrägen Plan, der all die Irrwege und alle Björns dieser Welt mit einkalkulierte?

Valerie hatte Björn, seit sie ihm das Bier ins Gesicht geschüttet hatte, nicht mehr gesehen. Manchmal fragte sie sich, ob er überhaupt noch in München wohnte. Ihr selbst ging die Stadt mehr und mehr auf die Nerven. Alles war laut, teuer und musste schnell gehen. Die Menschen hatten so wenig Geduld. Die Woche Auszeit hier auf der Insel tat so gut. Hier tickten die Uhren langsamer.

Unter ihren nackten Füßen fühlte sie Muscheln. Sie tauchte ihre Hände in das salzige Wasser. Sie sah winzige Krebse, die in den Wellen durcheinanderpurzelten und, wenn das Wasser ablief, über den Sand rannten, als hätten sie ein Ziel. Der Himmel schmückte sich mit ein paar flachen weißen Wolken. Ein Segelschiff fuhr majestätisch vorbei.

Valerie versuchte, alles in sich aufzunehmen. Eine Woche hier war viel zu kurz. Sie atmete tief ein und ging weiter, den Blick auf den Horizont gerichtet.

Ted schlich sich leise aus dem Zimmer. Im Halbdunklen sah er die schlafende Franka, die auf dem Bauch lag. Ihre Haare flossen ihren Rücken entlang. Sie war schön, keine Frage. Es war eng gewesen zu zweit in seinem Bett. Er hätte lieber alleine geschlafen, aber nach dem Sex in der kleinen Hütte war es für Franka selbstverständlich gewesen, abends mit ihm in sein Zimmer zu kommen.

Sie hatte ihm ganz viele Dinge aus ihrem Leben anvertraut. Sie erzählte von ihrer verstorbenen Mutter und dass sie seit Monaten in München auf Wohnungssuche war, um endlich ihrem Vermieter zu entfliehen, der sie stalkte. Ted hatte sie im Arm gehalten und ihr zugehört. Umgekehrt hatte er es nicht geschafft, sich ihr zu öffnen. Was hätte er auch sagen sollen?

Er ging ein paar Schritte von der Almhütte weg. Es war noch frisch, er fröstelte in seinem Pullover. Die Sonne hat es noch nicht über die Berggipfel geschafft. In der Morgendämmerung lag noch die Kälte der Nacht. Es roch nach Gras und Tannen. Die taunasse Wiese durchfeuchtete seine Schuhe. Ted hatte ein schlechtes Gewissen. Er hatte zweimal mit Franka geschlafen und jedes Mal dabei an Valerie gedacht. Ich muss damit aufhören, dachte er. So kann es nicht weitergehen. Es schien ihm, als würden alle ihr Leben weiterleben, nur seins war letzten Sommer stehen geblieben.

Johanna würde demnächst zu Tobias ziehen, Joris kam nach den Sommerferien in die Schule, und Roman hatte einen seltsamen Rekord aufgestellt, indem er in zehn Wochen mit zehn Frauen geschlafen hatte, die alle Marie hießen. Alle nahmen aktiv am Leben teil, nur er wartete auf etwas, das er nicht in Worte fassen konnte.

Ein leichter Wind kam auf und bewegte die Tannen am Rande der Wiese. Das Rauschen erinnerte Ted an das Geräusch von Wellen. Valerie war überall. Er schloss die Augen.

Vielleicht war Franka ein Ausweg aus alldem. Vielleicht musste er sich einfach darauf einlassen, um wieder seinen Weg zu finden. Vielleicht war es ja auch kein Zufall, dass er sie hier in den Bergen, die sie beide so liebten, getroffen hatte.

Und warum stehst du dann hier mit nassen Schuhen in der Kälte herum, statt bei ihr im Bett zu liegen, fragte er sich. Er seufzte und schaute auf den roten Himmel, der langsam immer heller wurde.

»Was soll ich nur tun?«, fragte er die Berge.


»Er hat was?!« Valerie fiel ein Stück Mousse-au-Chocolat-Kuchen von der Gabel.

»Und das erzählst du uns so nebenbei, ganz beiläufig?!«, schrie Lena.

Elli schaute sanft von einer zur anderen.

Sie saßen in einem Café in der Inselmitte, das Valerie von der Einrichtung her nicht überzeugte. Alles war sehr normal, es gab Stühle und Tische, keine Sofas oder Loungeecken. Der Kuchen war allerdings überirdisch gut. Jedes Stück hatten sie mit Andacht genossen, bis Elli mit der großen Neuigkeit herausgerückt war.

»Ich muss da erst mal drüber nachdenken.«

Valerie schüttelte den Kopf. Sie müsste keine Sekunde darüber nachdenken, wenn sie so ein Angebot bekommen würde wie Elli. Der Hotelbesitzer Martin war so begeistert von ihrer Behandlung gewesen, dass er sie im *Hotel Inselfrieden* anstellen wollte. Sie sollte Simone ersetzen und bekam zusätzlich zu einem guten Vertrag auch noch eine Dienstwohnung auf der Insel gestellt.

»Elli, das ist ja der Wahnsinn! Was hast du denn zu ihm gesagt?«, wollte Valerie wissen.

»Dass ich mich freue und mal mit euch darüber sprechen werde.«

Valerie musste sofort an ihre gemeinsame Wohnung in München denken. Vielleicht konnte sie Ellis Mietvertrag übernehmen und eine neue Mitbewohnerin finden, aber sie konnte sich ein Leben, ohne Elli nachts in der Küche zu treffen, gar nicht mehr vorstellen. Nur die Möglichkeit, hier auf der Insel zu arbeiten, war einfach … gigantisch.

Valerie pikste ihr Stück Kuchen wieder auf. Ihr Hals war ganz eng, es war schwer zu schlucken. Der Genuss war verflogen.

Lena stellte inzwischen lauter vernünftige Fragen. Wie viel Elli hier verdienen würde, ob sie sich vorstellen könnte, das ganze Jahr über, auch im Winter, auf dieser Insel zu sitzen, ob sie die Dienstwohnung mal besichtigen könnte und wie lange sie Zeit hatte, sich zu entscheiden.

Valerie hörte Ellis Antworten, bekam den Inhalt aber nicht wirklich mit. Sie starrte auf ein Bild an der Wand gegenüber, das eine Frau mit einem großen Hut zeigte, die einen Pfad durch die Dünen ging. Sie raffte ihr Kleid zusammen und schien mit sich und der Welt im Einklang zu sein. Klar, wenn man jeden Tag

124

durch einen Dünenpfad laufen durfte, dachte Valerie. Mit Kleid und Hut auch noch.

Als Elli kurz auf die Toilette ging, beugte sich Lena zu ihr herüber. »Alles o.k. mit dir? Du siehst etwas blass aus.«

»Ich bin nur echt ...« Valerie suchte nach Worten.

»Du würdest es sofort machen, stimmt's?«

Valerie fühlte, wie sie rot wurde. Lena hatte voll ins Schwarze getroffen.

»Du nicht?«, fragte sie etwas hilflos zurück.

Lena schüttelte den Kopf. »Wusstest du, dass sich siebzig Prozent aller deutschen Selbstmorde in Norddeutschland ereignen? Im Winter kriegst du hier doch Depressionen, wenn alles wochenlang nur grau ist.«

»Das Meer ist auch im Winter schön. Schöner als das graue München!«

»Aber wir haben im Winter Schnee! Und die Berge in der Nähe«, verteidigte Lena ihren Heimatort.

Valerie musste an Ted denken. Der Satz hätte von ihm sein können. »Es ist ja auch egal, ob wir es machen würden. Elli muss wissen, ob sie es will.«

Elli, die den letzten Satz gehört hatte, setzte sich und sagte: »Ich weiß nicht, ob ich es will. Ich müsste ja mein ganzes Leben in München aufgeben. Alle Patienten, die Wohnung, euch ...«

Valerie blinzelte ein paar Tränen weg. »Aber es ist so eine tolle Chance, Elli. Wer hat schon die Gelegenheit, auf einer Insel zu arbeiten? Wenn es dir nicht gefällt, kommst du halt einfach zurück nach München.«

Der Tag hatte seine Leichtigkeit verloren. Plötzlich war es nicht mehr einfach eine Woche Urlaub. Alles, was sie sahen oder taten, hatte jetzt das große Fragezeichen, ob man hier auf Dauer leben könnte, bekommen.

Lena konnte am besten damit umgehen. Sie schien die Zeit einfach zu genießen und froh zu sein, nach diesen Tagen wieder in ihr Leben in München zurückkehren zu können.

Elli und Valerie waren schweigsam, beide in Gedanken versunken.


Ted hatte seinen letzten Tag noch vor Sonnenaufgang begonnen. Er lief im Dunkeln los und sah oben am Gipfelkreuz die Sonne aufgehen.

Er kannte den Weg gut, und so war es kein Problem gewesen, ihn unter dem Sternhimmel zu finden. Nachts zu wandern, hatte etwas sehr Ursprüngliches. Jedes Geräusch nahm er stärker wahr, er setzte seine Schritte bewusster und ging langsamer. Er begrüßte die Dämmerung wie einen Freund.

Am Gipfelkreuz angekommen, setzte er sich auf den steinigen Boden.

Franka schlief noch selig, während er seine Frühstücksjause auspackte, die er von Babette, der Sennerin, glücklicherweise in aller Herrgottsfrühe zugesteckt bekommen hatte. Babette stellte keine Fragen. Sie nahm alle Wanderer einfach so, wie sie waren. Jeder hatte einen anderen Grund, die Berge hoch- und runterzulaufen. Ted sah der Sonne zu, wie sie mühelos Stück für Stück zwischen den Berggipfeln aufging.

Er war alleine hier oben und genoss jede Minute. Bald würde er wieder in der lauten, von Touristen überfüllten Großstadt sein.

Das Licht war atemberaubend. Er dankte dem Universum dafür, dass er hier sein durfte. Der Tag war wie gemacht für einen Neuanfang. Ted holte den zusammengefalteten Zettel aus seinem

Geldbeutel, den er seit dem Treffen mit Valerie mit sich herumtrug. Er fuhr zärtlich mit den Fingern über ihre wilde Handschrift.

*24. Juni 2021*

Er schloss die Augen und stellte sich vor, er könnte durch die Zeit reisen. Zwischen den Bergmassiven und dem strahlenden Morgen schien alles möglich zu sein. Er würde von der Wanderung zurückkehren und direkt im Juni 2021 landen. Er würde einfach nach unten stapfen und den nächsten Flieger in die Zukunft nach Amsterdam nehmen.

Er öffnete wieder die Augen.

»Tut mir leid«, sagte er zu dem Zettel. »Ich vergesse dich nicht, aber ich muss eine Pause machen, weil sonst mein Leben so lange eine Pause macht, bis wir uns wiedersehen. Und das ist zu lange.«

Er strich sorgfältig den Zettel glatt und verstaute ihn wieder im Geldbeutel mit der festen Absicht, ihn in den nächsten neun Jahren nicht wieder hervorzuholen.

# Inselfieber

Valerie hatte die Möwen so gut dressiert, dass sie ihr Fische aus dem Meer holten und ihr zuwarfen. Sie fing sie auf und legte sie in ein großes Aquarium, in dem sie groß und bunt wurden und wunderschön hin und her schwammen.

Jemand klopfte laut an die Scheibe, und die Zauberfische erschraken. Valerie konnte nicht sehen, wer da geklopft hatte, aber das Klopfen wiederholte sich und wurde lauter und lauter. Sie schreckte aus dem Schlaf hoch. Das Klopfen war real. Jemand hämmerte an ihre Zimmertür. Sie wühlte sich aus der Decke, die sich wie eine Schlingpflanze um sie gewickelt hatte. Mit rasendem Puls öffnete sie, bereit, in die Augen eines Monsters oder Einbrechers zu gucken.

Elli stand vor der Tür. Sie trug ihre geringelte Lieblingslatzhose, die sie nur an besonderen Tagen anhatte. Valerie konnte sich nicht erinnern, dass Elli sie auf der Insel schon getragen hatte.

»Was ist passiert?«, fragte Valerie, die fühlte, wie ihr Körper Adrenalin durch ihre Adern pumpte und sie schlagartig wach war. »Wo ist Lena?«

»Im Bett, sie schläft. Ich muss mit dir reden! Zieh dich an, wir gehen runter ans Meer.«

Valerie tat, was sie sagte. Das war alles so mystisch und seltsam, dass sie gar nicht anders konnte, als ihren Anweisungen zu folgen.

Am Wasser unten war sie froh, dass sie sich eine Jacke und eine Mütze angezogen hatte. Es war kalt, der Himmel über ihnen war sternenklar, und der Mond schien groß und dramatisch auf das Meer. Die ankommenden Wellen wurden schwach von oben beleuchtet. Elli nickte zufrieden, als sei das die perfekte Szenerie für das bevorstehende Gespräch. Sie gingen schnell nebeneinanderher, um warm zu werden.

Valerie wartete gespannt, bis Elli anfing zu reden.

»Ich habe dich letztes Jahr sehr liebgewonnen«, begann Elli. »Du bist mehr als eine Mitbewohnerin für mich. Momentan bist du ...«, sie blieb stehen und sah sie an, »... meine Familie.«

Valerie konnte nur nicken. Sie bemühte sich, jetzt nicht in Tränen auszubrechen. Elli hatte sich entschieden, sie würde auf die Insel ziehen und sie in München alleine lassen.

»Ich weiß, dass es dein größter Wunsch ist, am Meer zu wohnen, und da dachte ich ...« Sie drehte sich aufgeregt zu Valerie und konnte die Neuigkeit jetzt keine Sekunde länger für sich behalten. Ihr Wangen waren vom kühlen Wind gerötet. »Valerie, wir können beide hier arbeiten! Und wir bleiben auch Mitbewohnerinnen, wir können uns die Dienstwohnung teilen. Es gibt zwei Schlafzimmer, die Küche ist zwar etwas klein, aber wenn wir es geschickt anstellen, kriegen wir da einen kleinen Tisch und zwei Stühle rein, und wir haben sogar einen kleinen Balkon!«

Valerie sah sie verständnislos an. »Elli, was redest du da?«

Elli lachte. »Entschuldige, ich bin so aufgeregt! Also, ich habe Martin gefragt, und er sagt, er braucht jemanden für sein kleines Café unten am Nordstrand. Ich habe ihm gesagt, du hast Erfahrung in der Gastronomie, na ja, du hast ja eine kleine Kaffeeecke im Waschsalon, und du bist Unternehmerin ...«

»Du hast Martin gefragt, ob er einen Job für mich hat?!« Valerie wusste nicht, was sie denken sollte. Sie fand es peinlich und großartig und alles zusammen.

»Ja«, gab Elli zu. »Mir ist heute klar geworden, dass ich nicht ohne dich auf Norderney sitzen will, aber mit dir zusammen könnte es eine ganz tolle Zeit werden!«

Atemlos standen sich die beiden Frauen gegenüber. Die Wellen rauschten an den Strand, der Mond schien hell und ließ einzelne Muscheln im Sand aufleuchten.

So viele Fragen wirbelten durch ihren Kopf. Wie, wo, wann, was und ob.

»Ist das hier echt?«, fragte Valerie leise.

»Das hier ist echt« , bestätigte Elli und nahm Valeries kalte Hände in ihre kalten. »Wir könnten das echt machen?«

»Wir könnten es ganz in echt machen. Hier leben und arbeiten. Du und ich auf der Insel.«

Wenn ich das nur Ted erzählen könnte, dachte Valerie. Er würde ausflippen.


Nachdem Elli und Valerie Lena am nächsten Morgen beim Frühstück von den neuen Entwicklungen erzählt hatten, stand sie wortlos auf und ging.

»Oh nein. Jetzt ist sie sauer. Ist sie jetzt sauer?«, fragte Elli und bestrich sich hektisch ihr Brötchen mit viel zu viel Butter.

Valerie schüttelte den Kopf. »Kann ich mir nicht vorstellen. Vielleicht braucht sie nur ein paar Minuten.« Sie hätte selber eigentlich ein paar Stunden gebraucht nach dieser schlaflosen Nacht.

Sie saßen in dem modernen Frühstückraum auf sehr bequemen Stühlen. Auch hier herrschte die Farbe Blau vor. Das Frühstücksbuffet war üppig, und Valerie hatten jeden Morgen versucht, so viel wie möglich davon zu essen, nur heute bekam sie kaum etwas herunter und hielt sich an ihrer Teetasse fest.

Es war zwar keine Frage, dass sie mit Elli auf die Insel wollte, aber den Waschsalon von Herr Peters im Stich zu lassen, damit konnte Valerie überhaupt nicht umgehen.

Fünfzehn Minuten später kam Lena mit Papier, Stiften und einem langen Lineal wieder.

»Ihr seid beide bekloppt!«, stellte sie fest. »Und wenn das keiner für euch plant, geht ihr unter. Also los, wir haben nicht viel Zeit!«

Sie breitete alles auf dem Tisch aus und stellte dazu alles, was noch vom Frühstück übrig war, energisch auf den Nebentisch.

Staunend sahen sie zu, wie Lena in Windeseile mehrere Tabellen zeichnete und beschriftete. In die erste Tabelle schrieb sie, was in den letzten Tagen hier auf der Insel alles geklärt werden musste. Die andere beiden beschriftete sie mit »Valerie« und »Elli« und schrieb Dinge drauf wie:

- *kären, wer den Waschsalon übernimmt*
- *Verkaufsvertrag aufsetzen lassen*

»Moment mal, Lena, ich kann den Waschsalon nicht verkaufen.«

»Was willst du dann damit machen?«

»Ihn behalten«, piepste Valerie etwas hilflos.

Lena seufzte, als hätte sie das schon kommen sehen.

»Pass auf, ich sage dir, was passieren wird. Du findest jemanden, der den Salon übernimmt. Vermutlich wirst du sagen: Behalte einfach den Gewinn ...«

»Na, so viel ist das ja nicht!«

»Und dann wird derjenige nach einiger Zeit denken, der Salon gehört ihm. Das geht so aber nicht, der ist sicher richtig etwas wert. Du machst Folgendes ...«

Sie nahm ein neues Blatt Papier und schrieb darüber:

*Problem Waschsalon*

Valerie nahm sich einen Stift, strich das Wort »Problem« durch und malte ein Herz hinter »Waschsalon«.

Lena schüttelte nur schweigend den Kopf.

»Zwanzig Prozent aller Leute lösen ihre Probleme dadurch, dass sie sie nicht als Probleme sehen«, erfand Valerie eine Statistik und grinste.

»Soll ich dir jetzt helfen oder nicht?«, fragte Lena streng.

»Bitte. Ich bin auch still.«

Nach anderthalb Stunden schwirrte allen der Kopf. Der Frühstücksraum hatte sich komplett geleert. Das Buffet wurde abgeräumt.

Elli starrte auf die vielen Tabellen und To-do-Listen. »Wollen wir das wirklich machen?«, fragte sie kleinlaut.

Lena hatte gnadenlos die Realität auf diese Papiere geschrieben. Beide würden weniger verdienen als vorher und müssten eine Menge aus ihrem Leben aufgeben.

»Ihr müsst gucken, dass ihr einen Nachmieter für eure Wohnung findet. Sonst zahlt ihr die nächsten drei Monate, obwohl ihr hier schon wohnt.«

Valerie hob die Hand. »Stopp, mir wird das alles zu viel. Ich finde, wir machen als Erstes Punkt drei auf dieser Liste.«

Sie tippte auf den Punkt:

- *Arbeitsplatzbesichtigung*

Das Café am Meer war klein und stand ein bisschen verloren zwischen den viel schicker wirkenden Nachbarn rechts und links. Die anderen Cafés hatten Holzterrassen, die man über ein paar Stufen betrat. Das Café am Meer hatte einfach nur ein paar bunte Stühle und Tische auf der Strandpromenade stehen.

Martin zeigte ihr alles, die kleine schrammelige Küche, den großen Tresen und den Innen- und Außenbereich. Valerie konnte den Blick nicht von den bodentiefen Scheiben abwenden, durch die man den Strand und das Meer sah.

»Ist ein ziemlich schöner Arbeitsplatz«, sagte Martin lächelnd und machte vorsichtig eine der Übungen, die Elli ihm gegen seine Rückenschmerzen gezeigt hatte. Es ging ihm sehr viel besser, und er kam schon ganz ohne Schmerzmittel aus.

»Du leitest den Laden hier und bekommst ein festes Gehalt. Sollte es gar nicht laufen, müssen wir reden, aber Elli sagt, du hast Erfahrung in der Gastronomie? Du hast ein Café in München?«

Valerie dachte an die kleine Kaffeeecke in ihrem Waschsalon und sagte: »Na ja, ich leite einen Waschsalon, und wir schenken auch Getränke aus.« Dass diese Getränke völlig umsonst waren und einfach in zwei Kannen für die Kunden bereitstanden, verschwieg sie lieber.

»Umso besser, dann weißt du, wie man ein Geschäft führt.«

»Hubert!« Er winkte einen mürrischen alten Mann heran, der hinter dem Tresen herumwerkelte. »Hubert hat das Café bisher geführt und darf dann im Hotel arbeiten, und wenn du Fragen hast, kannst du dich immer an ihn wenden.«

Hubert nickte kaum merklich und starrte an ihnen vorbei.

»Ja, werden Sie das hier denn nicht vermissen?«, fragte Valerie vorsichtig. Sie kam so schnell nicht mit. Wurde der arme Hubert jetzt wegen ihr versetzt?

»Ständig Wind, ist nicht gut für meine Arthritis. Wenn du

willst, kannst du morgen schon hier anfangen. Ich wein dem Laden keine Träne nach!« Mit diesen Worten schlurfte er zurück hinter die Theke.

»Das Café kann eine junge, enthusiastische Leiterin gebrauchen. Hubert ist ein alter Muffelkopp, aber das ist auch kein Wunder, wenn man immer Schmerzen hat.« Martin fasste sich automatisch an seinen unteren Rücken.

»Ich finde es so toll hier!« Valerie konnte ihre Begeisterung nicht verbergen. Das Café war heruntergekommen, aber die Lage war perfekt. Man konnte sicher einiges daraus machen.

»Wäre es denn möglich«, sie zögerte, »etwas zu renovieren?«

Martin seufzte. »Viel Geld ist dafür nicht da, das Hotel muss erst mal den Wellnessbereich, den wir erneuert haben, reinspielen. Aber wenn du Ideen hast, die nicht viel kosten, Farbe und Pinsel könnte ich besorgen.«

Lena setzte ihr skeptisches Gesicht auf, aber Valerie sah das neue Café schon genau vor sich.

Sie schaute auf die bunten Gartenstühle, die alle eine unterschiedliche Form hatten. Das wird das Motto, dachte sie, nichts passt zusammen, alles ist erlaubt.

Der Strand hatte sich geleert. Lena und Elli hatten sich nach dem Abendessen in ihr Zimmer zurückgezogen, sie wollten sich ausruhen und eine Serie gucken. Valerie wurde herzlich eingeladen, bei ihnen in der Mitte zu liegen, aber sie hatte erst noch etwas zu erledigen. Sie suchte sich einen freien Strandkorb aus und setzte sich. Bevor sie Annes Nummer wählte, atmete sie tief durch.

»Sag mir, dass das ein Scherz ist, Valerie. Sag mir, du hast dir das ausgedacht, einfach nur, um zu hören, was ich dazu sagen würde!«

Valerie seufzte in ihr Handy. »Wenn du sehen könntest, was ich hier sehe, den Strand mit den Strandkörben, die Möwen, das Meer. Anne, das ist mein Traum!«

Jetzt war Anne an der Reihe mit Seufzen. »Du übernimmst ein Bruchbudencafé am Strand auf einer Insel, die im Winter 6 000 Einwohner hat. Dafür verlässt du deinen geliebten und einigermaßen sicheren Job in deinem Waschsalon in München und gibst dazu noch deine schöne Wohnung auf und all deine Freunde. Warum, Valerie, warum?«

*Weil ich Ted in neun Jahren sagen will, dass ich es geschafft habe. Ich will ihm sagen können, dass es nicht nur eine Sehnsucht geblieben ist, sondern dass ich es tatsächlich getan habe und am Meer wohne.*

All das sagte sie nicht laut.

»Manchmal habe ich das Gefühl, ich telefoniere mit meiner Mutter und nicht mit meiner jüngeren Schwester.«

»Das war jetzt vermutlich nicht als Kompliment gemeint.«

»Nein.«

Anne sagte leise: »Ich glaube, ich wäre eine ganz gute Mutter. Aber es soll offensichtlich nicht sein. Thorsten und ich versuchen es jetzt schon seit drei Jahren, ohne Erfolg.«

Schlagartig war Valerie nicht mehr sauer, sondern voller Mitleid.

»Anne, das tut mir so leid. Habt ihr es mal mit künstlicher Befruchtung versucht?«

»Nein, aber unser Arzt rät dazu. Ich weiß nicht, ob ich auf diese Art ein Baby bekommen will. Was, wenn wir gar keine Eltern sein sollen?«

»Das glaube ich nicht, Anne. Du wärst wirklich eine tolle Mutter!«

Anne schniefte.

»Manchmal muss man für seine Träume etwas aufgeben. Bei

dir wäre es dann der Wunsch, dass es auf natürliche Weise klappt. Was sagt denn Thorsten?«

Anne putzte sich die Nase, bevor sie antwortete. »Der würde es machen. Aber er hat auch den leichtesten Job dabei. Er muss ja nur in einen Becher wichsen.«

Valerie musste kichern. Das war so ganz und gar nicht Annes Wortwahl unter normalen Umständen.

»Ist doch wahr!«, sagte Anne und kicherte auch ein bisschen.

»Dann gebe ich alles in München auf, du gibst deinen Traum auf, dass es ohne künstliche Befruchtung klappt, und Thorsten, der muss einfach nur in einen Becher wichsen!« Valerie kugelte sich vor Lachen fast aus ihrem Strandkorb, und auch Anne lachte jetzt richtig.

»Das Leben ist schon seltsam, findest du nicht?«, sagte Valerie, als sie wieder sprechen konnten.

»Da gebe ich dir ausnahmsweise mal recht. Aber es sieht so aus, als würden für dich gerade alle Träume in Erfüllung gehen.«

Sie sagte das freundlich, und trotzdem hörte Valerie ganz fein einen Unterton heraus, der sie an früher erinnerte, wenn sie auf einem Kindergeburtstag eingeladen war und Anne nicht. Anschließend hatte sie dann ihr Süßigkeitentütchen mit der kleinen Schwester geteilt. Ihre Mutter hatte damals immer gesagt: »Guck mal, die kleine Anne, sie hatte ja keine Party, auf der sie war!«

Umgekehrt war sie nie die kleine Valerie, die ja auf keiner Geburtstagsfeier war. Anne mampfte ihre Süßigkeitentüte immer alleine.

»Also bei mir ist auch nicht alles perfekt. Ich übernehme jetzt zwar das Bruchbudencafé, wie du es nennst, am Meer, gebe dafür mein Leben in München auf, aber ...«, sie atmete tief aus, »... ich denke immer noch an Ted!«

»Den Holländer. Ich wusste es!«

Valerie wartete auf den Vortrag, die jetzt kommen würde. Aber Anne sagte nur: »Man kann das Schicksal nicht austricksen. Was wir nicht bekommen sollen, bekommen wir auch nicht.«

»Das heißt doch dann umgekehrt: Was wir bekommen sollen, bekommen wir auch!«

»Vermutlich.«

»Also gib nicht auf, Anne, wenn du Mama werden sollst, wirst du es auch, und es ist keine Schande, dabei nachzuhelfen!«

»Meinst du?«

»Hundert Prozent!«

»Aber Mama flippt sicher aus, wenn sie das hört. Die glaubt, ich soll einfach zu ihrem Heilpraktiker gehen, und dann trinke ich einen Blütentee, und dann wird das schon!«

Ihre Mutter Brigitte war etwas speziell, was solche Dinge anging.

»Dann erzähl es ihr einfach nicht. Ich weiß sowieso nicht, warum ihr so oft telefoniert.« Valerie rief ihre Mutter alle zwei Monate mal an.

»Wie machst du das denn jetzt mit Norderney? Erzählst du es ihr?«

»Erst wenn ich auf der Insel wohne. Sonst kommt sie vorher noch vorbei und misst die Energie, weißt du noch, wie sie die Nummer in der Wohnung von Björn und mir abgezogen hat?«

»Na sicher. Du hast mir ja ein Video davon geschickt!«

Valerie hatte es heimlich gefilmt, wie ihre Mutter mit einem seltsamen Gerät, das angeblich gute und schlechte Energien messen konnte, durch die Räume gelaufen war und ständig den Kopf geschüttelt und »schlecht, ganz schlecht« gemurmelt hatte.

Die Trennung von Björn war natürlich auch nur aufgrund der allzu schlechten Energien zustande gekommen, da war sich Brigitte sicher.

»Wie schnell ziehst du denn auf die Insel?«

»Ziemlich schnell. Wir sollen beide so bald wie möglich anfangen. Hubert will aus dem Wind raus, und Martin würde Elli am liebsten gleich behalten.«

»Ich frag jetzt einfach nicht, wer Hubert und Martin sind. Was ist jetzt der nächste Schritt?«

»Die Wohnung in München inserieren, damit wir so schnell wie möglich einen Nachmieter finden.«

»Das sollte kein großes Problem sein, oder?«

»Wir werden sehen.«

Als Valerie auflegte, ging gerade die Sonne über dem Meer unter. Der Himmel wurde weich und schickte orangefarbene Strahlen über das Wasser. Valerie schickte ein »Danke« in den roten Himmel.

Das Telefongespräch mit Anne war ein letzter Test gewesen, ob ihre Entscheidung, auf die Insel zu ziehen, richtig war. Wenn man Gegenwind bekommt, spürt man ziemlich genau, ob man auf dem richtigen Weg ist oder nicht. Annes Einwände hatten ihr Innerstes nicht erschüttern können. Sie konnte es selbst nicht glauben: Norderney als Heimat. Was für ein Traum. Ob es Schicksal gewesen war, dass sie das Preisausschreiben gewonnen hatte?

Oder war es einfach Ellis Schicksal gewesen, und sie hatte sich drangehängt? Sie schüttelte den Kopf, als könnte sie so ihre Gedanken etwas ordnen.

Mach, dass Anne schwanger wird, flüsterte sie dem Himmel zu. Er antwortete mit den schönsten Farben.

# Durch die Scheibe

Valerie spielte ein letztes Mal Klavier. Der Papierkram mit Fred war erledigt. Sie hatte ihm hundertmal versichern müssen, dass sie jederzeit bei Problemen telefonisch zur Verfügung stand. Sie spielte ein paar leichte Stücke, bei denen sie sich nicht groß konzentrieren musste. Als der letzte Ton verklungen war, flüsterte sie in die Stille dem Klavier zu: »Du wirst mir fehlen.«

Es fühlte sich falsch an, Herrn Peters nicht zu informieren, dass sie den Waschsalon auf unbestimmte Zeit Fred überließ, aber sie hatte nach wie vor keine Adresse von ihm. Seine Postkarten würde Fred ihr nachschicken, das hatte er versprochen. Und besuchen würde er sie auf Norderney, natürlich.

Sie schloss sorgfältig den Klavierdeckel und strich sanft über das glatte Holz. Sie ging schnell die enge Treppe hinunter und durch den Waschsalon, roch ein letztes Mal den Duft des Waschmittels.

Die Tränen holten sie erst ein, als sie auf der Straße war. Sie nahm die U-Bahn. Vor der Abschiedsparty wollten sie noch einmal alleine an die Isar, bevor der Trubel losgehen würde. Elli schickte ihr zwar schon alle zehn Minuten aufgeregte SMS, wo sie blieb, aber sie wusste, dass Lena bei ihr war, und die hatte garantiert alles im Griff. Die Bahn kam, und sie setzte sich auf einen freien Platz am Fenster.

Ted hatte wie immer nur einen kleinen Rollkoffer dabei. Franka und er hatten sich fleißig gegenseitig besucht, seit sie aus den Bergen zurück waren. Heute würde er zum ersten Mal ihre neue Wohnung sehen. Die Vormieterin veranstaltete heute eine Abschiedsparty, zu der Franka eingeladen war. Ted war nicht besonders scharf drauf, all diese fremden Leute kennenzulernen, aber Franka hatte sich gewünscht, dass er dabei war, also war er gekommen.

Wie immer hielt er in München die Augen auf nach Valerie. Er konnte einfach nicht damit aufhören. Seine Bahn hielt an einer Station, deren Namen er nicht aussprechen konnte. Er schaute automatisch von seinem Buch auf und sah in die gegenüberliegende U-Bahn.

Augen, die mehr grün als blau waren, blickten in seine. Sein Herzschlag setzte aus. Die Welt blieb stehen. Das war sie. Das war Valerie!

Sie brauchte etwa zwei Sekunden um zu begreifen, dass der Mann in der Bahn gegenüber tatsächlich Ted war. Ungläubig starrten sie sich an.

Er hatte sie gefunden. Roman hatte recht gehabt, sie würde ihm wieder über den Weg laufen! Adrenalin schoss durch seinen Körper. Er sprang auf und hechtete im letzten Moment aus der Bahn.

Erst als sie sah, wie er sich wie Superman persönlich aus der Bahn warf, wusste sie, was zu tun war. Ted zu sehen, hatte ihr Gehirn lahmgelegt. Tausend Gefühle rauschten mit Vollgas durch ihren Körper.

Aussteigen, ich muss sofort aussteigen. Valerie hastete zum Ausgang. Der Weg war unendlich lang. Gerade, als sie ihn erreichte, schlossen sich die Türen. Ted war die Treppen hoch- und auf der anderen Seite wieder runtergelaufen und stand nun schwer atmend vor ihr und drückte verzweifelt auf den Knopf. Münchner U-Bahn-Türen sind unerbittlich. Wenn sie einmal zu sind, sind sie zu.

Valerie legte eine Hand gegen die Scheibe, und er legte seine von außen dagegen. In seinem Blick sah sie das, was in ihrem eigenen Herzen vorging.

Er sah noch besser aus, als sie ihn in Erinnerung hatte. Die blonden Locken waren etwas länger und wilder. Seine blauen Augen blickten sie liebevoll und verzweifelt an.

Die Bahn fuhr los, und Ted lief nebenher. Valerie rief ihm durch die Scheibe zu: »Warte hier!! Warte!!«

Valerie sah traurig aus. Ihre Augen waren feucht, als hätte sie gerade geweint. Ihre Lippen formten Worte, die er nicht verstand. Er rannte neben ihr her, bis die Bahn und die Tür mit Valerie dahinter vom U-Bahn-Schacht verschluckt wurde und er nur noch die roten Lichter sehen konnte.

Er schlug gegen die Wand vor ihm.

Er musste jetzt schnell und klug handeln. Die Gedanken rasten durch seinen Kopf. Er musste ihr hinterherfahren und hoffen, dass sie an der nächsten Haltestelle ausgestiegen war.

Die nächste Bahn kam in neun Minuten. Am liebsten wäre er auf den Schienen durch den Tunnel gelaufen. Es machte ihn wahnsinnig, hier auf dem Bahnsteig zu stehen. Unruhig lief er hin und her.

Valerie war die nächste Station ausgestiegen. Um die nächste Bahn zurück zu nehmen, musste sie die Treppen ganz nach oben rennen und auf der anderen Seite wieder runter.

Die Bahn fuhr gerade los, als sie den Bahnsteig erreichte. Sie hätte heulen können, aber sie riss sich zusammen. Die nächste Bahn kam in neun Minuten. Valerie betete im Stillen, dass Ted am Bahnsteig auf sie warten würde.

Ted hatte nicht gewusst, wie lang neun Minuten waren. Als die Anzeigentafel bei der Abfahrtszeit »jetzt« anzeigte, war die Bahn noch nicht zu sehen. Leise fluchend wippte er auf seinen Zehen.

Valerie sprang in die Bahn, als könnte sie durch schnelles Einsteigen die Abfahrt beschleunigen. Unendlich langsam stiegen die anderen Passagiere ein. Unendlich langsam schlossen sich die Türen, und dann passierte erst mal sechzig quälende Sekunden lang gar nichts, bevor sich die Bahn endlich in Bewegung setzte.

Warum war Ted hier in München? In seinen Augen hatte sie gesehen, dass sie für ihn mehr war als nur ein lustiges Date in zehn, pardon, neun Jahren. Aber warum hatte er sie dann nicht angerufen? Vielleicht war die kleine Bäckerei abgebrannt? Oder es hatte einen Wasserschaden gegeben, bei dem der Zettel durchweicht und unleserlich geworden war. Valerie stellte sich vor, wie Ted mit dem durchweichten Zettel durch München lief, um sie zu finden. All die verdrängten Gefühle strömten jetzt mit Wucht zurück in ihr Herz.

Sie konnte es nicht abwarten, ihn zu sehen.

Sie schlüpfte aus der Tür, sobald die Bahn hielt. Am Gleis gegenüber fuhr gerade die nächste Bahn weg. Das Gleis war gespenstisch leer, aber er musste da sein. Sie lief den Bahnsteig entlang.

Erst langsam, dann immer schneller.

»Ted? TED!!!« Sie schrie seinen Namen und wollte nicht glauben, dass er nicht mehr auf dem gegenüberliegenden Bahnsteig war.

Ted war sich sicher – das hier war kein Zufall. Er sollte Valerie wiedertreffen, er hatte es die ganze Zeit über gewusst.

Sie würde am nächsten Bahnsteig auf ihn warten, sie würden sich in die Arme fallen, und alles wäre genau so, wie es sein sollte. Das ganze letzte Jahr ohne sie hatte er sich nach ihr gesehnt, ohne es je so richtig zugeben zu können. Jetzt machte alles einen Sinn. Er fuhr sich aufgeregt durch die Haare, als die Bahn langsamer wurde. Mit einem Satz war er draußen, seine Augen suchten den Bahnsteig ab.

Eine alte Dame mit einem Dackel, sonst stand da niemand. Das konnte nicht sein!

»Valerie!«

Das Bellen des Dackels war die einzige Antwort.

Im letzten Moment sprang er zurück in die Bahn, er würde jeden verdammten Bahnsteig auf der Strecke absuchen, bis er sie gefunden hatte.

»Wo bleibt sie denn?« Elli schaute nervös auf die Uhr.

Die ersten Gäste waren schon da, und von Valerie fehlte jede Spur. Sie antwortete nicht auf Textnachrichten und ging auch nicht an ihr Handy. Hatte sie sich etwa heulend in ihrem Waschsalon eingeschlossen?

Lena und sie hatten alles für die Party vorbereitet. Die Wohnung hatte momentan wenig Charme, weil alles so kahl und leer aussah und sich gleichzeitig überall Kartons stapelten. Die beiden hatten versucht, mit Hunderten Teelichtern etwas Atmosphäre zu schaffen. Valerie hatte versprochen, gegen 18 Uhr wieder da zu sein, jetzt war es schon halb acht, und die ersten Gäste trafen ein.

»Die kommt schon, frag mal Fred!« Lena deutete rüber auf drei Leute, die gerade zur Tür reinkamen.

»Schön, dass ihr da seid! Fred, weißt du, wann Valerie gegangen ist?«

»Keine Ahnung, sie wollte noch ein letztes Mal Klavier spielen. Sieht ja echt richtig nach Umzug aus bei euch!« Fred zeigte auf die vielen Kisten in Valeries Zimmer. Sie hatten so gut wie alles gepackt, morgen schon ging es los auf die Insel.

»Vielen Dank für die Einladung, Elli!« Franka überreichte ihr eine Tafel Schokolade. »Ich dachte, das ist besser als Blumen. Mein Freund kommt hoffentlich auch gleich.«

»Valerie fehlt auch noch, sie musste sich noch von ihrem Waschsalon verabschieden. Vielen Dank, Franka, ich liebe Schokolade! Hast du schon gepackt?«

Franka sollte in einer Woche hier einziehen. »Ich hab mal so langsam angefangen, aber ich bin noch nicht halb so weit wie ihr! Irgendwie wachsen die Sachen in den Schränken nach!«

»Das kommt mir bekannt vor!« Elli strich sich über ihren knallgrünen Petticoat, den sie mit einer kurzen roten Jacke kombiniert hatte.

»Deine Doc Martens sehen scharf aus zu dem Outfit«, bemerkte Fred, der sich inzwischen eine Flasche Bier organisiert hatte.

»Und wer ist die unbekannte Schönheit?«, fragte er laut genug, damit es Franka mitbekam.

»Das ist unsere Nachmieterin, und du brauchst es gar nicht zu versuchen, sie ist frisch verliebt.«

Elli erinnerte sich immer an all die kleinen Details, die ihr jemand erzählte. Als Franka die Wohnung besichtigt hatte, war Valerie gerade einkaufen gewesen. Sie hatten sich kurz an den Küchentisch gesetzt, und Franka hatte gesagt, jetzt sei ihr neues Leben perfekt, frisch verliebt und eine neue tolle Wohnung ohne Vermieter, der sie stalkt.

»Wer ist denn der Glückliche?«, wollte Fred wissen.

»Den lernst du hoffentlich gleich kennen!« Franka schaute auf ihre Armbanduhr.

»Komm, wir holen dir erst mal was zu trinken.« Elli zog sie am Arm zur Küche, in der es sehr übersichtlich Butterbrezn, Bier und Cola gab. »Heute muss alles praktisch sein, kein Geschirr, keine Gläser«, sagte Elli entschuldigend.

Franka nahm sich eine Flasche Cola.

»Und wie läuft es mit deinem Freund?«

»Toll, er wohnt ja leider weiter weg, aber er liebt die Berge, und ich hoffe, ich kann ihn auf Dauer hierherlocken.«

»Da drücke ich die Daumen! Aber sollte es eine Hochzeit geben, irgendwann, dann musst du uns einladen! Valerie und ich lieben Hochzeiten!«

Die beiden sahen tatsächlich alle Hochzeitsfilme und Serien, die sie finden konnten.

»Einverstanden!«, Franka hielt ihr die Hand hin. »Sollten wir eines Tages heiraten, seid ihr selbstverständlich eingeladen!« Sie lachte etwas verlegen, weil es für solche Gedanken eigentlich etwas zu früh war.

Lena kroch unter dem Tisch herum, um neue Servietten aus einem Karton zu kramen. Elli tauchte neben ihr ab.

»Lena, danke, dass du hier bist, wenn Valerie mich schon im Stich lässt!«

Lena hielt in der Bewegung inne und sah sie an. Ein Lächeln huschte über ihr Gesicht.

Elli sah ihre kurzen braunen Haare und die großen Augen, die sie immer sehr korrekt schminkte. Heute trug sie ein schlichtes hellblaues Kleid, das sie mit einem langen dünnen Schal, den sie wie eine sehr lockere Krawatte gebunden hatte, aufpeppte. Sie sah aus wie eine Frau aus den Zwanzigerjahren.

»Ist doch klar!« Lena schaute in Ellis grüne Augen, die wie immer im schönen Kontrast zu ihren roten Haaren leuchteten. Sie war es nicht gewohnt, Komplimente für ihre Aktionen zu bekommen. Normalerweise empfanden die Menschen sie als etwas zu übergriffig. Der Moment unter dem Tisch wurde irgendwie peinlich, und beide krochen wieder heraus.

Ted war die ganze Strecke abgefahren. Auf keinem Bahnsteig hatte er sie gefunden. Warum war sie nicht ausgestiegen? Er hatte so viel in ihrem Blick gesehen, sie musste ihn doch auch wiedersehen wollen. Hielt sie immer noch an ihrem Versprechen fest, ihn erst in neun Jahren zu treffen? Er hatte einfach zu wenig Zeit mit ihr verbracht, um sie wirklich einschätzen zu können.

Vielleicht war sie auch an der nächsten Station ausgestiegen und zurückgefahren? Er beschloss die ganze Strecke noch mal in die Gegenrichtung abzusuchen.

Valerie hatte alles versucht. Vier Mal war sie die Strecke hin- und hergefahren, dann hatte sie eine Dreiviertelstunde auf dem Bahnsteig gewartet, auf dem sie sich gesehen hatten, damit sie sich nicht verpassten, falls er auch nach ihr suchte.

Er blieb verschwunden, als wäre er nie aus dieser Bahn gesprungen.

Ich habe mir das doch nicht eingebildet, er muss in der Nähe sein und sucht nach mir!

Sie nahm die nächste Bahn in die Richtung, in die sie ursprünglich gefahren war, um an die Isar zu kommen. Im Wagen roch es nach nassem Hund, obwohl keiner zu sehen war. Jemand hatte »Painful« an die Schreibe gesprüht.

146

»Jetzt mache ich mir aber doch Sorgen. Vielleicht sollten wir mal im Waschsalon nachsehen.« Elli räumte mit Lena zusammen alle Flaschen in der Wohnung zusammen.

Die Gäste waren früh gegangen. Sie hatten auf der Einladung 23.23 Uhr als Partyende angegeben, um nicht todmüde am nächsten Tag den Umzug wuppen zu müssen.

Es war eine schöne Abschiedsparty gewesen. Elli hatte hier und da ein paar Tränchen verdrückt, besonders als ihre Kollegen ein selbst gedichtetes Lied sangen mit dem Refrain: »Elli, oh Elli, auf einer Insel umgeben von Meer, wirst uns fehlen, oh so sehr!«

Fred war heimlich froh gewesen, dass Valerie nicht auftauchte. Schließlich hatte er mit der Waschsalongang überhaupt nichts vorbereitet. Lena hatte Butterbrezen herumgereicht und auf jede Frage nach Norderney eine Antwort gewusst, als hätte sie persönlich den beiden dort ihre Jobs vermittelt.

Das Aufräumen war jetzt keine große Sache. Bis auf ein paar Servietten, Teelichter und Flaschen lag nichts groß herum.

»Partys sind ja nicht so Valeries Ding. Vielleicht ist sie einfach ein letztes Mal durch München gelaufen. Allerdings hätte sie wirklich Bescheid sagen können. Einfach nicht auftauchen auf der eigenen Abschiedsparty!« Lena knallte die Flaschen in die Kiste und schleppte sie zum Ausgang.

Die Tür öffnete sich in dem Moment, als sie die Kiste geräuschvoll fallen ließ.

»Wo warst du?!«, herrschten Elli und Lena sie zweistimmig an.

Valerie machte eine hilflose Geste. »Ich habe Ted wiedergesehen und verloren«, schluchzte sie. Ihr Gesicht war tränennass.


»Wo hast du denn den ganzen Abend gesteckt?« Es war das erste Mal, dass er Franka sauer erlebte. Sie standen in ihrem dunklen, kleinen Flur.

»Es tut mir leid. Bahnchaos«, erklärte er müde.

»Den ganzen Abend lang?«

»Ich bin in die falsche Richtung gefahren.« Der Satz tat ihm weh, weil er in seiner Unwahrheit so wahr war.

Sie stand mit verschränkten Armen vor ihm und erwartete einen Kuss und eine Umarmung. Er müsste beteuern, wie leid es ihm tat, dass er die Party verpasst hatte, und wie froh er war, sie nun endlich zu sehen.

Aber er konnte nicht. Er war leer. Er nahm alles nur wie durch eine dicke Glasscheibe wahr.

»Tut mir leid, Franka, ich fühle mich irgendwie mies. Vielleicht werde ich krank.«

Sie ließ ihn in Ruhe, aber er fühlte ihre Enttäuschung, die in keiner Weise an seine heranreichte. Sie schlief glücklicherweise schnell ein. Er trat ans Fenster und schaute auf die nächtliche Stadt. Es schaute auf die Rücklichter der Autos, die genauso rot waren wie die von Valeries U-Bahn.

Was sollte das heute verdammt noch mal? Er hatte Valerie gesehen und wieder verloren. Was bitte wollte das bescheuerte Schicksal ihm damit sagen? Er schrieb Roman eine SMS.

> Hab Valerie heute in einer abfahrenden Bahn
> gesehen und danach nicht wiedergefunden.

Es dauerte nicht lange, da kam seine Antwort.

> Alter! Scheiße!

> Das kann man so formulieren. Was soll das alles
> Roman? Was mache ich denn falsch?

Du nimmst das Leben zu ernst.

Ach ja?

Keine Antwort. Vermutlich sparte er sich wieder SMS. Schließlich kam doch noch eine.

Du wirst sie wiedersehen. Und bis es so weit ist, leb ein bisschen. Knall die geile Münchnerin, und geh mit mir feiern. Ich bring dich auf Kurs!

Ted musste lächeln.

*Ich hasse dich, Mann, ich hasse dich wirklich,* tippte er zurück.

Roman sparte sich seine Antwort.

»Du wirst sie wiedersehen.« Er kroch zurück ins Bett und wiederholte diesen Satz, bis er einschlief.

# Verzaubert

Die Nacht war voller Schattengeister gewesen. Als Valerie am Morgen aufstand, hatte sie das Gefühl, überhaupt nicht geschlafen zu haben.

Zum Glück blieb keine Zeit, um weiter herumzugrübeln. Der Umzugswagen kam pünktlich. Drei Männer verluden ihre komplette Wohnung in weniger als drei Stunden.

Lena kam, um sich zu verabschieden. Es wurde umarmt und geweint.

»Scheiße, ihr werdet mir fehlen. Drei von vier Freundschaften gehen auseinander, wenn einer wegzieht. Versprecht mir, dass wir die vierten sind, o.k.?«, schniefte Lena.

Valerie und Elli versprachen es.

Sie stiegen in Valeries kleines Auto, während Lena ununterbrochen redete und weinte und ihnen Snacks für die Fahrt hereinreichte. Ihre Wimperntuche war verschmiert.

Elli stieg noch einmal aus und umarmte sie fest. Dann kletterte sie wieder ins Auto und zog die Tür zu. Sie fuhren los und winkten, bis sie um die Ecke waren.

Ein letztes Mal zog die Stadt an ihnen vorbei. Ein letztes Mal Stau auf dem mittleren Ring. Ellis Tränen waren getrocknet, als sie endlich auf der Autobahn waren. Jetzt war sie aufgedreht und voller Vorfreude auf ihr Abenteuer Insel. Valerie hätte sich gerne mitgefreut, aber momentan fühlte es sich einfach nur falsch an, München zu verlassen, während Ted vermutlich noch hier war und nach ihr suchte.

Die erste Nacht verbrachten sie im *Hotel Inselfrieden*. Zitronenduft schlug ihnen entgegen und zauberte Valerie ein kleines Lächeln auf die Lippen. Sie musste Martin mal bei Gelegenheit fragen, wie sie das machten.

Der Umzugswagen würde am nächsten Morgen mit der ersten Fähre ankommen. Es war seltsam und schön, wieder auf der Insel zu sein. Valerie machte einen Spaziergang am Meer, und Elli ließ sie alleine gehen, weil sie sah, dass Valerie das brauchte. Feiern, dass sie nun auf der Insel leben durften, konnte warten. Erst musste der Abschied bewältig werden.

Die Sonne war schon untergangen, als Valerie ihre nackten Füße ins Meer tauchte. Es war kalt und roch schon nach Herbst. Ein paar Touristen saßen noch mit einer Flasche Wein und Decken in einem Strandkorb.

Das können Elli und ich auch mal machen, dachte Valerie, und ein kleines bisschen Freude flammte auf. Das ist alles falsch. Mein Traum geht gerade in Erfüllung, und ich könnte nur heulen. Warum ist mein Lebensweg so schräg? Sie fragte sich, was Ted ihr raten würde. Sie sah auf das dunkle Wasser und die Wolken am Himmel. Er würde mir raten, das hier zu genießen und mich darauf einzulassen. Weiß der Himmel, warum wir nicht zusammen sein sollen.

Der Himmel wusste es, zog es aber vor, einfach dunkel zu werden. Immerhin ließ er ein, zwei Sterne durch die Wolken blitzen. Möwen flogen hoch über ihr. Grüßt ihn von mir, wenn ihr nach Amsterdam fliegt und ihn seht, rief sie den Möwen in Gedanken zu.

Es gab Probleme mit dem Umzugswagen. Durch einen Platten verzögerte sich die Ankunft bis in den Nachmittag hinein. Als es Abend wurde, hatten sie endlich alles in der neuen Wohnung.

»Lass uns essen gehen«, schlug Elli mit einem Blick auf die verpackten Kisten in der Küche vor.

Felix begrüßte sie sehr herzlich, als sie sich im *Bunten Hund* müde an den Tisch mit dem Brandfleck setzten.

»Wir könnten jetzt unheimlich gut die Kartoffelecken brauchen«, sagte Valerie und rieb sich stöhnend den unteren Rücken, der vom vielen Kistenschleppen schmerzte. Die Möbelpacker hatten alles einfach nur irgendwo hingestellt und es ihnen überlassen, die Sachen in die richtigen Zimmer zu räumen.

»Ich mache euch eine doppelte Portion«, versprach Felix und verschwand eilig in der Küche.

»Der ist echt süß, oder?«

»Meinst du das allgemein oder eher im erotischen Sinn?«, fragte Elli und sah sie seltsam an.

»Allgemein, wobei er wirklich auch eine Sahneschnitte ist, nur zu jung für uns.« Valerie lächelte Elli an, die weiterhin komisch wirkte.

»Da fragst du die Falsche.«

Jetzt verstand Valerie überhaupt nichts mehr. »Elli, versuchst du mir irgendwas zu sagen?«

Elli rutschte auf ihrem Stuhl hin und her. »Ich steh nicht auf Männer«, sagte sie.

»Gott, ich gerade auch nicht. So war das doch auch nicht gemeint. Ich bin weit davon entfernt, Felix anzugraben, ich meinte nur ...«, plötzlich dämmerte ihr, was Elli gerade wirklich gesagt hatte. »Du stehst nicht auf Männer«, wiederholte sie.

»Ich steh auf Frauen.« Elli strich sich über ihre zwei roten

Zöpfe, die leuchtend auf ihrem knallblauen Samtpullover lagen. Sie hatte ihre gestreifte Latzhose an, die sie zu besonderen Anlässen anzog, und sah so einzigartig und verletzlich aus, dass Valerie sie einfach umarmen musste.

»Du hast nie was gesagt!«

»Du hast nie was gemerkt.« Sie sagte es ohne Vorwurf in ihrer Stimme, aber Valerie traf der Satz.

»Oh Gott, Elli, das tut mir leid. Ich bin viel zu viel mit mir selbst beschäftigt gewesen. Erst die Trennung von Björn, und dann war Ted ständig in meinem Kopf.«

Elli sah sie nur an.

»Ich hätte es merken können, stimmt's?«

Elli nickte.

»Meine Eltern sind damals ausgeflippt, als sie es erfahren haben.«

Valerie sah sie erschrocken an.

»Und nicht nur sie. Ich habe schon einmal eine sehr gute Freundin verloren. Sie konnte einfach nicht damit umgehen.«

Valerie legte ihre Hand auf Ellis Arm. »Ach Elli, das tut mir leid. Hattest du Angst, ich könnte auch komisch reagieren?«

»Ich weiß es nicht. Vermutlich.« Elli sah sie entschuldigend an.

»Das verstehe ich«, beeilte sich Valerie zu sagen. »Danke, dass du es mir gesagt hast. Weiß es Lena?«

Elli wurde rot.

»Wie jetzt?! Ihr zwei? Seid? Habt ihr?«

»Nein! Nein. Sie könnte etwas ahnen, aber wir haben nie darüber gesprochen.« Elli fuhr mit den Fingern die Wasserränder auf dem Tisch nach.

»Aber du ...« Valerie wusste nicht, was sie zuerst fragen sollte.

Elli legte ihr hier gerade eine Parallelwelt auf den Tisch, von der sie nichts geahnt hatte.

Felix kam mit den Kartoffelecken und blieb am Tisch stehen, bis sie probiert und ihm versichert hatten, es seien die besten Ecken, die sie jemals gegessen hatten.

»Du magst Lena?«, fragte Valerie nach, als er weg war.

Elli nickte und wurde wieder etwas rot.

»Aber Lena ist, ist Lena nicht? Ist sie?«, stammelte Valerie.

Sie hatte Lena tatsächlich nie mit einem Mann erlebt. Sie hatte immer eine sehr große Klappe, wenn es um andere ging, aber selbst hielt sie sich bei dem Thema sehr zurück. Es gab ein paar Geschichten über einen Ex-Freund. Aber das war wohl schon eine ganze Weile her.

»Ich bin die schlechteste Freundin der Welt!«, stellte Valerie fest.

Elli lachte. »Ich weiß nicht, ob Lena auf Frauen steht. Manchmal denke ich, sie tut es und weiß es noch nicht.«

»Sie hatte noch nicht ihr Coming-out, meinst du?« Valerie tunkte ihre Kartoffelecke energisch in den Dip, froh darüber, wenigstens ein Fachwort zu dem Thema zu wissen.

»Keine Ahnung. Vielleicht liege ich ja auch ganz falsch.« Elli stopfte sich schnell zwei Wedges in den Mund, um nichts mehr sagen zu müssen, aber für Valerie war das Thema noch lange nicht vom Tisch.

»Spürt man das nicht? Habt ihr da nicht so ein Radar?«

»Wir Lesben, meinst du?«

Valerie verschluckte sich vor Schreck und musste husten.

»Ich finde das Wort auch doof«, half ihr Elli aus der Peinlichkeit.

»Nennen wir es doch ›verzaubert‹, das habe ich mal in einem Roman gelesen.«

»Verzaubert.« Elli strahlte. »Das passt zu mir.«

»Absolut! Also, spürst du, wenn jemand verzaubert ist?«

»Mal ja, mal nein. Vermutlich eher als du, aber sicher nicht immer. Manche Frauen verstecken das sehr gut. Aber bei Lena ...«, Elli brach ab, als wäre es plötzlich seltsam, mit Valerie über ihr großes Geheimnis zu sprechen.

»Hast du ein elektrisches Gefühl bei ihr? Wenn ihr euch anschaut, hast du dann das Gefühl, als würde ein Energiestrom fließen, der stärker ist als jedes Magnetfeld der Erde?«

»Ted?«, fragte Elli grinsend.

»Ja. Ted.« Valerie brach plötzlich in Tränen aus.

Elli heulte mit. Da saßen sie nun auf ihrer ostfriesischen Insel, umgeben von Strand und Meer, und waren beide unglücklich verliebt.

»Schöner Start!«, schniefte Valerie.

»Mädels? Alles o.k.?« Felix sah sie bestürzt an.

Beide nickten und tupften sich mit den Servietten die Augen ab. Felix verschwand und kam kurze Zeit später mit zwei warmen Schokoladenpuddings wieder.

»Hilft in allen Lebenslagen! Geht aufs Haus.«

»Er ist wirklich süß!« Elli tauchte den Löffel ein.

Valerie starrte auf ihre Schale.

»Manchmal muss man dankbar sein für das, was man hat, Valerie. Ich glaube nicht, dass heute jeder, der irgendwo heulend sitzt, gleich einen warmen Schokopudding hingestellt bekommt!«

Da hatte sie recht. Es gab eine Menge guter Dinge in ihrem Leben. Sie nickte tapfer und machte sich über den Nachtisch her. Er verfehlte seine Wirkung nicht. Ein bisschen getröstet, liefen beide eine Stunde später Arm in Arm nach Hause.

Die erste Woche verflog nur so. Die ersten Tage im Café verbrachte

Valerie mit dem muffeligen Hubert, der ihr alles zeigte und kein Geheimnis daraus machte, wie erstaunt und entsetzt er war, weil sie so wenig über Gastronomie wusste.

Elli erging es nicht besser, weil sich nach dem Weggang der ehemaligen Osteopathin ein großer Patientenstau angesammelt hatte und jeder auf der Insel zu wissen schien, dass es nun endlich wieder eine Neue im Hotel Inselfrieden gab.

Abends kam Elli nach Zitronen duftend und mit Rückenschmerzen in die unfertige Wohnung, und Valerie gesellte sich, nach Pommes riechend mit Fußschmerzen, dazu.

Die Küchenkartons blieben unausgepackt, und auch in ihren Zimmern hatte jede nur die allernötigsten Sachen aus den Kartons geholt.

Valerie hatte ihre neue Wohnung aber trotzdem schon ins Herz geschlossen. Von ihrem Zimmer aus konnte sie den Balkon betreten, der zwar nur den Blick auf eine kleine Grünfläche freigab, aber man konnte die Möwen hören und ab und zu auch vorbeifliegen sehen.

In die Küche wollten sie einen kleinen Tisch und zwei Stühle quetschen, alles in Blau, so wie in dem Hotel, wo Valerie die Übernachtungen gewonnen hatte. Sobald die vielen Kisten endlich ausgepackt waren. Irgendwann bald würden sie sicher dazu kommen.

Die Woche waren sie praktisch Dauergäste im Bunten Hund, bis sie alle Gerichte auf der Speisekarte einmal durchprobiert hatten.

Es war kaum Zeit, die Insel weiter kennenzulernen, geschweige denn abends eine Flasche Wein im Strandkorb zu köpfen.

Valerie beneidete die Touristen, die in ihr Café kamen und Zeit hatten, den Möwen hinterherzugucken und sich die Nase mit Sonnencreme einzucremen. Das Gute daran war, niemand von den

Gästen war gestresst. Alle warteten geduldig auf ihren Latte macchiato, auch wenn es mal wieder etwas länger dauerte, weil Valerie das Bestellsystem noch nicht so wirklich verstanden hatte und immer wieder Fehler machte.

Elli wiederum behandelte zu langsam und zu gründlich. Hier galt es, eine Masse an Patienten abzuarbeiten, von denen die meisten nur eine kurze Linderung brauchten, bevor sie wieder abreisten und dann weiter zu ihren eigenen Osteopathen zu Hause gingen.

»Du musst sie nicht heilen, nur so weit hinkriegen, dass sie den Rest der Woche genießen können«, riet ihr Karl, der Masseur, der einen Raum neben ihr arbeitete.

»Wenn ich die Patienten richtig behandeln würde, hätten sie die nächsten drei Tage einen schlimmen Muskelkater und würden beim nächsten Urlaub nicht wiederkommen, verstehst du?«

»Was machst du stattdessen?«

»Eine Wohlfühlmassage, die einfach etwas lockert und sie entspannen lässt. Dann geht es ihnen in den nächsten Tagen gut.«

»Ja, und zu Hause fangen die Beschwerden wieder an.«

»Richtig, aber dafür ist dann jemand anders zuständig.«

Elli schüttelte den Kopf, als sie Valerie davon erzählte. »Das ist nicht meine Arbeitsweise!«

»Dann frag die Patienten doch, was ihnen lieber ist. Vielleicht würden viele lieber die Wohlfühlbehandlung wählen und sich dann zu Hause um eine tiefer gehende Behandlung bemühen.«

»Wohlfühlbehandlung! Ich bin Osteopathin!«

»Das ist auch gut so. Aber es spricht doch nichts dagegen, die Menschen selbst wählen zu lassen.« Valerie erhob sich vom Sofa und streckte sich.

»Wir müssen irgendwann auspacken und uns einrichten.« Sie zeigte seufzend auf die Kisten.

»Und Lampen kaufen«, ergänzte Elli mit einem Blick auf die nackte Glühbirne.

»Wo kauft man die auf Norderney?« Valerie hatte neulich mit Entsetzen festgestellt, dass es auf der Insel kein schwedisches Möbelhaus gab.

»Auf dem Festland«, sagte Elli grinsend.

Das »Festland« waren jetzt alle anderen, die nicht das Glück hatten, auf einer kleinen, feinen Insel zu sitzen.

Wenn Valerie abends im Bett lag, bzw. auf ihrer Matratze neben dem unaufgebauten Bett, konnte sie leise das Rauschen des Meeres hören. Je nach Wind mal lauter und mal ganz leise. Die Schattengeister waren in München geblieben. Manchmal fragte Valerie sich, ob sie jetzt die neue Vermieterin heimsuchten. Sie hatte Franka nie kennengelernt. Alles, was sie von Elli wusste, war, dass sie sehr attraktiv war und eine Fernbeziehung führte, die noch sehr frisch war.

Manchmal schaute Valerie heimlich im Internet nach, wie weit es von Norderney nach Amsterdam war. Die Entfernung hatte sich gegenüber München halbiert. Das war ein gutes Gefühl, auch wenn es in keiner Weise half.

Ted sah den Möwen hinterher, die sich wie auf ein geheimes Zeichen hin in die Luft schwangen. Roman machte für Joris Handstand und forderte ihn auf, es selbst auch zu versuchen.

»Nix da, der Arm ist gerade wieder heil!«, mahnte Ted.

Er saß auf den Stufen eines Strandpavillons, eine Flasche Limonade in der Hand, und sah zu, wie Roman und Joris durch den Sand tollten.

Joris rannte zur Schaukel, und Roman stellte sich hinter ihn und schnappte sich die Schaukel, sobald Joris nach hinten schwang. Dann hielt er ihn fest, und Joris lachte sein albernes, herrliches Kinderlachen, bis er ihn wieder losließ und nach vorne schwang. Es war ein ungewöhnlich warmer Nachmittag für September. Sie hatten einen tollen Tag gehabt, zu dritt.

Ted fragte sich, ob Roman eines Tages Vater werden würde oder ob er einfach der geborene Onkel war, der mit Kindern anderer tobte, bis ihm die Luft ausging.

»Eis?«, schrie er außer Atem rüber zu Ted.

Der zuckte mit den Schultern. »Er hatte heute ja erst eins.«

»Eins ist keins!«, schrie Roman, und Joris fiel mit ein: »Eins ist keins, eins ist keins, eins ist keins!«

Roman stapfte im Takt dazu mit Riesenschritten durch den Sand auf die Treppe zu, und Joris folgte ihm und versuchte, in seine Fußstapfen zu treten, was ihm unmöglich gelingen konnte.

Die zwei fegten am ihm vorbei.

»Wir bringen dir eins mit, Papa!«, versprach Joris und beeilte sich, hinter Roman herzukommen.

Teds Handy zeigte eine SMS an. Franka schrieb:

Habt ihr es schön am Strand?

Er schickte ihr als Antwort ein Selfie von Roman, sich und Joris, das er am Vormittag beim Sandburgbauen gemacht hatte.

Deine zwei Jungs! Wann darf ich sie endlich kennenlernen?

Ted musste lächeln. Das hatte sie schön beschrieben. Seine zwei Jungs! Gut gelaunt tippte er:

Wie wäre es nächstes Wochenende? Magst du uns besuchen?

Sein Finger schwebte kurz über dem Symbol für senden. Er schaute aufs Meer und schickte einen Satz an Valerie. Vielleicht würde sie ihn eines Tages am Wasser finden. Es tut mir leid.

Er sendete die SMS.

Joris kam wieder und hielt ihm ein Eis entgegen. »Mit Schoko und Haselnuss, so wie du es magst!«, sagte er zufrieden und setzte sich neben ihn.

Kurze Zeit später flog eine riesige Rakete über ihre Köpfe und landete unten an der Treppe im Sand.

»Hoppla!« Roman hielt sein ausgepacktes Eis in der Hand, das nun mit Sand paniert war.

»Ist das eine neue Geschmacksrichtung? Vanille mit Sandaroma!«, grinste Ted.

»Pass auf, sonst esse ich gleich deins!«, konterte Roman und machte eine hilflose Geste mit seinem panierten Eis gegen den Himmel.

Eine Möwe schien das falsch zu verstehen, setzte zum Sturzflug an und schnappe sich den Leckerbissen. Joris konnte nicht mehr aufhören zu lachen, und Roman legte sich flach in den Sand auf den Rücken.

»Hier, kauf dir ein neues, mein Junge«, sagte Ted großväterlich und hielt ihm zwei Münzen hin.

Das ließ sich Roman nicht zweimal sagen.

Teds Telefon vibrierte und zeigte eine neue Nachricht von Franka an.

»Wer ist das?«, wollte Joris wissen.

»Das ist meine Freundin. Sie will dich mal kennenlernen.«

Joris dachte kurz nach. »O.k.«, sagte er dann leichthin. »Tobias hab ich auch kennengelernt. Und jetzt finde ich ihn nett.«

Ted schluckte. »Das ist gut«, sagte er.

»Wie heißt sie?«

»Franka.«

»Und liebst du sie?«

Was für eine Frage.

»Das weiß ich noch nicht«, antwortete er seinem Sohn ehrlich.

»Mama sagt, man spürt es – hier drin.« Er tippte sich mit dem Eis an die Brust und beschmierte sein T-Shirt.

Ted wischte es mit einer Serviette so sauber, wie es ging.

»Manchmal spürt man es sofort, und manchmal dauert es etwas länger.«

Joris nickte.

*Und manchmal kann man die Frau, die man eigentlich liebt, einfach nicht haben*, fügte er in Gedanken hinzu.

Roman kam mit einem neuen Eis und quetschte sich neben Ted auf die Treppe.

»Worüber redet ihr, Männergespräche?

Ted und Joris nickten wissend.

»Oh ja«, sagte Ted.

»Er weiß nicht, ob er seine Freundin liebt.«

»Dann schlage ich vor, wir schauen sie uns erst mal an. Und wenn sie o.k., ist, dann darf er sie lieben. Sonst nicht.« Roman hielt seine Hand hoch für ein High five, und Joris klatschte ihn direkt vor Teds Nase ab.

Ted versteckte den Kopf in seinen Händen. »Das läuft hier ja superpädagogisch ab!«

»Ach, keine Sorge, wir zwei erziehen dich schon in die richtige Richtung«, sagte Roman und klopfte ihm auf den Rücken.

Joris stimmte zu: »Ja, Papa, wir kriegen dich schon hin!«, und klopfte von der anderen Seite auf seinen Rücken.

Ted schüttelte lachend den Kopf und legte seine Arme um den großen und den kleinen Jungen neben sich.

So langsam, wie sie ihre Wohnung einrichteten, so langsam sickerte auch bei Elli und Valerie die Erkenntnis durch, dass sie jetzt tatsächlich am Meer wohnten, auf einer wunderschönen kleinen Insel, die so viele tolle Ecken hatte, die es noch zu entdecken galt. Je mehr sie sich in ihren neuen Jobs einlebten, desto schöner fanden sie ihr Abenteuer Insel.

»Heute Abend feiern wir endlich!«, beschloss Elli an einem Freitagmorgen.

»Mit einer Flasche Wein im Strandkorb? Sonnenuntergang gucken?«

»Wein, Käsewürfel, Salami, Baguette und Schokolade, ich will das volle Programm!« Elli machte sich einen Zopf oben auf ihrem Kopf, der wie eine kleine Palme aussah.

»Aye, aye, Captain, ich besorge den Proviant!«

Valerie zog sich gut gelaunt einen Fleecepullover an. Man musste schon wetterfest sein, um im Café am Strand arbeiten zu können. Die Gäste saßen eigentlich bei jedem Wetter draußen, außer wenn es regnete.

Seit Hubert nicht mehr jeden von Valeries Schritten überwachte, klappte alles viel besser, und sie verstand langsam, worauf es ankam.

Sie hatte den Waschmittelduft gegen den Geruch von Meer und Freiheit eingetauscht. Und auch wenn es sehr viel Arbeit war und sie noch überhaupt nicht wusste, wie und wann sie das Café auf Vordermann bringen sollte, war dieser Arbeitsplatz tatsächlich so, wie sie es sich erträumt hatte.

An diesem Freitag schien die Sonne. Eine Schwere lag in der Luft, und der Strom der Gäste schien nicht abzureißen. Die Tische draußen waren so begehrt, dass keiner auch nur eine Minute unbesetzt blieb.

Für Valerie fühlte sich das Wetter fast nach Föhn an. Sie hatte die Tage mit Föhn in München verflucht, weil dann ihr Blutdruck immer so niedrig war, dass ihr bei jedem Aufstehen schwarz vor Augen wurde. Ganz so heftig war es hier am Meer nicht. Dazu kam, dass sie überhaupt keine Zeit hatte, darüber nachzudenken, und zum Hinsetzen kam sie sowieso nicht, also musste sie auch nicht aufstehen.

Als Valerie fertig mit ihrer Schicht war, fuhr sie erschöpft mit dem Fahrrad zum Supermarkt und kaufte lauter Leckereien für Elli und ihre Strandkorbparty ein. Sie hatte es nicht geschafft, Mittagspause zu machen, und kam fast um vor Hunger.

Am Weinregal wurde ihr auf einmal ganz schwummerig. Sie versuchte sich irgendwo abzustützen, fand aber keinen Halt zwischen all den Flaschen. Nicht mitten im Supermarkt umkippen, dachte sie noch, dann wurde alles dunkel.

Als sie wieder zu sich kam, sah sie in ein Paar besorgt blickender brauner Augen. Sie lag auf dem Boden, jemand hatte ihr einen Pullover unter den Kopf geschoben, und der Mann, dem die braunen Augen gehörten, hielt ihre Beine hoch.

»Geht es wieder? Ich bin Julian, der Mann, der dich aufgefangen hat!«

Er lächelte sie an. Er sah gut aus. Die Schläfen seiner dunklen Haare waren schon etwas grau, was darauf hindeutete, dass er schon über vierzig sein musste.

»Valerie«, sie wusste nicht, was sie sonst sagen sollte.

»Bleib noch ein bisschen liegen. Schwacher Kreislauf, schwanger oder unterzuckert?«

»Äh, ich denke unterzuckert und schwacher Kreislauf könnte hinkommen.«

»Und um die Schwangerschaft kümmere ich mich«, murmelte er ihr leise zu.

Valerie war sich nicht sicher, ob er das wirklich gerade gesagt hatte.

Er stellte ihre Beine sacht ab und sagte zu der kleinen Menschentraube, die sie jetzt erst bemerkte: »Alles o.k., kann jemand vielleicht eine Cola besorgen?!«

Als Valerie im Sitzen die Cola trank, gingen die Leute weiter einkaufen. Es musste offensichtlich kein Notarzt gerufen werden.

»Wie fühlst du dich?«

»Besser. Ich habe heute nur gefrühstückt, das ist mein System nicht gewohnt.«

»Soll ich dich trotzdem zu einem Arzt bringen?«

»Danke, das ist echt nicht nötig. Außerdem bin ich zu einer Strandkorbparty verabredet.«

»Ich hoffe, nicht mit einem Mann.«

Valerie sah ihn interessiert an. Der Kerl traute sich etwas.

»Ich will dich wiedersehen.«

Valerie fiel fast die Flasche aus der Hand. Der ging aber ran! »Ich muss los.«

Er sprang auf und hielt ihr seine Hände hin.

Valerie griff danach. Seine Finger waren angenehm warm und ließen ihre nicht los.

»Schön langsam aufstehen.« Er hielt sie weiter fest, auch als sie sicher vor ihm stand.

»Du kannst jetzt loslassen, Julian.«

»Du hast dir meinen Namen gemerkt.« Er legte den Kopf schief und lächelte. Er hatte ein Grübchen am Kinn, auf das Valerie etwas zu lange gucken musste.

Sie sah ihm in die braunen Augen und wollte etwas Kühles sagen, aber er kam ihr zuvor.

»Ich bringe dich an die Kasse.« Er ließ sie los, hob ihren Einkaufskorb auf und nahm ganz selbstverständlich ihre Hand.

Sie ließ es geschehen, weil sie sich immer noch etwas wackelig fühlte und es irgendwie schön war, so umsorgt zu werden. Als sie aus dem Laden kamen und Valerie ihre Einkäufe im Fahrradkorb verstaut hatte, ließ er sie wieder nicht zu Wort kommen.

»Pass auf, wir machen Folgendes: Ich bringe dich zu deiner Freundin, mit der du verabredet bist. Du solltest jetzt lieber nicht Fahrrad fahren. Dann lasse ich euch alleine, und du versprichst mir ein Treffen mit dir als Dankeschön.« Er grinste sie an. Seine Lederjacke sah weich aus. Seine Augen leuchteten.

»Woher weißt du, dass ich mit einer Freundin verabredet bin?«

»Wäre es ein Mann, hättest du es gesagt. Du hast aber nichts gesagt, was bedeutet, es ist kein Mann. Und eine Freundin ist dann am wahrscheinlichsten.«

Valerie musste lächeln. Er war wirklich gut. Sie war nicht gewappnet gegen diese Charmeoffensive.

Er führte sie zu einer blauen Vespa und reichte ihr seinen Helm.

»Jetzt hast du aber keinen«, protestierte Valerie.

»Ist besser für meine Frisur.« Er zeigte auf seine Haare, die kinnlang waren.

»Spinner«, sagte Valerie und stieg hinter ihm auf.

»Halt dich gut fest«, er führte ihre Arme um seinen Körper, »und wenn du dich irgendwie komisch fühlst, klopfst du mir auf den Bauch, o.k.?«

Valerie fühlte sich tatsächlich komisch, aber das lag daran, dass sie so dicht hinter ihm saß und ihn von hinten umarmte.

Sie nannte ihm den Strand, an dem sie mit Elli verabredet war, und er fuhr langsam und sicher. Beim Absteigen fühlten sich ihre Beine seltsam an.

»Valerie, es war mir ein Vergnügen, dich auffangen zu dürfen.«

Sie musste lachen. »Danke für alles.«

»Wo wohnst du und wann darf ich dich abholen?«

»Sie wohnt im Binsenweg 12, und am besten holst du sie Montagabend ab, dienstags hat sie nämlich frei.« Elli stand im Rock und mit einem dicken Wollpulli plötzlich neben ihnen. »Ich bin Elli. Freundin und Mitbewohnerin.« Sie streckte ihm die Hand hin.

»Julian. Ich habe mich in deine Freundin verliebt und möchte ein Kind von ihr.«

»Na dann startet doch mal mit einem Abendessen!« Elli sah grinsend von einem zum anderen.

»Schön, dass ihr euch so einig seid!« Valerie hatte nicht die Energie für einen größeren Protest. Sie brauchte jetzt einen Strandkorb und etwas zu essen.

»Montag um sieben!« Er setzte seinen Helm auf und fuhr los.

# Besuch auf der Insel

## Sommer 2016

»Ich kann doch helfen!« Brigitte setzte sich die Sonnenbrille in ihre grauen Locken und blinzelte in die Sonne.

»Nein, musst du nicht, Mama, du bist hier im Urlaub.« Valerie warf einen verzweifelten Blick zu ihrer Schwester rüber, die das Ganze zu genießen schien.

»Hach, das ist doch albern. Ich geh mal in die Küche und schau, was ich machen kann. Oder ich dekoriere ein bisschen um. Das sieht ja hier aus, als ob ...«, sie sprach nicht aus, wonach es ihrer Meinung nach in Valeries Café aussah.

Zu Valeries Entsetzen stand sie energisch auf und lief mit wehendem Wallekleid auf die Küche zu.

»Anne!«, rief Valerie.

»Was denn?« Ihre Schwester saß seelenruhig angelehnt in einem Liegestuhl und tat so, als ginge sie das alles gar nichts an.

Die Liegestühle waren Valeries neue Errungenschaft. Sie hatte sie günstig von einem anderen Café auf der Insel gekauft, dessen Besitzer ein neues Farbkonzept verfolgten. Mit ihrem knallig orangefarbenen Stoff passten sie hervorragend in Valeries Farbkonzept, das »je bunter, desto besser« hieß.

»Du nimmst Mama mit! Ich kriege die Krise, wenn sie mir hier dazwischenpfuscht. Ich arbeite hier! Gestern hat sie meiner Mitarbeiterin Anke die Karten gelegt, und dabei kam raus, sie soll sich vor paniertem Essen in Acht nehmen. Seitdem will sie keine Schnitzel mehr servieren!«

Anne bog sich vor Lachen, und auch Valerie musste etwas kichern, weil diese Geschichte wirklich zu absurd war.

Brigitte konnte sehr überzeugend sein, das musste man ihr lassen. Da sie selbst an all die esoterischen Dinge glaubte, wirkte sie auf andere sehr vertrauenswürdig.

»Und was will sie bitte umdekorieren?«, fragte Anne.

Als Antwort hörten sie von drinnen ein dröhnendes Schrappen, als würde jemand schwere Tische durch die Gegend schieben.

»Anne! Ich erzähl Mama von deiner künstlichen Befruchtung, wenn du mir jetzt nicht hilfst!«

Das wirkte. Seufzend wühlte sich Anne aus dem Liegestuhl. Thorsten und sie hatten sich endlich durchgerungen und versuchten jetzt seit zwei Jahren, mit Pausen, auf diesem Weg schwanger zu werden. Bisher ohne Erfolg. Valerie hoffte und betete jedes Mal mit und verschwieg ihrer Schwester, dass Julian und sie es selbst seit ein paar Monaten versuchten. Sie wusste nicht, was sie machen sollte, wenn sie tatsächlich vor Anne schwanger werden würde. Julian hatte seit ihrer ersten Begegnung von Kindern gesprochen und geduldig gewartet, bis Valerie so weit war.

Lange hatte sie mit dem Café so viel zu tun gehabt, dass für gar nichts anderes Platz gewesen war. Allein Julians Hartnäckigkeit war es zu verdanken, dass sie letztendlich doch ein Paar wurden. Er sprach oft von Kindern und war mit seinen zehn Jahren Vorsprung auch schon längst bereit, Vater zu werden.

Valerie wollte Kinder. Aber sie konnte sich ein Leben als richtige Familie irgendwie noch nicht vorstellen. Es gab noch so viel zu tun, so viel zu erleben. Manchmal fragte sie sich selbst, ob das alles nur Ausreden waren.

An ihrem 34. Geburtstag hatten sich die Dinge plötzlich verändert. Es war Annes sechster vergeblicher Versuch gewesen, und sie hatte beim Gratulieren am Telefon geweint.

»Das Leben ist endlich, Valerie«, hatte sie gesagt, »ich bin jetzt 32. Ich habe seit fünf Jahren einen Kinderwunsch. Zu einem Zeitpunkt, an dem die meisten Frauen noch glauben, sie hätten alle Zeit der Welt. Aber das haben wir nicht. Das haben wir nie.«

Valerie hatte beim Geburtstagskaffee auf ihre Torte mit der bunten 34 gestarrt, die Elli ihr gebacken hatte, und gedacht, ich muss mich jetzt auch langsam mal entscheiden, was ich eigentlich will.

Abends bei Kerzenschein in Julians Bett hatte sie ihm zugeflüstert: »Du darfst mir jetzt ein Kind machen.«

»Echt jetzt?« Er hatte sie erstaunt angeschaut.

»Liegt das am 34. Geburtstag? Wird die Frau langsam alt?«, scherzte er und bekam ein Kopfkissen ins Gesicht.

»Versau den Moment nicht, sonst überlege ich es mir noch mal anders. Außerdem ist fraglich, ob deine Spermien noch fit genug sind.«

»Lass es uns herausfinden«, sagte er, umarmte sie, zog sie zu sich heran und küsste sie zärtlich auf den Nacken.

Bisher hatte es noch nicht geklappt, obwohl sie es beide fleißig versuchten. Aber wirklich eilig hatte es Valerie auch nicht. Elli hatte sie einmal nachts in der Küche, als sie auf ihren blauen Stühlen saßen und Chai tranken, gefragt: »Willst du das wirklich?«

»Ein Kind?«, hatte Valerie entgegnet.

»Ein Kind von Julian«, sagte Elli leise.

Valerie war aufgestanden und hatte aus dem Fenster geschaut. Auf der Straße waren ein paar Schattengeister zum Leben erwacht.

»Mama, was machst du denn?« Valerie stellte sich Brigitte in den Weg, die dabei war, den großen langen Tisch vor den Eingang zu schieben.

»Ich leite das Chi um. Das fliegt dir hier alles einfach so zur Tür heraus, das geht so nicht.«

»Und der Tisch soll jetzt so vorm Eingang stehen, oder was?«

»Er bricht das Chi, und es kann sich dann überall verteilen.«

Brigitte wedelte mit den Armen in der Luft herum und deutete die sich verteilende Energie an.

»Mama! Nein! Geh an den Strand oder wandere zum Leucht-turm, aber lass mich hier in Ruhe meine Arbeit machen.«

»Ich will doch nur helfen!«

»Du hilfst aber nicht, Mama. Valerie kommt ja auch nicht bei dir in die Wohnung und schiebt Möbel durch die Gegend«, kam Anne ihr zu Hilfe.

»Bei mir stimmt ja auch der Energiefluss.« Brigitte machte eine fließende Bewegung.

»Wie war das noch mal mit den Elementen? Holz ist gut, das erdet, hast du gesagt, oder? Warum gehst du nicht und sammelst mir ein bisschen Treibholz? Hm?«

»Kind, ich bin ja nicht blöd. Ich merke, dass du mich nur be-schäftigen willst. Aber das ist nicht nötig, ich gehe!« Sie hob die Hände in die Luft und verließ theatralisch das Café.

»Die kriegt sich schon wieder ein«, versprach Anne.

»Valerie?« Franz, der Koch, kam genervt hinter dem Tresen vor. »Anke weigert sich, das Essen hier zu den Tischen zu bringen. Ich kann aber nicht alles machen, und es wird kalt!« Er knallte ein Küchenhandtuch neben die drei Teller mit Schnitzel und Pom-mes.

»Ich mach das, und ich rede mit ihr!«, versprach Valerie und stapelte sich die Teller auf den Arm.

Anne sah ihr nach und folgte dann kopfschüttelnd Brigitte an den Strand.

»Die oder lieber die anderen?« Franka zog fragend die Augenbrauen nach oben.

Ted hatte keine Ahnung, was sie gerade gefragt hatte. Es langweilte ihn, die richtigen Servietten auszusuchen, die perfekt zu den Serviettenringen passen mussten. Diese wiederum mussten mit den Kerzenständern harmonieren, und das war ihm alles viel zu viel.

»Wir sind noch nicht mal bei den essbaren Sachen, Franka«, stöhnte er. »Such doch einfach aus, was du schön findest, mir ist das ehrlich gesagt völlig egal, was da auf dem Tisch liegt!«

Er wusste, dass er sich mit dieser Aussage nicht beliebt machte, aber sie saßen jetzt seit zwei Stunden über den Laptop gebeugt und trafen Entscheidungen, die belangloser nicht hätten sein können.

»Es ist aber unser Tag, Bunny«, sie strich ihm zärtlich durch die blonden Locken. »Ich will, dass es für dich auch perfekt ist, und dann kann ich nicht alles alleine aussuchen, nur weil das jetzt eben etwas Arbeit bedeutet.«

Ted seufzte innerlich. Für ihn wäre eine viel kleinere Hochzeit perfekt. Ganz ohne Serviettenringe und Blumengestecke und tausend Leute, die er zum größten Teil nicht einmal kannte.

Eine kleine Hütte in den Bergen, eine zünftige Brotzeit, feiern bis in die Nacht. Irgendjemand spielt Gitarre. So in etwa hätte er die Hochzeit geplant. Aber er hatte Franka entscheiden lassen, weil er wusste, wie viel es ihr bedeutete.

»Frauen träumen davon, seit sie fünf sind, Alter. Das ist dieses Prinzessinnending, da kommen sie nicht von runter, egal, wie alt sie sind!«, hatte Roman ihm gesagt und dabei geklungen, als hätte er schon dreimal geheiratet.

Ted hatte nur genickt. Er hatte den Eindruck, seit Franka letztes Jahr vorgeschlagen hatte zu heiraten, nickte er nur noch. Sie stellte sich eine schicke Hochzeit in Amsterdam vor, mit Blick auf einen Kanal. Die Straßenlaternen mit Blumen geschmückt. Die Pferdekutsche, die das Brautpaar von der Kirche zur Feier bringt, auf Hochglanz poliert. Franka hatte keine Mutter mehr, so blieb ihm die Schwiegermutter, die auch noch ständig mitreden will, wenigstens erspart. Frankas Vater wollte sein einziges Kind einfach glücklich sehen und nickte, wie Ted, zu allem und zückte seine Kreditkarte.

Ted mochte ihn. Erwin war Metzger, und er hatte in seinem Heimatdorf ein sehr gut laufendes Geschäft und mehrere Filialen in den angrenzenden Ortschaften. Er war ein kleiner, dicker, bodenständiger Kerl, der sich sicher auch in der Hütte in den Bergen wohler gefühlt hätte als im architektonisch ausgeklügelten Saal, der an der Decke riesige Lampen hatte, die aussahen wie dick verpackte U-Boote. Ted musste sich bei der Besichtigung ständig vorstellen, wie eins davon herunterfiel.

Als er das leise Franka erzählte, kicherten sie gemeinsam und überlegten, mit welcher Flugrolle sie sich dann retten konnten und ob sie schnell genug reagieren würden, während eine Dame im engen Rock irgendetwas über die Großzügigkeit des Raumkonzeptes redete und wie sehr die Lamellenwand im hinteren Teil mit der gewölbten Decke korrespondierte.

Nach der Hochzeit würde Ted endlich zu Franka nach München ziehen. Jedenfalls war es so geplant. Sie hatten in den letzten drei Jahren immer wieder Anläufe genommen zusammenzuziehen, waren aber stets an den Umständen gescheitert. Ted, der im

IT-Bereich tätig war, konnte theoretisch überall arbeiten. Er hing nicht mal an seinem jetzigen Job, aber er hing an Joris. Seit er in der »Basisschool« war, waren er und Johanna noch mehr an den Ort gebunden.

Franka hatte ihm die Pistole auf die Brust gesetzt. Sie arbeitete in München in einer Werbeagentur. Sie hatte immer viel zu tun und liebte ihren Job. Sie musste für jeden Pitch dringend in München anwesend sein, und Ted kam es so vor, als pitchten sie in der Agentur eigentlich täglich irgendetwas.

Er musste den Umzug nach München wagen, wenn er sie behalten wollte. Er tröstete sich damit, dass Joris immer älter wurde und sicher bald alleine mit der Bahn fahren konnte. Ted plante, eine Woche im Monat in Amsterdam zu verbringen, um ihn weiterhin regelmäßig zu sehen. Davon wusste Franka allerdings noch nichts. Er würde es ihr schonend beibringen, wenn es so weit war.

Tobias und Johanna hatten letztes Jahr geheiratet. Er war zwar eingeladen gewesen, hatte sich aber nicht dazu überwinden können, auch hinzugehen. Umgekehrt würde Johanna mit Tobias bestimmt auf seiner Hochzeit auftauchen.

Ihr Thema war lange abgeschlossen, trotzdem, fand Ted, musste man nicht auch noch auf der Hochzeit des anderen tanzen und trinken. Das kam ihm irgendwie unpassend vor.

Franka hatte darauf bestanden, dass Johanna und Tobias eingeladen waren. Franka lud praktisch die ganze Welt zu ihrer Hochzeit ein. Wenn Ted zu bedenken gab, dass selbst der riesige Raum mit den tödlichen U-Boot-Lampen an der Decke nur ein begrenztes Kontingent an Tischen und Stühlen hatte, lächelte sie und beruhigte ihn. »Ein Drittel kommt am Ende sowieso nicht. Amsterdam ist weit entfernt, jeder muss sich ein Hotelzimmer suchen, da fallen schon allein deswegen ganz viele weg.«

Johanna und Tobias sicher nicht, sie wohnten sogar um die Ecke der Partylocation.

Die beiden träumten auch von einem anderen Wohnort. Über kurz oder lang würden sie sicher an verschiedenen Orten wohnen.

Ted war in letzter Zeit oft bei Franka in München.

Er baute sich seinen Arbeitsplatz am Küchentisch auf und wunderte sich immer ein bisschen, dass er an diesem Ort immer noch an die Valerie denken musste, mit der er in fünf Jahren ein Date hatte. Seltsamerweise kam sie ihm immer an Frankas Küchentisch in den Sinn. Warum, das konnte er sich nicht erklären. Er hatte aufgehört, in München nach ihr zu schauen. Anfangs hatte er sich dazu zwingen müssen. Es war eine bewusste Entscheidung gewesen, für Franka.

Es war ihm wie Betrug vorgekommen, sie in München zu besuchen und an jeder Ecke Herzklopfen zu bekommen, wenn eine blonde Frau auf der anderen Straßenseite auftauchte. Er hatte es sich abgewöhnt, nach hellen Haaren zu gucken, so wie man sich das Rauchen abgewöhnt. Quälend und mit äußerster Konsequenz. Den Zettel mit Valeries Handschrift darauf hatte er tief in seinem Geldbeutel vergraben, und dasselbe hatte er mit seinen Gefühlen in seinem Herzen getan.

Roman hatte einfach recht, es machte keinen Sinn, einem Hirngespinst nachzuhängen, wenn es auf der anderen Seite eine tolle Frau gab, die er haben konnte. Ted war froh über seine Entscheidung, Franka zu heiraten und so endlich Nägel mit Köpfen zu machen.

Franka besuchte ihn nicht so oft in Amsterdam. Vor allem an langen Wochenenden und wenn Ted seine Joris-Tage hatte, vermied Franka den Besuch bei ihm komplett. Ted konnte nicht genau sagen, ob sie ihnen ihre gemeinsame Zeit nicht stehlen wollte oder ob sie Joris mied. Wenn sie ihn sah, war sie aufmerksam und geduldig mit ihm, aber es entwickelte sich nicht wirklich ein Verhältnis zwischen den beiden.

Johanna schien das ganz recht zu sein. Ted sah die kritischen Blicke, die sie Franka zuwarf, wenn sie selten genug dabei war, wenn Joris abgeholt oder gebracht wurde. Ted hingegen musste sich ständig anschauen, wie sein Sohn Tobias um den Hals fiel und dieser mit ihm angeln ging. Ein in Teds Augen brutaler Sport, aber Joris schien es zu gefallen, darum hielt er sich zurück. Zurückhaltung war überhaupt das neue Zauberwort in ihrem Patchwork-Konstrukt. Die Dinge funktionierten nicht, wenn jeder ungefragt über alles seine wahre Meinung äußerte.

Weil in Valeries und Ellis Wohnung so gar kein Platz für Gäste war, schliefen Anne und Brigitte im *Hotel Inselfrieden*. Martin hatte ihnen einen guten Preis gemacht. Allerdings hatte Anne auf zwei Einzelzimmer bestanden, sonst werde sie wahnsinnig, hatte sie gesagt.

Brigitte prüfte das ganze Zimmer auf Schadstoffe und Energien. Glücklicherweise ging dabei ihr Gerät kaputt, und sie konnte nur ahnen, wie schlecht alles war, es aber nicht mehr »messen«.

Sie schlief zur Sicherheit auf dem Boden, denn genau dort, wo das Bett stand, spürte sie, ganz ohne Gerät, eine dicke Wasserader. Das arme Zimmermädchen Betty wuchtete in den ersten Tagen immer noch die Matratze zurück auf das Bett, bis Elli ihr den Tipp gab, sie einfach auf dem Boden liegen zu lassen, bis Brigitte wieder abgereist war. Die meisten Räume fanden vor Brigitte keine Gnade.

Allerdings war sie von der Insel ansonsten sehr begeistert.

Wenn sie am Strand im Wind die Arme weit ausstreckte und rief: »Kinder, diese positive Energie! Ionen! Alles voller Ionen!«, konnte man gar nicht anders, man musste einfach lächeln. Ihre Begeisterung war ansteckend.

»Das tut dir gut hier, Schatz!«, sagte sie immer wieder zu Valerie und nickte zufrieden, als hätte sie die Idee mit Norderney gehabt, dabei war sie am Anfang ziemlich skeptisch gewesen.

Inzwischen bekam Valerie regelmäßig von Brigitte Besuch, Anne kam ab und zu, und ihr Vater, der seit zehn Jahren von Brigitte getrennt lebte, hatte es immerhin einmal auf die Insel geschafft.

Sie waren Arm in Arm am Meer entlanggeschlendert, er hatte Valerie schick zum Essen ausgeführt, und sie hatte sich wie immer gefragt, warum sie sich so selten sahen, obwohl sie sich eigentlich gut verstanden.

Anne hatte den Vormittag mit ihrer Mutter verbracht. Nachmittags wollte jeder etwas für sich machen. Das Wetter konnte sich nicht entscheiden. Der Tag hatte sonnig und warm begonnen, mittags zogen dunkle Wolken auf, und der Wind war plötzlich kalt und schneidend.

Anne entschied sich, spontan bei Valerie vorbeizufahren. Das Café hatte sich geleert. Die Stühle draußen waren alle unbesetzt, und auch drinnen saßen nur vereinzelt Leute. Die meisten kamen zum Mittagessen, aber weil es auf der Insel nachmittags überall eine bombastische Kuchenauswahl gab, ging das Café am Meer bei schlechtem Wetter eher leer aus.

»Ich überlege, ob ich in dieses Schwimmbad mit Sauna gehe.« Anne saß am Tresen und schaute Valerie dabei zu, wie sie Gläser spülte.

»Weißt du was?«, sie stellte die letzten zwei Gläser zum Trocknen und wischte sich die Hände an einem Handtuch ab. »Ich komme mit!«

»Echt? Kannst du denn hier weg?«

Valerie wies auf Anke, die in einer Ecke saß und in einer Zeitschrift blätterte, weil gerade nichts zu tun war.

»Ich denke, das geht klar. Du bist schließlich nicht so oft hier, da kann ich auch mal einen Nachmittag freimachen!«

Franka hatte all ihre Schreibtischschubladen durchwühlt nach dem Zettel, auf dem sie vor vier Jahren eine E-Mail-Adresse notiert hatte. Sie hatte noch eine letzte Idee, wo er sein könnte. Irgendwo oben auf dem Schrank musste ihre alte Pinnwand sein. Vorsichtig kletterte sie auf den Bürostuhl. Das Aufhängen hatte sie immer wieder verschoben, weil ihr die nötigen Schrauben fehlten, und nachdem sie ein Jahr in der Gegend herumgestanden hatte, hatte Franka sie auf dem Schrank entsorgt. Bingo! Der kleine gelbe Zettel hing noch oben links, mit der einzigen Nadel befestigt, die den Umzug überlebt hatte.

Franka musste dringend los. Sie tippte die Nachricht im Flur auf ihrem Handy, während sie sich die Schuhe anzog.

Valerie sah auf das grüne Licht an der Decke, das sich wellenartig bewegte. Das warme Wasser, auf dem sie schwebte, hüllte sie wohlig ein. Sie sah zu Anne hinüber, die neben ihr in der Salzgrotte »toter Mann« machte. Man musste gar nichts tun, sondern sich einfach nur ausstrecken und atmen, das salzhaltige Wasser ließ sie an der Oberfläche schweben.

Momentan waren sie alleine in der kleinen Grotte, die nur von dem grünen Licht schummerig beleuchtet wurde. Valerie fühlte, wie der ganze Stress, den jeder Tag in dem kleinen Café am Meer so mit sich brachte, von ihr abtropfte.

»Wenn ich jeden Tag hier schweben könnte, wäre ich bestimmt schon schwanger«, murmelte Anne neben ihr.

»Ich auch«, sagte Valerie, ohne nachzudenken.

Anne kam aus ihrer Liegeposition. »Versucht ihr es denn, Julian und du?«

Valerie nickte nur und schwebte weiter, aber es war plötzlich nicht mehr entspannend.

»Aha«, sagte Anne und fing mit den Fingern das grüne Licht ein, das auf der Wasseroberfläche glitzerte.

Valerie fühlte sich sofort schuldig und ärgerte sich gleichzeitig darüber.

»Das ist doch schön«, sagte Anne tapfer und machte ein paar kleine Wellen, die in Valeries Gesicht schwappten.

Diese gab gezwungenermaßen ihre Schweberei auf und sah Anne in die Augen. Sie sah die vielen Sommersprossen, die Anne schon als kleines Kind bekommen hatte. Ihre perfekt gezupften Augenbrauen, die sie sicher noch jeden Abend eincremte, eine Macke, die Valerie nur von ihrer kleinen Schwester kannte.

»Ich hab Angst, dass ich vor dir schwanger werde!«

Anne nickte langsam. Sie wirkte ganz blass in dem grünen Licht.

»Ich auch«, flüsterte sie.

# Die Einladung

Wenn man auf eine Insel zieht, gibt es plötzlich nur noch zwei Arten von Freunden. Die, die sagen, sie kommen einen besuchen, und die es dann auch tun, und die anderen, die auch versprechen, sie kommen, und es dann aber nie tun. Elli hätte nie gedacht, dass ausgerechnet Lena zu der zweiten Gruppe gehören würde.

Sie hatten sich in den letzten vier Jahren genau zweimal gesehen, wenn Elli in München war. Die Treffen waren seltsam distanziert gewesen, was Elli sehr traurig gemacht hatte. Anfangs hatten sie sich noch jeden Tag eine E-Mail geschrieben. Es war eine seltsame Form der Kommunikation gewesen. Aber Elli hatte bei jedem Klong, mit dem ihr Handy den Eingang einer Mail anzeigte, Schmetterlinge im Bauch bekommen. Nach dem ersten seltsamen Treffen in München hatte Lena keine Mail mehr beantwortet, und Elli hatte es schließlich aufgegeben.

Lenas Kontakt zu Valerie war langsamer eingeschlafen. Das erste Jahr hatten sie noch ab und zu telefoniert. Valerie hatte jedes Gespräch beendet mit: »Du musst uns jetzt aber mal besuchen kommen, Lena!«

Lena hatte es jedes Mal versprochen.

Ellis Verknalltheit war einem Gefühl von tiefer Enttäuschung gewichen. Sie hatte sich mit ein, zwei Frauen auf der Insel getröstet, war aber nie eine echte Beziehung mit ihnen eingegangen.

Das neue Zimmermädchen Betty im *Hotel Inselfrieden* gefiel ihr, aber sie hatte noch keine Gelegenheit gehabt, sie mal alleine zu treffen und sie besser kennenzulernen.

Elli wollte sich gerade aufs Fahrrad schwingen, um nach Hause zu radeln, als ihr Handy mit dem bekannten Klong eine neue Mail anzeigte.

Elli bekam nicht so oft E-Mails. Beruflich gar nicht mehr, seit sie auf Norderney arbeitete. Alles wurde über Tatjana, die an der Rezeption saß, kommuniziert. Die Patienten waren zu 90 Prozent Urlauber, die im Internet unter »Osteopath« die Nummer des *Hotels Inselfrieden* fanden.

Das Klong löste in ihr immer noch die alberne Hoffnung aus, es könnte eine Mail von Lena sein. Sie kramte ihr Handy aus der Jackentasche und sah enttäuscht, dass die Mail von einem ihr unbekannten Absender war.

Franka Höfer, doch, der Name sagte ihr irgendwas. Sie überflog den kurzen Text und lächelte. Sie erinnerte sich jetzt wieder genau.

Frankas Fernbeziehung hatte offensichtlich gehalten. Nicht jede Liebe oder Freundschaft schien an der Entfernung zu zerbrechen.

»Entschuldigt, ich bin etwas spät dran. Ich hatte den ganzen Weg Gegenwind.« Elli begrüßte jeden und setzte sich außer Atem an den Tisch.

Brigitte wollte sie an ihrem letzten Abend alle einladen und hatte einen Tisch in einem schönen Restaurant in den Dünen bestellt.

»Wir hatten auch Gegenwind, oder glaubst du, der hat nur für dich gepustet?«, begrüßte sie Valerie gut gelaunt.

Sie liebte dieses Restaurant, konnte es sich aber nicht leisten, deshalb freute sie sich sehr über die Einladung ihrer Mutter.

»Elli, was trinkst du? Wir haben Weißwein bestellt, trinkst du mit?«, fragte Brigitte.

Elli stimmte zu und zog sich ihren knallgelben Pulli aus.

»Ihr seht so entspannt aus, habe ich was verpasst?«

Anne und Valerie sahen sich grinsend an.

»Wir waren heute zusammen im Schwimmbad, Valerie hat den Nachmittag freigemacht«, erklärte Anne. Sie reichte den Brotkorb zu Elli, und die nahm sich gleich zwei Scheiben.

»Ach so, na dann kann ich auch gegen den Wind fahren. Ich komme direkt von der Arbeit hierher«, sagte sie gespielt vorwurfsvoll zu Valerie.

»Wart ihr auch in der Salzgrotte, in der man sich an der Wasseroberfläche treiben lassen kann?«, fragte sie Anne.

»Ja, das war … toll. Sehr entspannend!«, beeilte sich Anne zu sagen, die eine winzige Sekunde vor dem Wort »toll« gezögert hatte.

Ellis feine Antennen bemerkten es sofort. Sie warf Valerie einen fragenden Blick zu. Valerie schien plötzlich sehr damit beschäftigt zu sein, Kräuterbutter auf ihr Brot zu streichen. Julian schien von alledem nichts zu bemerken. Er unterhielt sich angeregt mit Brigitte über Sternzeichen.

»Wassermann und Fisch«, sagte Brigitte gerade entzückt, »das passt wunderbar. Du als quirliger Wassermann kannst bei der Fischin Valerie sehr gut zur Ruhe kommen. Und umgekehrt belebst du sie!«

»Es heißt nicht Fischin, Mama.«

»Wie denn dann?«

»Fischfrau«, schlug Anne vor.

»Ich belebe dich heute Nacht etwas, wenn du möchtest«, raunte Julian Valerie ins Ohr.

Valerie musste grinsen, bis sie den Blick Annes sah, die erahnen konnte, worum es gerade ging.

Elli bekam die Blicke zwischen Anne und Valerie mit und rettete die Stimmung, indem sie von Frankas E-Mail und der Einladung zu deren Hochzeit erzählte.

»Eine Hochzeit in Amsterdam! Wie reizend! Fahrt ihr hin?«, fragte Brigitte.

»Bin ich da auch eingeladen?«, wollte Julian wissen.

»Woher kennt ihr diese Franka?«, rief Anne dazwischen.

»Franka ist die Nachmieterin von unserer Wohnung in München. Sie war damals frisch verliebt in einen Typen und hat mir auf der Abschiedsparty versprochen, uns einzuladen, sollte es tatsächlich eines Tages zu einer Hochzeit kommen. Und voilà, sie hat Wort gehalten!«

»Ich kenne Franka gar nicht, sicher, dass ich mit eingeladen bin?«

»Wieso, warst du etwa nicht auf deiner eigenen Abschiedsparty?«, fragte Julian, als hätte er einen superguten Witz gemacht.

Elli und Valerie wechselten blitzschnell einen Blick, der nun wiederum Anne auffiel.

Ted. Julian wusste nichts von Ted, und das war auch gut so. Valerie hatte alle Gedanken an ihn erfolgreich in die hinterste Ecke ihres Gehirns verbannt. Aber so ein kleiner Trigger reichte, um sie alle wieder direkt im zentralen Nervensystem zu spüren, wo sie wirklich nicht hingehörten.

»Amsterdam ist so schön! Da muss man einfach alle zehn Jahre unbedingt mal hin!« Valerie verstand Annes Botschaft. Sie wollte damit ausdrücken, dass sie sich ziemlich gut an Ted erinnerte.

»Heiratet sie denn einen Holländer, oder warum findet die Hochzeit in Amsterdam statt?«, fragte Brigitte, die von dem ganzen Subtext am Tisch genauso wenig mitbekam wie Julian.

»Die Mail war ganz kurz. Warte, ich lese sie euch vor.« Elli kramte ihr Handy aus der Jackentasche.

»Liebe Elli, liebe Valerie! Es ist so weit – wir heiraten! Am 24. Juli in der …«

»Am vierundzwanzigsten? Dann bin ich schon mal raus. Da habe ich die Fortbildung in Mannheim.« Julian klang nicht allzu enttäuscht.

»Steht nicht drin, wen sie heiratet?«, wollte Brigitte wissen.

Elli schaute auf ihr Handy. »Nein. Nur ›wir heiraten‹ und dann das Datum und der Ort. Alles Weitere im Anhang, Küsschen Franka, Eure Nachmieterin.«

»Und was steht im Anhang?« Valerie hatte Herzklopfen, seit sie das Wort Amsterdam gehört hatte. Es war ihr ziemlich egal, wen Franka heiratete und warum es Amsterdam sein musste. Aber die Aussicht, ein Wochenende in Amsterdam zu verbringen, ließ ihren Puls höher schlagen. Sie könnte in die kleine Bäckerei gehen und nach ihrem Zettel fragen, falls die Kellnerin noch dort arbeitete.

»Da ist kein Anhang, den hat sie wohl vergessen.«

Alle lachten außer Valerie und Anne.

Valerie war klar, dass Anne wusste, warum sie unbedingt auf diese Hochzeit nach Amsterdam wollte, und es gefiel ihr offensichtlich nicht.

»Vielleicht solltet ihr lieber nicht hinfahren.«

»So ein Blödsinn, wieso denn nicht?«, empörte sich Brigitte.

»Na ja, wenn Julian nicht kann. Hochzeiten sind total deprimierend ohne Partner, und Amsterdam ist ja auch nicht gerade günstig.« Anne versuchte, möglichst überzeugend zu klingen.

Ihre Schwester konnte sie damit aber nicht blenden.

»Da hat sie allerdings recht«, sagte Elli und seufzte. »Ich finde, wir müssen trotzdem hin. Es ist doch total süß, dass Franka uns einlädt, findest du nicht?«

Valerie nickte nur.

»Natürlich fahrt ihr da hin, Mädels! Und wer weiß, wen Elli auf der Hochzeit kennenlernt?«, sagte Brigitte augenzwinkernd.

Valerie und Elli wechselten einen Blick.

»Ich weiß, dass du auf Frauen stehst, Elli. Du hast so eine Energie, das hab ich gleich gespürt! Aber es werden doch wohl auch ein paar hübsche Frauen auf die Hochzeit kommen!«

Der ganze Tisch lachte verblüfft und erleichtert. Manchmal war Brigitte wirklich unglaublich.


Als sie alle in der Dämmerung zurückfuhren, strampelte sich Anne auf Valeries Höhe.

»Mach dir nicht alles wieder kaputt«, zischte sie ihr zu, überholte und fuhr mit einem Affenzahn, als hätte sie ein E-Bike, weiter.

In dieser Nacht schlief Valerie mit Julian. Als sie danach nebeneinanderlagen, fragte Julian sie: »Wo bist du gerade?«

Sie log ihn an und behauptete, sie würde über ihr Café nachdenken.

Als er schlief, stand sie leise auf und ging in die Küche.

»Tee?«

Valerie lächelte. Es tat gut, Elli zu sehen, die ganz selbstverständlich im Dunkeln am kleinen Küchentisch saß, als wären sie verabredet gewesen. Sie schob ihr eine Tasse hin.

»Du hast ihn schon fertig?«

Elli grinste und nickte. Valerie sah es im Schein der Straßenlaterne.

»War klar, dass du kommst.«

Valerie machte eine fragende Geste.

»Die Hochzeit in Amsterdam. Ich wusste, dass du jetzt nicht schlafen kannst.«

Valerie fühlte sich ertappt. Erst ihre Schwester und jetzt auch noch Elli.

Sie nahm einen Schluck und fragte: »Und du? Warum sitzt du hier und trinkst Chai mitten in der Nacht?«

Elli seufzte. »Ich hatte vorhin einen Moment lang gehofft, die Mail wäre von Lena.«

»Oh.«

»Ja, das ist albern, ich weiß.«

»Nicht alberner als meine Geschichte. Ich kann gar nicht verstehen, dass sie uns nie besucht hat.«

»Vielleicht war sie doch neidisch?«

»Das glaube ich nicht. Sie hat mir damals glaubhaft versichert, das wäre nichts für sie.« Valerie schloss ihre Finger um den heißen Becher. Sie hörte die Küchenuhr leise ticken.

»Wenn du etwas liebst, lass es frei. Kommt es zu dir zurück, gehört es dir für immer!«, zitierte Elli. Sie zog ihre rote, fusselige Strickjacke über ihrem Engelnachthemd zu.

Valerie sah Ted plötzlich vor sich. Das waren seine Worte gewesen in der kleinen Bäckerei. Umgeben vom Duft der süßen Stückchen, ihre Haare nass vom Regen. »Glaubst du daran? Funktioniert das so?«

»Ich glaube«, sagte Elli langsam, »es würde wirklich funktionieren, wenn man wirklich loslassen würde. Aber solange man in eine bestimmte Richtung hofft, lässt man auch nicht los.«

»Also nichts hoffen? Wie geht das denn?«

»Frag mich nicht. Ich bin kein Philosoph, nur eine verzauberte Elli.«

Beide kicherten und tranken Tee.

»Vielleicht klappt es doch. Ich habe meine Meersehnsucht nie begraben, aber ich habe mich damit arrangiert, in München zu wohnen. Ich habe nicht versucht, es zu forcieren, ans Meer zu ziehen. Und dann habe ich plötzlich das Preisausschreiben gewonnen, und alles nahm seinen Lauf.«

»Aber du hast beim Preisausschreiben mitgemacht!« Ellis Zeigefinger stach ihr in die Brust.

»Das stimmt«, murmelte Valerie.

»Man muss eben doch etwas tun für die Dinge, die man will.«

»Also gleichzeitig loslassen und die Möglichkeiten nutzen?«

»Exakt so!«, flüsterte Elli. Ein Auto fuhr vorbei und ließ ihre Augen aufleuchten. »Und genau deshalb fahren wir beide auch nach Amsterdam«, sagte Elli feierlich.

Valerie bekam Schmetterlinge im Bauch. »Und weißt du was, Elli, Lena nehmen wir mit!«

Roman und Ted standen an ihrer heruntergekommenen Lieblingspommesbude in Amsterdam. Hierhin verirrten sich so gut wie nie Touristen. Es gab keine Lichterkette und keine netten Sitzgelegenheiten, nur schmucklose Stehtische, aber die Pommes schmeckten einfach göttlich, und wenn man nicht reden wollte, konnte man von den klapprigen Stehtischen aus wunderbar auf die davorliegende Gracht starren.

Sie teilten sich immer mehrere Portionen, »weil man dann mehr davon hat«, fand Roman. Er hatte auch tatsächlich mehr davon, weil er doppelt so schnell aß wie Ted. Sie waren bei Portion drei und konnten eigentlich beide nicht mehr.

»Warum willst du keinen Junggesellenabschied?« Roman starrte ihm direkt in die Augen, als sei das die wichtigste Frage, die er ihm in den letzten acht Jahren gestellt hatte.

»Mit wem soll ich den denn bitte feiern?« Ted tunkte eine Fritte in den Rest Ketchup und steckte sie lustlos in den Mund.

»Wir könnten ...«

»Nein!« Ted hob energisch die Hand. »Ehrlich, wir laden jetzt keine alten Schulfreunde ein, die wir seit Jahren nicht gesehen haben. Und mir reicht es auch, dass Franka mir schon alles vorschreibt, was die Hochzeit angeht, fang du nicht auch noch an!«

»Okay, Alter, reg dich nicht so auf. Wir können ja auch alleine feiern. Nur du und ich, und wir machen es genau so, wie du es möchtest. Du möchtest doch eine Stripperin mit schönen langen Beinen, richtig?«

»Den Junggesellenabschied zahlen übrigens die Gäste. In dem Fall also du alleine«, antwortete Ted.

Roman machte ein erschrockenes Gesicht und schüttelte den Kopf. »Dann vielleicht doch keine Stripperin mit schönen langen Beinen. Ich hasse dich, Mann, ich hasse dich wirklich!«

Ted schob ihm die restlichen Pommes hin, aber er schüttelte nur betroffen weiter den Kopf und trauerte den langen Beinen nach, die nun keiner auf Teds Junggesellenabschied zu sehen bekommen würde.

Beide Männer starrten eine Weile schweigend auf den Kanal.

»Ich könnte Marie anrufen, die hat wirklich tolle Beine und macht uns das vielleicht umsonst ...« Er zückte sein Handy und schaute in seine Kontakte. »Scheiße!«

»Was ist?«, fragte Ted.

Roman hielt ihm das Display hin, auf dem neunmal Marie stand.

»Du hast neun Maries eingespeichert? Ohne Nachnamen?«

»Die würden mir auch nix nützen. Ich bräuchte Fotos!«, verzweifelt scrollte er nach unten, und da tauchten noch mehr Nummern mit dem Namen Marie auf.

Ted fragte nicht nach, ob er Fotos von ihren Gesichtern oder ihren Beinen meinte. Er warf nur grinsend die restlichen Pommes und die leeren Pappschalen weg.

»Roman, ich brauche wirklich keinen Junggesellenabschied. Ich hab sowieso nie verstanden, was das soll.«

»Für einen Mann, der bald seine große Liebe heiratet, bist du aber ungewöhnlich gereizt.«

»Was soll das denn jetzt heißen?«

Roman sah ihn bedeutungsvoll an und wollte gerade etwas sagen, als sein Handy klingelte. »Marie! Wie geht es dir, ich habe gerade an dich gedacht!« Er zwinkerte Ted zu, der nur die Augen verdrehte. »Ja, und ob ich dich sehen will! In einer halben Stunde? Im Red Rose!«

Er legte auf und hielt das Handy wie eine Knarre auf Ted gerichtet. »Wenn das kein Zeichen ist! Mit ein bisschen Glück ist es die richtige Marie, und dein Junggesellenabschied ist gerettet!« Er klopfte Ted zum Abschied auf die Schulter. »Ist doch o.k., wenn du zahlst, oder, Alter?«

»Hau ab!«

Roman rannte mit seinem schlaksigen Körper los, und Ted blieb alleine am Bistrotisch zurück.

»Ich will keinen Junggesellenabschied«, sagte er zu der Ketchupflasche. Die Flasche antwortete nicht, starrte aber mit ihm gemeinsam auf das vorbeifließende Wasser.

# München

Elli und Valerie wollten bei Lena auf Nummer sicher gehen. Im Sommer gleich zwei Wochenenden freizubekommen, eins für die Hochzeit und eins, um Lena in München zu besuchen, konnte Valerie sich nicht leisten, also beschlossen sie, unter der Woche aufs Festland zu fahren. Sie nahmen die Fähre am Montagabend und fuhren dann ohne Stau durch bis München. Die Nacht war sehr kurz, aber sie würden Lena jetzt im Büro überfallen, und darauf freuten sie sich.

Der Plan war weder durchdacht noch erfolgreich.

Lena hatte ausgerechnet an diesem Dienstag frei und war auch nicht in ihrer Wohnung anzutreffen. Ihr Handy hatte sie ausgeschaltet.

»Super Idee!«

»Wer hatte die?«

»Wir!«

Valerie und Elli standen blöd auf der Straße vor Lenas Haus herum.

»Was machen wir jetzt?«

»Wir besuchen den Waschsalon!«, schlug Valerie vor.

Es war seltsam, durch Münchens Straßen zu schlendern. Es war hier viel wärmer als auf der Insel, aber die Leute bewegten sich trotzdem doppelt so schnell. Jeder hastete irgendwohin. Keiner nahm sich Zeit, die hübschen Häuser wahrzunehmen und die vielen schönen Läden und Cafés. Nach dem vierten Café, in das Valerie nur mal eben reingehen wollte, um alles, was ihr gefiel, zu fotografieren, sagte Elli: »Das reicht mir jetzt! Keine Cafés mehr, außer du lädst mich auf einen Kaffee ein!«

»Deal. Erst der Waschsalon. Dann der Kaffee!«

Als sie in die Straße einbogen, bekam Valerie Herzklopfen. Sie freute sich, den Salon wiederzusehen und alle Leute. Das vertraute Geräusch der Waschmaschinen zu hören und natürlich den Geruch nach Waschmittel zu riechen.

Ein paar Meter vor dem Laden blieben beide irritiert stehen. Irgendetwas stimmte nicht. Normalerweise konnte man hier schon den Waschsalon ganz deutlich hören und riechen. Aber alles, was sie hörten, war der typische Straßenlärm, und es roch nach Abgasen. Weiter nichts.

Valerie starrte auf das Schild an der Eingangstür.

*Bis auf Weiteres geschlossen*

Der Salon war leer. Keine Waschmaschinen, keine Trockner. Keine Kunden, die geduldig ein Buch lasen und auf ihre frische Wäsche warteten.

Fred erklärte sich sofort bereit, sie im Café um die Ecke zu treffen. Elli bestellte Kaffee. Valerie rührte ihn nicht an.

»Was ist passiert?«, fragte sie tonlos, noch bevor sich der blasse Fred auf seinen Stuhl gesetzt hatte.

»Zwangsräumung. Wir konnten die Miete nicht mehr zahlen. Ich dachte bis zum Schluss, ich kann es abwenden und retten, darum habe ich dir nichts gesagt.«

»Fred!« Valerie stand auf. Sie war so sauer, wollte aber hier im Café keine Szene machen.

Sie hatte regelmäßig mit ihm telefoniert, und es hatte in keinem Gespräch auch nur eine Andeutung davon gegeben, dass es im Waschsalon Probleme gab.

Sie lief vor die Tür, überlegte es sich anders und kam wieder herein.

»Seit wann?«

»Es läuft schon seit zwei Jahren schlecht. Die Leute gehen nicht mehr in einen Salon, um ihre Wäsche zu waschen. Wir hätten einen Service anbieten müssen, die Wäsche abholen und bringen, das machen jetzt alle, aber wir hatten viel zu wenig Personal!«

»Und du bist nie auf die Idee gekommen, das alles mal mit mir zu besprechen? In all unseren Gesprächen kam dir nie die Idee, mir zu sagen, wie es wirklich läuft?« Valerie versuchte in normaler Lautstärke zu reden, was ihr nicht gelang.

Fred sah auf seine Hände. Mit einer ruckartigen Bewegung wischte er sich eine Träne ab. »Ich wollte das alleine schaffen. Ich habe noch nie in meinem Leben etwas alleine in die Hand genommen und dachte, dieses eine Mal mache ich es auf meine Weise ... Es tut mir so leid.« Er weinte jetzt tonlos.

»Fred ...« Valerie tat er plötzlich leid. »Haben wir Schulden?«

Fred schüttelte den Kopf und nahm von Elli die Serviette entgegen. »Ich konnte alle Maschinen verkaufen, das hat den Mietrückstand aufgefangen. Dein Klavier konnte ich retten, das steht jetzt bei mir in der Wohnung und versperrt den ganzen Flur.«

Das klang tragisch und komisch zugleich. Valerie schob ihm ihren Kaffee hin, und Elli bestellte noch einen.

»Du hättest mir doch ehrlich sagen können, dass es nicht läuft. Weiß es Herr Peters schon?«

Fred wurde noch blasser und fing wieder an zu weinen.

Valerie wurde schlecht. »Ist er ...?« Sie konnte den Satz nicht zu Ende sprechen. Seit drei Monaten hatte sie keine Postkarten von ihm erhalten, aber sie hatte sich nichts dabei gedacht.

»Das kam am Tag der Zwangsräumung, aus Italien. Ein Brief mit der Nachricht, Herr Peters wäre gestorben, und das hier ...« Er überreichte Valerie einen DIN-A4-Umschlag mit ihrem Namen drauf.

Inzwischen weinten auch Elli und Valerie. Die Kellnerin kam, stellte den Kaffee wortlos auf den Tisch und ging wieder.

Es gab nur einen richtigen Ort, um den Umschlag zu öffnen. Valerie wartete eine Woche, bis sich der richtige Zeitpunkt ergab. Das Wetter war schlecht. Es regnete, und der Strand war menschenleer. Sie setzte sich in einen Strandkorb und hielt den Umschlag so lange in der Hand, bis sie bereit war.

*Liebe Valerie,*

*ich hoffe, du hattest keine allzu großen Erwartungen an diesen Umschlag. Ich wollte dir eigentlich einen knackigen Abschiedsbrief schreiben, voll von bedeutungsschweren Zitaten aus Büchern, das hätte mir gefallen, aber das ist mir jetzt viel zu anstrengend. Jedes Wort kostet Mühe, deshalb fasse ich mich kurz. Danke für alles, aber bleib bitte nicht in diesem Waschsalon hängen, die Welt hat so viel mehr zu bieten.*

*Das Klavier gehört jetzt dir. Möge es dir Glück bringen, denn das brauchen wir, weil wir Fehler machen im Leben. Vielleicht hilft der Kompass dabei, die Richtung zu finden, vielleicht brauchst du aber auch keine schrägen Ratschläge von einem alten Mann, den du kaum gekannt hast. Ich hoffe, dein Leben ist gut. Meines war es.*

*Mach es gut, Liebes*
*Herr Peters*

Valerie las den Brief zweimal, einmal schnell und das zweite Mal langsam. Es stellte sich kein einheitliches Gefühl ein. Sie fühlte sich traurig, seltsam und ein bisschen erleichtert. Die Zeile, sie solle nicht am Waschsalon hängen bleiben, befreite sie.

Das würde sie Fred später schreiben, damit auch er sich besser fühlen konnte.

Herr Peters hatte recht. Sie hatte ihn kaum gekannt. Sie wusste nicht einmal, ob er Kinder hatte. Vermutlich nicht, sonst hätte nicht sie den Umschlag bekommen und jetzt ein Klavier am Hals, von dem sie nicht wusste, wohin sie es stellen sollte. In Freds Wohnung konnte es nicht bleiben, und in ihre passte es auch nicht.

Der ganze Trip nach München war von vorne bis hinten furchtbar gewesen. Lena hatten sie nicht erreicht, und Fred hatte sich gar nicht mehr beruhigt. Sie hatten ihn am Ende nach Hause bringen müssen. Das Klavier im Flur hatte alles nur noch schlimmer gemacht. Man musste sich wirklich daran vorbeiquetschen. Valerie musste unbedingt bald eine Lösung dafür finden. Verkaufen wollte sie es jedenfalls nicht.

Sie klappte den kleinen Kompass auf. Die Nadel zeigte aufs Meer.

Valerie lachte und weinte gleichzeitig.

»Ich finde nicht, dass das eine gute Idee ist!«, dröhnte Anne ihr ins Ohr. Julian und Valerie hatten eigentlich einen schönen Abend zusammen verbringen wollen. Julian hatte ein kleines Picknick organisiert. Sie saßen zusammen auf einer Decke am Strand, und Julian packte lauter leckere Sachen aus.

Die Luft war ungewöhnlich lau, es war so gut wie windstill, und es herrschte eine ausgelassene Ferienstimmung am Strand. Wenn im Sommer die vielen Touristen kamen, lud sich die Luft auf mit Inselglück. Die Leute strahlten, weil sie am Meer waren, und erinnerten die Insulaner daran, dass es ein Geschenk war, hier zu sein. Valerie empfand das auch immer noch so, hatte aber nichts dagegen, in ihrem arbeitsreichen Alltag ab und zu daran erinnert zu werden. Und heute war so ein Abend, um sich daran zu erinnern, dass es ein Glück war, auf dieser Insel zu wohnen.

Valerie wollte den Moment genießen, stattdessen hatte sie jetzt ihre Schwester am Ohr, die nicht wollte, dass sie mit Elli nach Amsterdam fuhr.

»Wieso, Mama sagt, sie kann das Klavier irgendwo hinstellen, bis ich eines Tages Platz dafür habe, was ist daran falsch?«, antwortete Valerie.

»Julian hört zu, richtig?«

»Richtig. Und wir sitzen gerade am Strand und wollen picknicken, ich kann jetzt nicht, Anne!«

Julian winkte ab und machte ihr ein Zeichen, dass er warten konnte. Er hatte alles ausgepackt und schlenderte jetzt zum Wasser, um Valerie etwas Raum zu geben.

»Du weißt genau, was ich meine. Amsterdam ist kein guter Ort für dich. Das wird dich wieder durcheinanderbringen.«

»Anne, mach dir keine Sorgen, ich hab doch jetzt den Kompass von Herrn Peters.« Das sollte ein Scherz sein, aber Anne lachte nicht.

»Es ist doch keine Lösung, die Niederlande für immer zu meiden, nur weil ich da mal vor Jahren nach einem Mann gesucht habe.«

»Das kannst du hindrehen, wie du willst, aber ich bin deine Schwester, und ich weiß, dass dich Ted immer noch nicht kalt lässt. Und natürlich wird ein Besuch in Amsterdam alles wieder aufreißen. Wozu? Du bist doch jetzt angekommen. Du wohnst am Meer, das wolltest du doch immer, du hast Julian, ihr versucht, ein Baby zu bekommen ...«

»Anne!« Valerie unterbrach ihren Redefluss. »Nichts davon möchte ich ändern. Und das werden 48 Stunden Amsterdam auch nicht schaffen. Also kann ich jetzt mit meinem Freund ein romantisches Picknick haben, oder möchtest du das gerne verhindern?«

»Nein«, seufzte Anne, »viel Spaß.«

Valerie stand auf und sprang Julian von hinten auf den Rücken. Er jagte mit ihr über den Strand, bis er nicht mehr konnte. Sie sprang ab, und er sagte lachend: »Jetzt ich!«

Arm in Arm gingen sie zurück zur Decke. Sie tranken Wein, aßen Käsewürfel und Weintrauben und erinnerten sich an ihr erstes Treffen am Weinregal im Supermarkt und sprachen darüber, wie praktisch es war, dass Brigitte dem Klavier eine Heimat gab. Sie witzelten darüber, ob es wohl ihr Chi beeinflussen würde.

»Brigitte kann es ja einfach auf eine dicke Wasserader stellen. Dann ist beiden geholfen«, meinte Valerie.

Julian grub seine Füße in den Sand ein. »Ich bin ehrlich gesagt ganz froh, dass dein Waschsalon jetzt Geschichte ist«, gab er zu.

»Warum?« Valerie dekorierte seine eingegrabene Fußburg mit Muscheln.

»Weil du jetzt nicht mehr zurück nach München kannst. Jetzt gehörst du für immer mir.« Er lächelte.

»Das klingt fast wie eine Drohung.«

Er wackelte mit den Zehen, und die Sandburg begann zu bröseln. »Ich muss dich ja immer ein bisschen festhalten. Von alleine bleibst du ja vielleicht nicht.«

Er sagte das leichthin, aber Valerie spürte bei seinen Worten einen Stich im Herzen. Seine Füße brachen aus ihrer Burg aus. Die Muscheln wurden unter dem Sand begraben.

Sie schaute in Julians braune Augen mit den Lachfältchen drum herum. Anne spinnt total, dachte sie. Ich bin doch angekommen. Wie um es sich selbst zu beweisen, küsste sie ihn lang und intensiv.


Franka saß in der Bahn und checkte ihre Mails. Obwohl das ihr privater Mail-Account war, schummelten sich doch immer wieder berufliche Mails auch hier rein. Franka schickte sie weiter auf ihren Server im Büro.

Eine Mail war von Elli. Franka überflog sie schnell. Es war eine Zusage zur Hochzeit. Sie hatte bei der Einladung vergessen, den Anhang mitzusenden, das würde sie später nachholen.

Sie öffnete die Notizen-App und las, was vor der Hochzeit noch alles erledigt werden musste. Die Liste war lang und wurde immer länger. Es wäre wirklich einfacher, wenn Ted mit ihr an einem Strang ziehen würde, was die Hochzeit anging.

Er wirkte seltsam distanziert in letzter Zeit. Vermutlich war Heiraten einfach nicht sein Ding. Sie war froh, dass sie die Dinge schließlich in die Hand genommen hatte. Auf seinen Antrag hätte sie vermutlich noch zwanzig Jahre warten können. Franka verstand Frauen nicht, die altmodisch darauf warteten, gefragt zu werden. Sie hatte im Job die Erfahrung gemacht, dass man sich nehmen musste, was man haben wollte, sonst bekam man es nicht.

Franka war ihr Leben lang auf sich allein gestellt gewesen. Ihre Mutter war gestorben, als sie ein Jahr alt war. Sie war bei den Haushälterinnen aufgewachsen, die ihr Vater Erwin in seiner Not eingestellt hatte. Er hatte versucht, gleichzeitig alleinerziehender Vater und Geschäftsführer zu sein.

Franka machte es ihm leicht. Sie war nie ein kompliziertes Kind gewesen. In der Schule lief alles gut, und auch sonst schien dem Mädchen nichts zu fehlen. Erwin und Franka hatten bis heute ein gutes Verhältnis, aber eigentlich wusste er nicht wirklich viel von seiner Tochter. Sie hatten nie viel geredet, und das war bis heute so geblieben. Franka hatte gelernt, die Arbeit ging immer vor, und mit dieser Haltung war sie auch weit gekommen. Ihr Ziel war es, die Werbeagentur in ein paar Jahren selbst zu übernehmen.

Ted hatte einmal angedeutet, dass er sich noch weitere Kinder wünschte. Franka hatte dazu geschwiegen. Schweigen war machtvoll, und sie hatte nichts zu befürchten, schließlich konnte Ted nicht heimlich die Pille weglassen. Es war ihr sehr wichtig gewesen, dass er zustimmte, zu ihr nach München zu ziehen. Nicht nur wegen des Jobs, auch wegen Joris. Sie konnte mit Kindern gut umgehen, aber wenn sie ganz ehrlich war, wollte sie Joris gerne so wenig wie möglich in ihrem Leben haben. Er war ein netter kleiner Kerl, aber er würde größer werden, und auf einen pubertierenden Teenagerstiefsohn hatte sie wirklich keine Lust. Er war ja auch bei Johanna und Tobias gut aufgehoben, und sie hatte nichts dagegen, wenn Ted ihn ab und zu in Amsterdam besuchte.

Die Hochzeit in Amsterdam zu feiern, war ihre Idee gewesen.

»Es ist sicher schöner für dich, in deinem Heimatland zu feiern, und weil deine Familie ja auch viel größer ist als meine, ist es auch praktischer«, hatte sie gesagt, und er hatte wie immer dazu genickt.

Es war eine ziemliche Sensation bei ihren Kollegen und Freunden gewesen. In letzter Zeit hatten viele geheiratet, und man hatte inzwischen alle hippen Locations in und um München durch. Im Palmenhaus im Münchner Botanikum, im Chinesischen Turm im Englischen Garten, eine Feier im Biergarten war dabei gewesen, es wurde am Ufer des Starnberger Sees geheiratet und mit Blick über die ganze Stadt auf einer Dachterrasse mit Pool in einer schicken Rooftop-Bar.

Franka hatte einfach das Gefühl, München war hochzeitsmäßig ausgereizt. Um die Feiern der anderen zu toppen, musste sie sich schon etwas einfallen lassen. Amsterdam war schick und weit genug weg, um es lässig aussehen zu lassen. Cooler als Mallorca und extravaganter als die Toskana. Und das Schönste daran war, dass es dabei auch noch so aussah, als hätte sie es für Ted getan.

# Amsterdam

Lena packte ihren kleinen Handgepäckkoffer. Egal, wie klug sie die Sachen auch faltete, es passte nicht. Keine Frau der Welt konnte normale Klamotten plus ein komplettes Outfit mit Schuhen und Handtasche für eine Hochzeit in so einen winzigen Koffer quetschen. Sie seufzte und holte einen größeren vom Schrank.

Seit Valerie sie angerufen hatte, flogen Schmetterlinge in ihrem Bauch herum. Lena hatte gespannt zugehört und sich geärgert, dass sie ausgerechnet an diesem Dienstag an den Schluchsee gefahren war.

Elli und Valerie waren extra für sie nach München gekommen. Das rührte sie so, dass sie sofort zugesagt hatte für die Hochzeit in Amsterdam.

Jetzt beim Packen wurden die Zweifel allerdings immer größer. Bei dem Gedanken daran, Elli wiederzusehen, wurde ihr heiß und kalt. Das waren definitiv keine normalen Gefühle, die man einer Freundin gegenüber hatte, oder etwa doch?

Elli hatte mit ihrem Umzug auf die Nordseeinsel so ein großes Loch hinterlassen. Lena hatte sich wochenlang zu Hause vergraben, bis ein Kollege auf der Arbeit fragte, ob sie Liebeskummer habe. Liebeskummer, das war ja wohl …

Lena fand kein Wort dafür. Es machte ihr Angst. Sie hörte auf, lange Mails an Elli zu schreiben. Sie versuchte zu vergessen, dass es eine Insel gab, die Norderney hieß und die ständig irgendwo auftauchte. Im Fernsehen, in Büchern, an Bushaltestellen unterhielten sich Menschen über ihren letzten Urlaub dort. Lena hatte ihr Leben lang kaum von Norderney gehört, aber plötzlich war diese blöde Insel allgegenwärtig.

Irgendwann hatte sie es geschafft, nur noch sehr wenig an Elli und Valerie zu denken. Der Anruf hatte alles geändert.

Elli war es sehr wichtig, dass sie, Lena, kam. Ihr Herz schlug einen Purzelbaum vor Freude. Sie packte energisch den größeren Koffer.

»Na und, dann freue ich mich eben übermäßig darauf, eine Frau zu sehen. Kann mir schließlich keiner verbieten!«, herrschte sie ihr Nachthemd an und stopfte es unsanft in eine Lücke. Das arme Nachthemd hatte gar nicht vorgehabt, Lena irgendwelche Gefühle zu verbieten, und knitterte beleidigt vor sich hin. Die Pumps waren nicht so schnell einzuschüchtern.

Lena pfefferte sie in den Koffer mit den Worten: »Ich kann fühlen, was ich will!«

Die Schuhe blieben sperrig auf den Klamotten liegen und gaben keinen Zentimeter nach. Lena warf ihnen noch einen Kosmetikbeutel auf den Kopf und sah sich dann in ihrer Wohnung suchend um. Hatte sie alles?

Auch auf Norderney wurde gepackt. Während Elli in kurzer Zeit fertig war, entschied sich Valerie ständig um, bis praktisch ihr ganzer Kleiderschrank auf dem Bett lag.

»Sicher, dass du wiederkommst?«, fragte Julian lachend, der gekommen war, um sich zu verabschieden.

»Sie packt schon seit zwei Stunden!«, rief Elli aus der Küche.

»Ich hab das in zehn Minuten erledigt«, ärgerte Julian Valerie.

»Wieso, ich dachte, du kommst nicht mit?« Valerie klang so erschrocken, dass Julian ihre Zimmertür schloss und sich zu ihr und dem Klamottenchaos auf das Bett setzte.

»Ich fahre nach Mannheim, zur Fortbildung, schon vergessen? Aber wenn ich deinen Unterton richtig deute, sollte ich lieber mit zu der Hochzeit kommen. Was ist denn los?«

Valerie seufzte. »Was soll denn los sein? Ich bin einfach etwas gestresst, weil ich packen muss.«

»Das ist es nicht«, beharrte Julian und zwang sie, ihn anzuschauen.

»Es gibt da eine alte Geschichte, die ich in Amsterdam mal erlebt habe. Ich denke, wenn ich hinfahre, kann ich sie endlich begraben«, sagte Valerie schließlich.

Julian spürte, dass sie ihm schon mehr verraten hatte, als sie eigentlich wollte. Zu gerne hätte er die ganze Geschichte gehört, aber sie wandte sich ab und packte wahllos einige Klamotten in den geöffneten Koffer auf dem Boden.

»Dann hoffe ich mal, dass du das schaffst.«

Sie erwiderte nichts und packte weiter.

Er nahm ihre Hände und zog sie sanft hoch zum Stehen. »Valerie, ich liebe dich!«

Sie umarmte ihn und flüsterte: »Ich dich auch.« Als sie sich aus der Umarmung lösten, sagte sie mit fester Stimme: »Mach dir keine Sorgen, alles ist gut.«

Als er gegangen war, kippte sie alles aus ihrem Koffer und begann noch mal ganz von vorn zu packen.

Amsterdam wirkte so vertraut, Valerie konnte sich nicht erklären, warum. Die Grachten, die Möwen, die kleinen Gassen, die hübschen, schmalen Häuser mit den farbigen Haustüren. Alles schien nur darauf gewartet zu haben, dass sie endlich wieder auftauchte. Sie freute sich, dass sie Donnerstag schon angereist waren. Sie hatten überlegt, erst Freitag zum Junggesellinnenabschied zu kommen. Aber Samstag war die Hochzeit, und sie wollten gerne auch etwas Zeit haben, um Amsterdam zu erleben.

Elli war das erste Mal hier und schon auf dem Weg vom Bahnhof zum Hotel völlig fasziniert von dieser Stadt.

»Boah, ist das schön hier!«, sagte sie zum hundertsten Mal.

Valerie nickte andächtig. »Guck, da vorne ist unser Hotel!« Beschwingt rollte sie ihren Koffer auf das Gebäude mit dem Fahrrad im Fenster zu. Sie hatte das Hotel gebucht, in dem sie damals mit Anne gewesen war. Es war nicht nur sehr niedlich, es war auch das einzige, das sie in Amsterdam kannte.

Diesmal hatten sie alle drei ein Zimmer zusammen. Elli wusste davon noch nichts, denn Lena sollte ja eine Überraschung werden. Die Überraschung schlief auf dem Bett, als sie ihr Zimmer betraten.

Es lief nicht ganz so, wie Valerie es sich erhofft hatte. Lena war total verschlafen, und Elli war völlig überfordert. Es war also erst mal ihre Aufgabe, Lena zu umarmen und Freude zu signalisieren. Das Auspacken war irgendwie peinlich, und Valerie machte sich Gedanken, ob ein gemeinsames Zimmer so eine gute Idee gewesen war. Drei Nächte hier waren teuer genug, und Einzelzimmer hätten viel mehr gekostet. Sie musste Elli und Lena nur etwas auflockern.

»Zeigt mal, was ihr für ein Kleid für die Hochzeit habt!« Sie warf sich erwartungsvoll auf ihr Bett.

Elli präsentierte einen rosafarbenen Petticoat mit einem kurzen grünen Kleid mit Puffärmeln.

»Wow, dagegen ist meins total langweilig!« Valerie zog ein langes dunkles Samtkleid aus dem Koffer.

»Meins vermutlich auch.« Lena zeigte ein dunkelblaues,

schlichtes Matrosenkleid und ein passendes, entzückendes Handtäschchen dazu.

Elli fand alle drei Outfits schön und verkündete: »Die Hochzeitszeremonie findet übrigens auf einem Boot statt.«

»Tja, hätten wir mal alle unsere Gummistiefel eingepackt!«, witzelte Valerie.

Elli und Lena lachten, immerhin.

»Lies doch mal die Einladung vor«, forderte Lena sie auf. Es war der erste Satz, den sie direkt an Elli richtete, und Elli war es sichtlich peinlich, dass sie dieser Aufforderung nicht nachkommen konnte.

»Äh, es gibt nicht so richtig eine schriftliche Einladung. Franka konnte den Anhang irgendwie nicht anhängen. Aber wir haben telefoniert, und ich weiß alles!« Eifrig erzählte sie, dass morgen Abend der Junggesellinnenabschied stattfand, die Hochzeitszeremonie dann am Samstagnachmittag und abends die große Feier im Saal. »Und witzig, sie heiraten erst nächste Woche standesamtlich.«

»Geht das denn?«, wollte Lena wissen.

»In Holland geht alles. Nein, keine Ahnung. Vielleicht geht es, weil sie keine kirchliche Hochzeit machen, sondern eine freie Trauung.«

»Kommen wir überhaupt rein ohne offizielle Einladung? Und ist das o.k., dass ich dabei bin?« Lena hörte sich etwas verloren an.

»Du bist meine Begleitung!«, sagten Elli und Valerie gleichzeitig.

Lena wurde ein bisschen rot und sagte dann aber ganz cool: »Das suche ich mir noch aus, mit wem von euch ich hingehe!«

Ted kam sich in den letzten Wochen häufig vor wie ein kleiner Junge, der die Schule schwänzte. Franka gab ihm dieses Gefühl.

Ständig sollte er in München sein, um Hochzeitstorten zu probieren, dann wieder musste Franka dringend mit ihm in Amsterdam die Bootsprobe machen. Er wusste nicht, was man da proben musste. Gut, er musste ja auch nur vorne stehen und warten, bis Erwin sie die Stuhlreihen entlanggeführt hatte, und dann an der richtigen Stelle Ja sagen. Sooft er konnte, stahl er sich aus der Verantwortung, ließ sie alleine Torte probieren oder den Blumenschmuck bestellen. Er konnte gar nicht wirklich sagen, warum.

Johanna öffnete ihm erstaunt die Tür. »Hey, müsstest du nicht gerade beim Schneider sein und deinen Anzug abholen?«

Ted machte ein erstauntes Gesicht. »Woher weißt du das?«

Johanna schüttete sich aus vor Lachen. »Das habe ich geraten, ohne Witz!«

»Ich wollte einfach nur kurz Joris sehen.«

Ein kleines Gemetzel mit den Spielzeugpistolen, die kleine Schaumstoffpfeile verschossen, in Joris Kinderzimmer, war genau das, was er jetzt brauchte. Joris' Lachen, das schönste Geräusch auf der Welt, würde ihn wieder erden.

»Das tut mir leid, Ted, Joris ist gar nicht da. Er spielt bei Anton«, sie machte eine Geste in die Richtung, in der Anton wohl wohnte.

»Tja, dann geh ich mal zum Schneider.« Ted hatte Mühe, seine Enttäuschung zu verbergen.

»Hast du eine halbe Stunde? Lass uns eine *Stroopwaffel* holen gehen.«

Ohne seine Antwort abzuwarten, holte sie ihren Geldbeutel und warf sich eine Jeansjacke über, die temperaturmäßig völlig überflüssig war.

Gemeinsam liefen sie die Straße entlang. Es war ein wunderschöner Sommertag. Die Sonne strahlte, und die Touristenströme wälzten sich durch die kleinen Gassen. Wenn man hinschaute, sah man nur Sonnenbrillen und Handys.

»Du heiratest«, stellte Johanna fest.

»Jap. Ich heirate.«

Sie nickte. »War das seltsam für dich, als ich Tobias geheiratet habe?«

Er nickte und wich einer dicken Frau aus, die in breitem Amerikanisch Wörter wie »lovely« und »amazing« schrie.

»Es war seltsam.« Das fasste ziemlich kurz zusammen, was er damals alles gefühlt hatte.

»Das Leben geht weiter, aber ab und zu muss man innehalten und eine *Stroopwaffel* essen«, sagte Johanna leichthin.

Früher war das ihr Ding. Ted und Johanna liebten *Stroopwaffeln*. Es war ein schönes kleines Ritual zwischen ihnen, sich gemeinsam eine zu holen und zu essen.

Es war schön, das nach all den Jahren wieder zusammen zu tun.

Johanna führte Ted ins *Bake my day*. Jedes Mal, wenn er hier war, sah er den Tisch, an dem er mit Valerie gesessen hatte, und wünschte sich, die Zeit zurückdrehen zu können. Er stellte sich hinter Johanna an der Theke an und versuchte ruhig und gleichmäßig zu atmen. Der Geruch von frischem Brot half ihm dabei.

Draußen auf der Straße mit den extragroßen Waffeln in der Hand wurde es besser. Sie setzten sich an die Leliegracht und ließen die Füße über dem Wasser baumeln.

»Bist du aufgeregt?«, fragte Johanna, die ihre Waffel genau wie früher aß, indem sie erst mal ringsherum den ganzen Rand abknabberte.

»Ja, schon.« Ted biss ordentlich von oben ab.

Die Antwort fiel knapp aus, weil er gar nicht darüber nachdenken wollte. Alle machten so ein Theater ums Heiraten. Im Prinzip war es doch nur eine Formsache.

»Ich hätte es mir anders gewünscht, weißt du«, sagte Johanna.

Ted sah sie an. Ihr Blick folgte den Booten, die bei dem guten Wetter wie Ameisen auf den Grachten wimmelten. »Ich hätte es mir auch anders gewünscht, aber wir kriegen das doch ziemlich gut hin«, antwortete er.

Er hätte gerne ihre Hand gedrückt, aber so eine Beziehung hatten sie nicht. Sie sprachen miteinander, aber sie berührten sich kaum. Ted kam das plötzlich komisch vor. Früher hatten sie ein Bett geteilt, und heute schien es unmöglich, ihre Hand zu halten.

»Das stimmt.« Sie nickte.

Johanna hätte gerne mehr gesagt, mehr gefragt. Seit der Trennung hatte Ted sich auf eine Insel zurückgezogen, auf der sie ihn nicht mehr wirklich erreichen konnte. Ob er Franka mit auf seine Insel ließ? Sie bezweifelte es.

Sie aßen weiter ihre Waffel und schauten den lustigen Gruppen zu, die auf den Booten die Sonne genossen. Einige hörten Musik, andere tranken Bier. Gegenüber von ihnen saß eine Gruppe Jugendlicher am Ufer und kiffte.

Ted hätte jetzt auch gut einen Joint brauchen können. Früher hatten Johanna und er ab und zu etwas geraucht, damals, bevor sie Eltern wurden.

»Die Zeiten ändern sich«, sagte er, und Johanna verstand sofort, was er meinte.

»Ich hoffe, dass du glücklich wirst, Ted.« Sie sah ihm jetzt in die Augen.

Er hielt dem Blick kurz stand und schaute dann auf das Wasser.

»Wenn sie die Richtige ist, dann freue ich mich für dich!« Sie sah ihn fragend dabei an, legte den Kopf schief und machte ihren Johanna-durchschaut-dich-Blick.

»Ich muss los.« Ted stand hastig auf. »Das war schön, sollten wir öfter machen!«

Johanna nickte langsam und fuhr fort, ihn so seltsam anzuschauen.

»Wir sehen uns auf der Hochzeit«, sagte sie und hielt beide Daumen nach oben.

»Wir sehen uns auf der Hochzeit«, wiederholte er, umarmte sie schnell und ungeschickt und eilte dann los, seinen Anzug holen.

Valerie betrat das kleine Café mit Herzklopfen. Es war nicht leicht gewesen, Lena und Elli abzuschütteln, die beide unbedingt mitwollten, nur um nicht miteinander allein zu sein. Sie benahmen sich wie kleine Kinder, und Valerie hoffte, sie würden einfach mal miteinander reden, während sie weg war.

Ihr Weg hatte sie praktisch von ganz alleine ins *Bake my day* geführt.

Draußen war es heiß und drinnen auch. Die Temperatur passte nicht zu Valeries Erinnerungen. Sie ließ einen Blick über die Bedienungen schweifen und erkannte kein einziges Gesicht. Enttäuscht bestellte sie einen Chai und eine Zimtschnecke, weil sie auch die Quarktasche, die sie damals gegessen hatte, nirgends entdecken konnte.

Teds und ihr Tisch war frei. Sie setzte sich und legte die Hände an die Stirn. Ihr war ein bisschen schwindelig. Naiv hatte sie heimlich gehofft, er würde hier an diesem Tisch sitzen. Wie damals. Sie schüttelte den Kopf über sich selbst.

Du musst endlich damit abschließen, sagte sie zu sich selbst. Wie lange hast du ihn erlebt? Zwei Stunden? In zwei Stunden kann man gar nichts wissen. Und ganz bestimmt nicht, ob es der Mann fürs Leben wäre.

Julian schickte eine SMS.

Bin gut angekommen. Vermisse dich.

Valerie schickte zwei Herzen zurück.

Danach saß sie einfach da und starrte auf die Eingangstür. Sie trank den kalt gewordenen Chai aus und aß die klebrige Schnecke, obwohl sich in ihrem Magen ein Klumpen aus Enttäuschung befand. Die Schnecke schmeckte trotzdem herrlich, sodass sie sich alle Finger danach ableckte. Sie musste ihre Hände waschen. Bei der Gelegenheit ging sie auch gleich auf die Toilette. Nachdenklich kam sie wieder heraus, verließ das Café und ging in die nächstbeste Apotheke.

Valerie war den ganzen Abend ziemlich abwesend. Glücklicherweise hatten Lena und Elli ihre ersten Hemmungen überwunden und lachten und alberten wie alte Freundinnen herum.

Nach einer Flasche Wein, die sie alleine trinken mussten, weil Valerie nichts davon wollte, sangen sie auf dem Rückweg zum Hotel »Old MacDonald had a farm«, und das war so mitreißend, dass Valerie einfach mitmachen musste. Sie hakte sich bei Lena ein, die an der anderen Seite Elli untergehakt hatte. Laut singend liefen sie durch die Gassen, und es fühlte sich an wie früher.

Franka hatte sich für die nächsten Tage ein Hotelzimmer genommen. Ted fand das ziemlich albern, aber sie bestand darauf, dass Braut und Bräutigam vor der Hochzeit nicht in einem Bett schliefen. Außerdem war sie nonstop mit ihren vielen Freundinnen beschäftigt, die alle schon angereist waren und im selben Hotel wie sie wohnten.

Ted kam sich ein bisschen verloren vor in seiner Wohnung. Sein Anzug hing in einer Plastikfolie am Schrank gegenüber vom Bett und sah ihn vorwurfsvoll an, warum, wusste er nicht.

Er rief Roman an, aber der war mit irgendeiner Frau unterwegs, die er am Blumenmarkt aufgegabelt hatte. Das war ein alter Trick von ihm, der eigentlich immer funktionierte. Er kaufte eine Blume, lief damit herum, bis er eine schöne Frau sah, und schenkte sie ihr dann mit den Worten: »Die habe ich gerade für dich geklaut!«

Weiß der Himmel, warum, aber die Frauen standen dadrauf und gingen bereitwillig mit ihm einen Kaffee trinken.

Ted hätte gerne mit jemand gesprochen. Er war drauf und dran, Johanna anzurufen, ließ es dann aber.

Schließlich hielt er es in seiner Wohnung nicht mehr aus. Er ging im T-Shirt auf die Straße. Die Luft war immer noch warm. Er lief ziellos durch die Straßen und zählte die verliebten Paare, die er sah. In kürzester Zeit war er bei 33. Er schickte Franka eine SMS:

Miss you Mrs. Van den Stetten to be

Er bekam keine Antwort. Ein süßlicher, schwerer Geruch von Jugend und Freiheit kroch ihm in die Nase. Er folgte ihm.

In dem kleinen Coffesshop war es verraucht und düster, ganz so, wie es sein sollte. Er zeigte seinen Ausweis und kaufte einen Joint mit Gras, das angeblich beruhigend und entspannend wirkte. Vor der eigenen Hochzeit an der Keizersgracht zu sitzen und zu kiffen, das hatte doch Stil. Er hatte seit Jahren nichts mehr geraucht und musste husten, als der beißende Rauch seine Lungen füllte.

Er schaute auf die vielen Lichter in den Fenstern der gegenüberliegenden Häuser. Waren die Bewohner glücklich? Er würde demnächst in der Nähe der Berge wohnen. Das hatte er sich immer gewünscht, auch wenn so weit weg von Joris zu wohnen sich falsch anfühlte. In fünf Jahren würde er Valerie erzählen können, er habe es geschafft. Er lächelte bei dem Gedanken und inhalierte noch einmal. Der Joint begann zu wirken. Ein wohliges Gefühl breitet sich in ihm aus. Sein ganzer Körper fühlte sich leicht an. Alle Lichter strahlten jetzt besonders hell und schön.

Eine kleine Truppe kam singend die Straße entlang. »Old MacDonald had a farm«, sangen sie. Ted fand, es klang fantastisch. Vielleicht war das eine Band. Eine Frauenband den Stimmen nach. Er hätte gerne eine Band auf seiner Hochzeit gehabt, aber Franka fand einen DJ besser. Franka wusste, was besser war. Für sie, für ihn, für alle. Er rieb seine Hände über die Oberschenkel, weil das ein tolles Gefühl war. Er hatte nicht gewusst, wie weich seine Jeans war. Wahnsinn.

Er schaute den drei Sängerinnen nach, die jetzt die Schweine von Old MacDonald besangen. Eine sah genau aus wie Valerie. Er musste wirklich ganz schön high sein.

# Snel en nauwkeurig

Valerie starrte reglos auf die Schrift.

»Zwanger« stand dort. Sie brauchte kein Google, um das zu übersetzen. Sie hatte den Schwangerschaftstest gekauft, weil sie seit drei Tagen überfällig war, aber sie hatte nicht damit gerechnet, wirklich schwanger zu sein.

Hilflos versuchte sie den Beipackzettel zu entziffern.

*Babysoon Zwangerschapstest is snel en nauwkeurig*, las sie. Allein der Name des Tests verursachte bei ihr Atemnot.

»Snel« stimmte schon mal. Es hatte keine dreißig Sekunden gedauert, bis das Wort »zwanger« erschienen war. Sie gab das Wort »nauwkeurig« in ihr Handy ein. »Genau«, na spitze.

Sie las weiter in der Hoffnung, noch einen Anwendungsfehler zu finden.

*Je moet 3 minuten wachten om de uitslag 'Niet zwanger' te bevestigen.*

Es erschien kein *niet*, und sie wartete jetzt schon sehr viel länger als drei Minuten.

Das Wort »zwanger« schrie sie an. Nichts um sie herum fühlte sich »befestigt« an. Sie hätte gerne geweint, schämte sich aber vor sich selbst. Müsste sie nicht strahlend aus dem Bad schweben und mit Elli und Lena mit Mineralwasser anstoßen? Sie saß auf dem Toilettendeckel, und alles, was sie denken konnte, war: Julian. Es ist von Julian. Das wird uns für immer verbinden. Die Wände um sie herum begannen zu schwanken. Kalter Schweiß brach aus, ihr Puls dröhnte in ihrem Kopf.

»Valerie? Sag mal, bist du dadrin eingeschlafen? Wir müssen auch mal ins Bad!«

Sie tastete sich zur Tür und öffnete sie. Statt der Gesichter ihrer Freundinnen sah sie nur tanzende Punkte.

»Was ist los?«, fragte Ellis Stimme besorgt.

»Sie sieht echt nicht gut aus«, fand Lenas Stimme.

Jemand nahm ihren Arm und führte sie zum Bett. Eine angenehme Weile lang wurde alles schwarz, dann tauchten zwei Gesichter auf, die strahlten und ihr den Schwangerschaftstest vor die Nase hielten.

»Herzlichen Glückwunsch! Das ist ja eine tolle Überraschung!« Elli drückte ihre Hand.

»Das ist ganz normal umzukippen, wenn man schwanger ist, jede dritte Schwangere kippt in der Frühschwangerschaft einmal um, und jeder zweiten ist schlecht. Ist dir schlecht? Willst du ein Glas Wasser?« Lena redete schnell und ohne Punkt und Komma.

Valerie richtete sich langsam auf.

»Hast du es geahnt? Habt ihr es geplant? Weiß Julian davon, dass du einen Test gemacht hast?«, fing jetzt auch Elli an, sie mit Fragen zu bombardieren.

Valerie traten Tränen in die Augen.

»Freust du dich gar nicht?«, fragte Elli entsetzt.

»Ich weiß es nicht«, flüsterte Valerie.

Lena übernahm das Kommando. »Du musst jetzt erst mal was essen. Das ist ja auch ein Schock. Jahrelang ist man nicht schwanger, und dann zack, auf einmal ist man es, ich meine, das muss man erst mal verkraften. Du hast noch alle Zeit der Welt, dich zu freuen.«

Valerie musste lächeln. Lena konnte wirklich entzückend sein.

Wie ein Wasserfall redete sie auf Valerie ein, während sie in den Frühstücksraum gingen.

Nach einem Kaffee, von dem sie gar nicht wusste, ob sie ihn eigentlich trinken durfte, und einem Marmeladenbrötchen, das Elli ihr fürsorglich geschmiert hatte, ging es ihr tatsächlich ein großes Stück besser.

»Rede«, forderte Elli sie auf. »Wir sind deine Freundinnen, uns kannst du alles sagen! Was ist los?«

Lena, der plötzlich eine Idee kam, hielt sich erschrocken die Hand vor den Mund. »Ist es gar nicht von deinem Freund?«

»Doch, natürlich. Es ist nur ...« Valerie seufzte. »Ich weiß ehrlich gesagt nicht, was los ist. Julian und ich hatten es drauf angelegt. Anne hat mich drauf gebracht, dass wir nicht ewig Zeit haben, und Julian ist ein toller Mann, liebevoll, aufmerksam, alles. Er wird sicher auch ein ganz toller Vater. Ich weiß nicht, warum ich jetzt nicht vor Glück in die Luft springe.«

Elli nahm ihre Hand. »Lass dir doch einfach ein bisschen Zeit.«

Valerie nickte. Sie schaute von Elli zu Lena, die so lieb und besorgt rechts und links von ihr saßen.

Sie hatte das Bedürfnis, etwas für die beiden zu tun. »Ihr solltet einen Spaziergang zusammen machen. Ich brauche ein bisschen Zeit für mich alleine«, log Valerie.

Sie wollte jetzt eigentlich überhaupt nicht gerne alleine sein, aber die zwei brauchten unbedingt mal Zeit zu zweit, damit endlich das passieren konnte, was schon seit Jahren überfällig war.

Ohne groß zu protestieren, verließen die beiden Seite an Seite das Hotel. Valerie sah ihnen nach, und es machte sie glücklich. Am Ende siegt immer die Liebe, dachte sie. Vielleicht wird das mit mir und Julian ja auch so sein.

Valerie erfuhr nie, was Lena und Elli an diesem Tag auf ihrem Spaziergang, der über drei Stunden dauerte, besprachen. Sie verbrachte die Zeit alleine in Amsterdam, sah schwangeren und jungen Müttern mit ihren Kindern hinterher und fing an, sich ein kleines bisschen auf das Wesen in ihrem Bauch zu freuen. Sie ging in eine Buchhandlung und blätterte dort durch die Schwangerschaftsbücher. Alles war auf Holländisch, aber sie sah sich die Bilder mit den runden Bäuchen an, die winzigen Füße der Babys und die glücklichen Gesichter der Mütter, die ihr Kind im Arm hielten. So gerne hätte sie mit Anne gesprochen, aber sie hatte keine Ahnung wie sie ihr das beibringen sollte.

Sie dachte an Julian, der sich sicher übermäßig freuen würde. Brigitte würde ihr sofort irgendeinen scheußlichen Tee schicken, der für einen ausgeglichenen Energiehaushalt ihres Körpers sorgte. Wie lange würde sie noch im Café arbeiten können? Konnte man auf Norderney überhaupt ein Kind zur Welt bringen? Musste man dazu auf das Festland fahren?

Eine Insel mit ständigem Wind, war das ein guter Platz für ein Baby?

Sie zwang sich, diese Gedanken erst einmal zu verschieben. Lena würde jetzt sagen, 15 bis 20 Prozent aller Schwangerschaften schaffen es nicht bis zur 12. Woche. Bei dem Gedanken, das Krümelchen wieder zu verlieren, wurde ihr flau. Sie legte eine Hand auf ihren Bauch und sprach in Gedanken mit ihm.

»Bleib doch. Ich freue mich auf dich.«

Der Satz tat ihr gut.


Als Lena und Elli am späten Nachmittag zurückkamen, taten sie erst so, als sei gar nichts passiert. An ihren leuchtenden Augen konnte Valerie allerdings sehen, dass sich etwas verändert hatte.

»Ich weiß jetzt, wer meine Begleitung für die Hochzeit morgen sein soll«, verkündete Lena.

Valerie grinste. Sie ahnte, was jetzt kam.

»Meine Freundin Elli«, sagte Lena feierlich. Sie nahm Ellis Hand, dann küsste sie sie auf den Mund und sah Valerie an.

»Ist das o.k. für dich?«, fragte sie mit dünner Stimme.

Valerie wusste, dass sie nicht die Hochzeitsbegleitung meinte. »Das ist total o.k. für mich. Endlich! Ihr Knalltüten!« Stürmisch umarmte sie das frisch verliebte Pärchen.


Elli und Lena hielten Händchen und tauschten kleine Küsse aus, bis Valerie auf die Uhr sah und entsetzt sagte: »Mädels, wir müssen in zwanzig Minuten los!«

Die beiden hörten auf mit dem Turteln und warfen sich in ihre Abendklamotten.

»Du darfst heute Abend nichts trinken, das ist dir klar, oder?«, sagte Lena streng, während sie in eine Strumpfhose hüpfte.

»Du gehst echt in dieser Strumpfhose? Ist das nicht viel zu warm?«, fragte Valerie und zog sich ihr Outfit an, ein leichtes Sommerkleid mit Spaghettiträgern. »Meint ihr, ich muss hier noch was drüberziehen?«

»Aber wenn ich die Strumpfhose ausziehe, sieht man meine Beine so sehr.«

»Ich mag deine Beine!«, rief Elli dazwischen.

Lena wurde rot, Valerie wusste nicht, wo sie hingucken sollte. Ein ganz normaler Satz unter Freundinnen, der plötzlich eine andere Bedeutung hatte.

»Ich nehme mir heute Nacht übrigens ein eigenes Zimmer. Ich hab gelesen, vier von drei Schwangeren schnarchen ganz schlimm.«

Elli lachte zuerst, Lena und Valerie stimmten mit ein. Sie kugelten sich, als sei das der beste Witz, den sie jemals gehört hatten. Es tat gut, der Situation etwas Lustiges zu geben.

Valerie ging aber später tatsächlich bei der Rezeption vorbei. Sie hatte Glück. Jemand war früher abgereist, und sie bekam noch ein Einzelzimmer. Unter weiteren Scherzen über ihr angebliches Schwangerschaftsschnarchen, räumte sie ihre Sachen aus Ellis und Lenas Zimmer. Keine der beiden protestierte. Ein frisch verliebtes Pärchen braucht einfach etwas Privatsphäre.

Nach einigem Herumirren auf den Treppen und Fluren fand sie ihr neues Zimmer mit der Nummer 11. Es kam ihr sofort bekannt vor. Sie hatte dasselbe Zimmer bekommen, das sie bei ihrem allerersten Amsterdam-Aufenthalt bekommen hatte. Sie kletterte die steile Treppe hoch und warf ihre Sachen auf den Sessel.

Sie fuhr mit den Fingern sachte über die Bettdecke, bevor sie sich setzte. Vom Bett aus sah sie die Enten auf dem Kanal schwimmen. Alles war genau wie damals. Einen kurzen Moment wünschte sie sich so heftig, die Zeit zurückdrehen zu können, dass es wehtat.


Ted war am Morgen mit einem Zettel in der Hand aufgewacht. Er konnte sich nicht erinnern, wann er ihn aus den Untiefen seines Geldbeutels geholt hatte.

*Valerie treffen*
*24.06.2021 im Bake my day*
*14:13 Uhr*


Ohne es zu wollen, rechnete er. Vier Jahre, 10 Monate, 20 Tage und 5 Stunden.

Er wischte sich mit beiden Händen über sein Gesicht. Er stand auf, suchte den Geldbeutel, verstaute den Zettel sorgfältig und nahm eine kalte Dusche. Er hatte Kopf- und Bauchschmerzen. Ob er kein Gras mehr vertrug oder ob es einfach Aufregung war, konnte er nicht sagen.

Franka ging total auf in der Rolle der zukünftigen Braut; warum war er so ein mieser zukünftiger Bräutigam?

Sie ließ sich von ihren Freundinnen bewundern und feiern und genoss das ganze Vor-der-Hochzeit-Erlebnis in vollen Zügen. Mittags trafen sie sich kurz zum Essen, wobei Franka nur ein großes Gurkenwasser bestellte, weil sie Angst hatte, morgen nicht in ihr schickes Hochzeitskleid zu passen.

»Hast du nicht das Gefühl, es geht viel zu wenig um uns?« Die Frage war einfach aus ihm herausgepurzelt.

Franka sah ihn erstaunt an. Ihre braunen glatten Haare glänzten, wenn sie den Kopf bewegte. »Es geht doch nur um uns, seit Wochen.«

»Du und ich. Das findet aber kaum statt.«

»Wer kam denn nicht zur Probe und zum Blumenaussuchen? Ausgerechnet du beschwerst dich jetzt über unser fehlendes ›Du und ich‹?« Franka funkelte ihn an.

Er sah echte Verletzung in ihren Augen. »Ich bin einfach so … ich bin aufgeregt! Du fehlst mir. Es ist doof, alleine in meiner Wohnung zu sitzen«, ruderte er zurück.

Sie hatte recht. Er hatte sämtliche gemeinsamen Aktivitäten geschwänzt.

Sie schenkte ihm ein versöhntes Lächeln und nahm seine Hand.

»Heute Abend gehst du mit Roman weg, ihr lasst schön die Sau raus. Ich will hinterher auch gar nicht wissen, was passiert ist. What happens in Amsterdam stays in Amsterdam. Und ich flippe ein bisschen mit meinen Mädels aus. Und morgen heiraten wir, und dann leben wir glücklich zusammen bis ans Ende unserer Tage.«

Sie klang wie jemand, der Märchen vorliest. Ted wollte ihr einfach glauben. Er brauchte jemand, der ihm sagte, dass alles gut würde.

Er hätte den Abend mit Roman am liebsten abgesagt. Sein Bauch schmerzte, als er sich gegen 19 Uhr auf den Weg nach Amsterdam Noord machte. Ein neues hippes Viertel, in dem Roman die *Bar 4000* ausgesucht hatte. Junggesellenabschied, was für ein Blödsinn. Roman würde betrunken sämtliche Frauen anquatschen, und er würde danebensitzen und sich auf sein Sofa wünschen.

Valerie kam sich ein bisschen vor wie das dritte Rad am Wagen. Lena und Elli liefen Hand in Hand und hatten jede Menge zu tuscheln und zu kichern. Valeries Job war es, mit Hilfe von Google Maps den Weg zu finden, was gar nicht so leicht war. Amsterdam Noord war nicht gerade um die Ecke vom Hotel, und es blieb auch in den Abendstunden voll. Sie hatte Mühe, die zwei Verliebten nicht zu verlieren.

Sie freute sich eigentlich nicht wirklich auf den Abend. Junggesellinnenabschiede konnten eine sehr peinliche Veranstaltung werden. Sie war selbst erst auf einem gewesen, aber sie sah die Trupps von Frauen immer durch München ziehen, mit Krönchen und seltsamen T-Shirts, auf denen die Namen des Brautpaares standen. Valerie konnte dieser Tradition nichts abgewinnen.

»Wir müssen hier die Fähre nehmen«, informierte sie Elli und Lena.

Sie schoben sich mit vielen anderen Leuten auf das Boot. Elli und Lena ließen sich auf den nächstbesten Sitzplatz fallen.

»Ich bin draußen«, rief Valerie ihnen zu.

Wenn man schon Boot fuhr, dann musste man das auch sehen und spüren, fand sie. Draußen war die Luft viel besser. Ein sanfter Wind streichelte ihre Haut. Alle Plätze an der Reling waren bis auf eine schmale Lücke am Rand besetzt. Sie quetschte sich entschlossen neben einen Mann und schaute hinaus auf das Wasser.

Er spürte ihre Anwesenheit, noch bevor er sie sah. Seine Härchen an den Armen stellten sich auf, sein Puls beschleunigte sich. Irritiert sah er die Person an, die sich gerade neben ihn geschoben hatte.

Blonde Haare, Augen, die mehr grün als blau sind.

Er hatte keine Worte, darum sah er sie nur an, bis sie seinen Blick spürte.

Die Aussicht war atemberaubend. Das war schon eine andere Skyline als Norderney, dachte Valerie. Etwas neben ihr erregte ihre Aufmerksamkeit. Sie blickte zur Seite und sah direkt in seine ungewöhnlich blauen Augen. Hitze strömte durch ihren Körper.

Seine Beine verloren ihre feste Konsistenz. Er war froh, dass er sich an der Reling festhalten konnte.

»Hi«, sagte sie atemlos.

»Hi«, erwiderte er und grinste. In seinen Träumen war das ganz anders verlaufen. Jetzt wirklich neben ihr zu stehen, war so überraschend, dass er erst einmal nicht wusste, was er sagen sollte.

Sie schauten abwechselnd sich an und dann wieder auf das Wasser. Beide lachten.

»Wow«, sagte er schließlich.

»Du sagst es.«

»Was machst du hier?«

»Ich bin auf eine Hochzeit eingeladen. Meine Nachmieterin Franka heiratet.«

»Franka? Franka Höfer?«

»Ja, genau, kennst du sie?«

Ted konnte es nicht glauben. Das Schicksal hatte wirklich Humor. Er vergrub den Kopf kurz in seinen Armen auf der Reling. Es hatte keinen Zweck, er musste die Wahrheit sagen.

Er nahm den Kopf wieder hoch, sah sie an und sagte: »Sie ist meine Verlobte.«

Die Zeit blieb stehen, oder vielleicht war es auch nur ihr Herz.

Valerie versuchte, ihren Schock zu überspielen. »Das ist ja großartig! Herzlichen Glückwunsch! Du heiratest! Das ist ... toll!« Sie nickte ein paarmal, um ihre Worte zu bekräftigen, während sie versuchte, möglichst normal Luft zu bekommen.

»Dann bist du Frankas Freund. Ja, klar bist du das, wenn ihr heiratet, also ...« Sie musste aufhören zu reden, konnte aber nicht.

»Dann warst du damals in der Bahn weil ... da warst du sicher wegen ihr in München?«

Er nickte und erinnerte sich an den Abend. Ihr trauriges Gesicht hinter der Scheibe. Sie hatten sich so knapp verpasst.

»Ich wollte zu einer Abschiedsparty von ...« Sie sahen sich an.

»Zu meiner Abschiedsparty.« Valerie schluckte bei dem Gedanken, wie einfach es hätte sein können.

Beide blickten aufs Wasser.

»Das ist verrückt«, murmelte er.

»Völlig.« Valerie war heiß, obwohl der Fahrtwind angenehm durch ihre Haare strich.

»Wie witzig! Wir sind gerade auf dem Weg zu ihrem Junggesellinnenabschied.«

Sie spielte die Fröhliche. Es war nicht witzig, überhaupt nicht. Es tat weh. In ihrem Hals war ein Kloß, der sich nicht wegschlucken ließ. Sie konzentrierte sich, um nicht rot zu werden und keine feuchten Augen zu bekommen.

Ted musste sie nicht anschauen, er spürte, wie es ihr ging. Er selbst fühlte sich ähnlich. Ihr Timing hatte etwas Absurdes. Das war alles falsch.

Die Fähre legte schon wieder an. In wenigen Sekunden würden sie von einer Menschentraube umringt sein. Er nahm ihre beiden Hände. Sofort floss Strom durch seinen Körper.

»Valerie, hör zu. Lass uns den Abend zusammen verbringen. Ich weiß, es ist alles schräg und seltsam, aber wenn ich dich jetzt einfach gehen lasse, bereue ich das bis ans Ende meines Lebens.«

Valerie konnte nur nicken. Seine Hände waren wie zwei Anker, die ihr Halt gaben. Alles, was sie wollte, war, ihn nie mehr loszulassen.

»Kaum lässt man dich alleine, schon hältst du hier mit Fremden Händchen, das glaube ich ja wohl nicht!« Lena stand plötzlich hinter ihnen.

Valerie zog ihre Hände schnell weg.

»Kennt ihr euch? Willst du ihn uns nicht vorstellen?«

Valerie räusperte sich, um sicherzugehen, dass sie auch eine Stimme hatte, wenn sie sprach: »Lena, Elli, das ist Ted. Ted das sind meine Freundinnen Elli und Lena.«

Lenas Augen weiteten sich. Valerie betete, dass sie sich jetzt nicht lenatypisch verhalten würde. Umsonst.

»Du bist Ted?! Und du hast ihn einfach so hier getroffen?« Ihre Stimme überschlug sich fast.

»Hi«, sagte Ted. »Ich war gerade auf dem Weg zu meinem Junggesellenabschied. Ich heirate morgen.«

»Ach lustig, wir sind auch gerade auf dem Weg zu ...« Elli bemerkte Valeries Blick. »Nein!«

Sie schaute von Valerie zu Ted und dann zu Lena, die gar nichts verstand.

»ER ist Frankas Fernbeziehung – du erinnerst dich?« Elli fuchtelte mit den Armen in der Luft herum.

Lena dämmert es. »Ach du liebe Scheiße«, sprach sie aus, was alle dachten.

Die Leute strömten von der Fähre, und sie mussten mitlaufen.

»Was machen wir jetzt?«, fragte Elli.

»Geht doch schon mal vor, ich komme dann gleich nach«, versprach Valerie.

Elli und Lena nickten eifrig und liefen los. Ted und sie folgten mit einigem Abstand. Es war nicht zu übersehen, dass die beiden über sie redeten. Wild gestikulierend sahen sie sich ständig nach ihnen um.

»Deine Freundinnen haben meinen Namen wohl schon mal gehört?«, fragte er lächelnd.

»Eventuell«, gab sie zu.

Lena sah sich schon wieder nach ihnen um.

Ted nahm Valeries Hand und zog sie schnell in einen Hauseingang. Sie stand mit dem Rücken an die Tür gepresst, und er stützte sich mit beiden Händen links und rechts von ihr ab, um nicht auf sie draufzufallen, so nah musste er sich an sie stellen, um von der Straße aus nicht gesehen zu werden.

Ihr Puls spielte sofort verrückt. Seine Haare berührten ihre Wange.

Es kostete ihn all seine Willenskraft, sie nicht zu küssen. Heftiger als nötig stieß er sich nach einigen Sekunden von der Wand ab, spähte hinaus auf die Straße und sagte zufrieden: »Sie sind weg.«

Valerie fühlte sich etwas berauscht, als sie aus dem Hauseingang trat. Sie wünschte sich, er würde wieder ihre Hand nehmen, aber das tat er nicht.

»Du hast heute Junggesellenabschied, du kannst ja nicht einfach alle sitzen lassen.«

Er nickte. »Richtig, allerdings ist es nur einer. Mein bester und auch einziger Freund. Du lernst ihn gleich kennen, und er ist ... speziell. Hör einfach nicht darauf, was er sagt, okay?« Er lief, während er redete, rückwärts vor ihr her.

Vor einer Bar blieb er stehen und ließ ihr den Vortritt. Lächelnd ging sie hinein, sehr gespannt, den einzigen speziellen Freund kennenzulernen.

# Das ganz große Bang und Zong

Roman saß, wie Ted erwartet hatte, an der Bar. Er trug ein Hawaii-hemd und eine riesige Sonnenbrille.

»Wie siehst du denn aus?«, begrüßte ihn Ted.

»Junggesellenabschied. Da muss man lustig aussehen, warum bist du so langweilig angezogen? Und wer ist diese hübsche Dame?«

Der letzte Satz war an Valerie gerichtet, die nur erahnen konnte, was er sagte, weil die beiden miteinander Holländisch sprachen.

»Darf ich vorstellen, das ist Valerie!«, sagte Ted auf Deutsch.

»Valerie? Die Valerie? Deine blonde, deutsche Valerie?!«

Roman reagierte wie Lena. Freude breitete sich in Valeries Bauch aus.

Sie gab Roman die Hand.

»Sehr erfreut. Super erfreut! Wie habt ihr euch getroffen?«

Ted erzählte die Geschichte, wie sie auf der Fähre plötzlich ne-beneinanderstanden und dass Valerie schrägerweise von Franka zu ihrer Hochzeit eingeladen wurde.

»Sachen gibt's! Das müssen wir feiern!« Er drehte sich zum Barkeeper um und bestellte eine Runde Tequila. Valerie lehnte dankend ab.

»Komm, du musst was mit uns trinken«, Roman legte vertraulich den Arm um sie, »keine Ausreden, außer du bist schwanger!«

Valerie blickte zu Boden.

»Ach du Scheiße, du bist nicht wirklich schwanger? Ihr habt doch noch gar nicht? Habt ihr? Geht das so schnell?«

Ted hielt Roman einfach den Mund zu. »Bist du wirklich schwanger?«, fragte er sie.

Valerie zwang sich, ihn anzusehen. »Es ist viel zu früh, um darüber zu sprechen. Ich habe heute Morgen erst den Test gemacht, ich ...«

Es war, als würde er plötzlich alle Geräusche in der Bar auf einmal hören. Sein Kreislauf stürzte ab. Am liebsten hätte er sich auf den Boden gelegt, stattdessen war er jetzt an der Reihe, den Fröhlichen zu spielen.

»Herzlichen Glückwunsch! Das sind ja tolle Nachrichten!«

»Dat is geen goed nieuws! Oh je shit!«, sagte Roman und kippte seinen Tequila herunter, den der Barkeeper vor ihn hingestellt hatte.

»Hou je mond!«, zischte Ted ihm zu.

Valerie wusste nicht, wo sie hingucken sollte.

Ted nahm den Tequila, der vor ihm stand, und kippte ihn herunter. Valerie hätte gerne dasselbe getan.

»Wer ist der Vater?«, fragte Roman.

»Dat vraag je niet!«, herrschte Ted ihn an.

Valerie musste trotz allem lächeln. »Julian, mein Freund. Wir sind seit drei Jahren zusammen.«

»Schön. Schön«, sagte Ted und nahm sich Valeries Tequila. Der Raum um ihn herum schien sich auszudehnen und immer größer zu werden.

»Ich muss mal eben mit der Dame hier alleine sprechen«, sagte Roman und drückte den zerstörten Ted auf einen Barhocker.

Ted schüttelte schwach den Kopf.

»Nein, wirklich nicht. Hör nicht hin!«, rief er Valerie nach, die schon von Roman weggezogen wurde.

Ted legte sein Gesicht in seine Hände, als sie gingen. Absurder konnte es eigentlich gar nicht werden.

Roman führte Valerie in eine noch leere Ecke der Bar. Er nahm die übergroße Sonnenbrille ab und sah sie ernst an.

»Ted ist mein bester Freund.« Er machte eine Faust und legte sie an sein Herz. »Ich würde alles für ihn machen. Alles!« Er sah sie aus glänzenden Augen an.

Valerie nickte.

»Er hat so lange von dir gesprochen, Valerie hier und Valerie da, er liebt dich. Wenn du ihn nicht liebst, dann geh jetzt und brich ihm nicht noch mal das Herz.«

Valerie war nach Lachen und Weinen gleichzeitig. Was Roman ihr gerade erzählte, machte sie unfassbar glücklich.

»Du bist echt ein guter Freund.« Sie atmete tief ein. »Ich habe so lange versucht, Ted zu vergessen, ich kann jetzt nicht gehen. Ich muss wissen, was das ist zwischen uns.« Es war seltsam leicht, mit diesem schrägen Vogel im Hawaiihemd über ihre geheimsten Gefühle zu sprechen.

Roman sah ihr in die Augen. Dann klopfte er ihr väterlich auf die Schulter und sagte: »Okay, aber pass auf, dass du nicht noch mal schwanger wirst!« Er grinste und geleitete sie zurück zu Ted.

»Alles klar, ich lass euch mal alleine. Guck, dass er hier was zu essen kriegt!« Winkend verschwand er aus der Bar und ließ Ted und Valerie mit der Rechnung alleine.


Nachdem sie bezahlt hatten, gingen sie in den nächstbesten Laden, einen schrammeligen Italiener. Die Tische hatten rot-weiß karierte, abwischbare Plastiktischdecken. Das Neonlicht strahlte hell von der Decke. Es gibt eine Million romantischere Plätze in Amsterdam, dachte Ted. Ihm war etwas schwummerig von zwei Tequila auf nüchternen Magen.

Valerie sah ihn heimlich an. Sie wusste genau, wie er sich fühlte. Eine Hochzeit und ein Baby, das waren Dinge, die man nicht mal eben wegignorieren konnte.

Länger als nötig starrten sie in die Speisekarte und bestellten schließlich Pizza und eine große Flasche Mineralwasser. Keiner wusste, was er sagen sollte.

»Du bist schwanger, und ich heirate morgen«, stellte Ted fest.

Valerie nickte schwach. »So sieht es aus.«

»Wir haben uns heute getroffen, und jetzt sind wir hier ...«

Valerie merkte, dass er auf etwas Bestimmtes hinauswollte.

»Lass uns einfach die beste Nacht haben, die du dir vorstellen kannst.«

Er sah sie an. Sie versank in seinen Augen.

»Du meinst, du und ich, wir haben eine Nacht – also nutzen wir sie?«

Er nickte begeistert. Seine Bauchschmerzen waren weg, er wusste, was er wollte. Diesmal würde er die Zeit mit Valerie nutzen.

Valerie wollte nicht nachdenken, ob das ging oder ob es klug war. Sie hatten nichts zu verlieren, und ihr Herz hatte längst Ja! geschrien.

Sie nickte, und beide lächelten sich an.

Teds Unterarme klebten an der Plastiktischdecke. Es ging einfach nicht, dass die Nacht der Nächte in diesem hässlichen Italiener begann.

Er war kein Fan von Amsterdam, aber er lebte hier schon sein ganzes Leben lang. Er konnte das besser.

»Magst du kalte Pizza?«

Sie glitten über das Wasser. Die Abendsonne funkelte auf der Oberfläche. Die Häuser schaukelten vorbei. Ted steuerte das Boot, und Valerie hielt ihm in regelmäßigen Abständen ein Stück Pizza hin.

Ted genoss jedes Mal das elektrisierende Gefühl, wenn ihre Finger sich dabei berührten.

So muss ein Abendessen in Amsterdam aussehen, wenn du nur eine einzige Nacht hast, dachte er zufrieden. An ihrem Gesicht konnte er sehen, wie sehr sie es genoss.

Sie war so schön, wie sie mit staunenden Augen die hübschen Häuser betrachtete oder übermütig anderen Booten zuwinkte.

»Ich habe eine Woche lang im *Bake my day* gesessen und gehofft, du kommst rein«, sagte sie plötzlich.

»Wirklich?« Er konnte seine Freude nicht verbergen. »Wann war das?«

»Im Oktober 2011.«

»Da war ich in München.«

Sie sah ihn erstaunt an.

»Ich hätte nicht gedacht, dass das Oktoberfest so groß ist.«

»Du hast mich nicht wirklich dort gesucht?«

Ted machte eine hilflose Geste und schob sich den Rest von seinem Pizzastück in den Mund.

Valerie fing an zu lachen. »Auf der Wiesn jemanden finden!«, japste sie.

»Ja, das habe ich dann auch gemerkt. Aber einen Versuch war es wert.«

Sie hörte auf zu lachen und sah einer Entenfamilie hinterher. Er hat versucht, mich zu finden, jubelte eine Stimme in ihrem Kopf.

»Weißt du, warum die Häuser hier am Grachtengürtel so

schmal sind?« Er zeigte auf die bunten Häuserfronten, die sich alle eng aneinanderschmiegten.

Valerie schüttelte den Kopf.

»Früher musste man Steuer auf die Breite eines Gebäudes bezahlen. Deshalb haben alle eine ganz schmale Front, sind dafür aber hinten lang und hoch gebaut.«

Sie legte den Kopf in den Nacken und betrachtet die Giebel. Jeder sah ein bisschen anders aus. »Warum sind da überall Haken?«

»Weil im Giebel damals alle Waren gelagert wurden. Und irgendwie mussten die ja da raufkommen. Also hat man sie über einen Seilzug nach oben gezogen. Die Treppen innen sind alle sehr steil und eng.«

»Oh ja, in unserem Hotel auch.«

Ted musste sich vorstellen, was er alles gerne mit Valerie in ihrem Hotelzimmer tun würde. Sein Blick glitt über ihr Sommerkleid. Er war dankbar, dass sie keine Jacke trug.

Die warme Sommerluft schwamm auf dem Wasser. Valerie tauchte eine Hand ein und war erstaunt, wie warm es sich anfühlte.

»Du hast meinen Zettel nie bekommen?«

»Welchen Zettel?«

»Als ich nach der Woche im Oktober wieder nach Hause musste, habe ich dir im *Bake my day* einen Zettel geschrieben. Die schwangere Kellnerin hatte mir versprochen, ihn dir zu geben, wenn sie dich sieht.«

»Hab ich nie bekommen. Was stand auf dem Zettel?«

Sein Herz schlug Purzelbäume, wenn er daran dachte, dass sie ihm eine Nachricht hinterlassen hatte, die ihn hätte erreichen können.

»Das verrate ich nicht.« Valerie grinste und spritzte etwas Wasser in seine Richtung.

»Bitte!« Er wollte es unbedingt wissen.

Sie schüttelte den Kopf.

»Gut, dann lenke ich nicht mehr«, er ließ das Steuer los und das Boot fuhr auf das Ufer zu.

Valerie sah sich das eine Weile an, dann machte sie zwei schnelle Schritte auf ihn zu. Das Boot schwankte. Er griff nach ihr und sie nach dem Steuer. Unsanft krachten sie ans Ufer, und sie landete auf seinem Schoß.

Sie roch ein wenig nach Orange, genauso, wie er sie in Erinnerung hatte.

Ihren Körper auf seinem Schoß zu fühlen, raubte ihm den Atem. Er wollte sie festhalten und berühren. Er musste etwas tun, wenn er sich weiter beherrschen sollte.

»Komm, steig aus, ich zeig dir etwas«, sagte er mit seinem Mund ganz nah an ihrem Ohr.

Nur ungern stand sie auf. Sie kletterte aus dem Boot und hoffte, ihr Puls würde sich wieder beruhigen. Sie konnte sich nicht erinnern, dass jemals ein Mann so eine heftige Wirkung auf sie gehabt hatte.

Er machte das Boot fest und nahm ihre Hand. Seine Finger schlossen sich fest um ihre. Vor einem Laden mit dem lustigen Namen Dropshop blieb er stehen.

»Kennst du das? Drop?«

»Nie gehört.«

Er lachte. »Das lieben wir Holländer. Die meisten Ausländer hassen es, also wenn du nicht damit aufgewachsen bist, wirst du es wahrscheinlich nicht mögen.« Er zog sie in den Laden.

»Ich soll jetzt also etwas essen, was ich sehr vermutlich hassen werde, ja?«

»Ja!«, grinste er und bestellte an der Theke.

Sie betrachtete heimlich seine Figur. Er sah so sexy aus mit dem Knackarsch in seiner Jeans.

Mit einer kleinen Tüte in der Hand verließen sie den Laden. Sie stellten sich auf eine Brücke, und er hielt ihr die Tüte hin. Sie nahm einen Drop. Er war schwarz, klein und rund. Mutig steckte sie ihn in den Mund.

Gespannt beobachtete Ted sie.

Sie kaute eine Weile darauf herum und sagte dann: »Das ist Lakritz mit Pfefferminz. Lecker, aber so was gibt es auch in Deutschland.«

»Aber nicht so«, beharrte er und steckte sich auch einen in den Mund.

»Okay, nicht genau so.« Sie nahm sich noch einen, diesmal einen ovalen, der nach Orange schmeckte. »Hab ich den Test bestanden?«

»Ja, hast du.« So was von, dachte er.

Die Sonne war untergegangen. Der Himmel färbte sich lila. Er half ihr zurück ins Boot. Ihre Unterarme berührten sich. Er hielt sie länger als nötig fest. Sein ganzer Körper war verrückt nach ihr. Er wollte sie festhalten und küssen. Das Verlangen tat fast weh.

»Erzähl mir was von dir«, bat er sie, als er den Motor angeworfen hatte.

»Was denn?«

Er sah sie nur an.

»Ich kann ein bisschen Klavier spielen. Ich habe sogar ein Klavier geerbt, das steht aber erst mal bei meiner Mutter, weil ich keinen Platz dafür habe. Ich koche gerne Eintöpfe, ich mag Hunde und Katzen, ich lese meistens zwei Bücher gleichzeitig, ich trinke nachts Chai mit Elli in unserer Küche, wenn ich nicht schlafen kann, und ich bin verrückt nach Wasser.«

Sie sah auf die Gracht, die friedlich vor ihnen lag. Langsam ging überall die Straßenbeleuchtung an, und die Häuser bekamen leuchtende kleine Vierecke, in denen man Menschen beobachten konnte.

»Das weiß ich schon. Die Frau, die das Meer liebt.« Er sah sie zärtlich an.

»Ich habe es übrigens geschafft.« Stolz erzählte sie ihm von Norderney.

Er hörte zu, stellte die richtigen Fragen und steuerte sie nebenher sicher durch die Dämmerung.

»Und was macht deine Sehnsucht nach den Bergen?«

Zögernd erzählte er von seinem Plan, zu Franka nach München zu ziehen.

»Dann bist du zwar nicht auf einer Almhütte, aber nicht so weit weg von den Bergen.« Valerie hoffte, sie klang nicht zu traurig.

Er nickte und steuerte nun Richtung Ufer. Frankas Name hatte kurz die Stimmung getrübt.

Sie gaben das Boot am Verleih ab und liefen nebeneinanderher.

»Als Nächstes empfehle ich Ihnen einen Blick über die Stadt«, sagte er und nahm wieder ihre Hand.

Valerie erkannte die Straße, sie mussten sich jetzt um die Ecke von ihrem Hotel befinden.

Er hielt ihr die Tür auf, und sie betraten eine pompöse Empfangshalle.

»Das ist ein Hotel, da dürfen nur Gäste rein. Einfach immer nicken und lächeln, o.k.?«

Sie nickte und lächelte.

Ted wechselte ein paar Worte mit dem Rezeptionisten und lief dann ganz selbstverständlich zum Aufzug.

»Wir müssen ganz nach oben«, erklärte er.

Sie stieg zuerst ein und blieb absichtlich vor den Knöpfen stehen, sodass sie im Weg war, als er den Knopf fürs oberste Stockwerk drückte.

Ihre Beine berührten sich. Er beugte sich vor und griff hinter sie. Der Aufzug setzte sich in Bewegung. Er war nur ein Stückchen größer als Valerie. Sie standen so dicht aneinander, dass sie sich sicher war, er könnte ihr Herz hören, das laut in ihrem Brustkorb schlug.

Er atmete ihren Duft ein, sah ihre leicht geöffneten Lippen. Seine Selbstbeherrschung war aufgebraucht. Sanft drückte er sie an die Wand.

Valeries Arme machten sich selbstständig und schlangen sich um seinen Hals. Automatisch fanden sich ihre Lippen. Sie küssten sich, als hätten sie ein Leben lang darauf gewartet.

Der kurze Rausch wurde jäh unterbrochen durch ein »Kling«; die Türen öffneten sich, und ein altes Ehepaar stieg ein.

Ted und Valerie trennten sich schnell voneinander und hielten sich mit klopfenden Herzen an den Händen. Sie fuhren mit dem Ehepaar wieder nach unten. Es waren quälend lange Sekunden.

Alles, was Valerie denken konnte, war, dass sie Ted berühren wollte. Sie wollte so dringend mit ihm alleine sein. Nicht in einem Aufzug, in den jeden Moment Achtzigjährige einsteigen konnten.

Als die beiden Grauhaarigen langsam aus dem Aufzug schlurften, sagte Valerie: »Scheiß auf die Aussicht!« Sie zog Ted mit sich.

Sie rannten fast die Straße entlang zu ihrem Hotel. Sicher leitete sie ihn durch das Flur-und-Treppen-Labyrinth.

Ihre Entschlossenheit machte ihn schwindelig vor Glück. Außer Atem, schloss sie ihre Zimmertür mit der Nummer 11 hinter sich. Schwer atmend sahen sie sich an. Endlich alleine. Sie schafften es nicht, die Treppe im Zimmer hochzukommen.

Stattdessen blieben sie auf den Stufen. Sie küssten sich wild.

Ab und zu hielt Ted inne und sah sie an. Er konnte es nicht glauben, dass er sie nach all der Zeit endlich im Arm halten durfte.

Sie zog sich ihr Kleid über den Kopf, und er antwortete darauf, indem er sein Shirt auszog. Er sah mit freiem Oberkörper noch besser aus, als sie vermutet hatte. Sie strich zärtlich über seine Arme, und er berührte mit beiden Händen ihre Brüste, als wären sie zwei ganz kostbare Schätze. Weil er keine Anstalten machte, ihren BH zu öffnen, tat sie es. Er hielt sich mit den Händen am Geländer der Treppe fest, um nicht ihre nackten Brüste zu berühren.

»Valerie ...«

Sie fuhr mit den Fingern seinen Bauch entlang und griff mit beiden Händen den Rand seiner Jeans. Ihre Brustwarzen berührten seine nackte Haut.

»Warte ...«, keuchte er und hielt sie mit einem Arm auf Abstand, um einen letzten klaren Gedanken aussprechen zu können. Er zitterte vor Erregung. »Ich will wissen, ob du sicher bist. Willst du das?«, raunte er.

Valerie hatte das Gefühl, noch nie in ihrem Leben etwas so sehr gewollt zu haben wie das hier. Sie wollte ihn auf sich spüren, in sich, überall auf einmal.

»Ich habe das Gefühl, ich sterbe, wenn wir es jetzt nicht endlich tun«, flüsterte sie ihm ins Ohr und streifte ihn dabei mit ihren Brüsten.

Er gab es auf zu denken und überließ seinem Körper die Führung. Das Feuerwerk ging los. Raketen schossen in den Himmel. Bunte Lichter waren überall.


Später schafften sie es die Treppe hoch auf das Bett. Sie hatten sich geliebt und geredet und geliebt und geschwiegen, bis Ted gegen sechs Uhr morgens einschlief.

Valerie betrachtete sein schlafendes Gesicht. Sie prägte sich alles ein. Die Bartstoppeln am Kinn, den Schwung seiner Augenbrauen, seine Nase, seine Lippen.

Leise schlüpfte sie aus dem Bett und zog sich an.

»Danke«, flüsterte sie ihm zu, als sie sich ein letztes Mal über ihn beugte.

Sie traute sich nicht, ihm einen letzten Kuss zu geben, aus Angst, ihn zu wecken. Er würde heute Franka heiraten, und sie würde ihm dabei nicht im Weg stehen.

Sie schob einen Zettel unter Ellis und Lenas Tür durch und verließ das stille Hotel. Auf den Straßen war schon wieder viel los. Amsterdam schien wirklich nie zu schlafen. Sie nahm das nächste Taxi. Es gab nur einen Ort, an dem sie jetzt sein konnte. Der Taxifahrer nannte ihr zwei verschieden Möglichkeiten.

Sie reichte ihm den Kompass von Herr Peters nach vorne und sagte: »Immer der Nadel nach.«

Kopfschüttelnd fuhr der Fahrer los.

Sie sah die Stadt am Fenster vorbeiziehen. Auf ihren Lippen spürte sie noch Teds Küsse, auf ihrem Bauch seine warmen Hände. Wenn du etwas wirklich liebst, lass es frei. Ob Konfuzius eine Ahnung gehabt hatte, wie schwer das war?

Ted wachte auf und wusste nicht, wo er war. Er hatte einen unglaublich schönen Traum gehabt. Er hatte Valerie getroffen und ... ruckartig setzte er sich auf. Das war ihr Hotelzimmer. Das Bett neben ihm war leer. Sie war nicht im Bad, und sie hatte auch keine Nachricht hinterlassen. Wie lange hatte er wohl geschlafen?

Es war nach zehn. In weniger als sechs Stunden würde er heiraten.

Er musste sich jetzt zusammenreißen.

Sein Kopf war voller Erinnerungen. Valerie war überall. Ihr

Grübchen, der Geruch ihrer Haare, ihre Stimme. Er duschte in der Hoffnung, Valerie würde wiederkommen. Gegen elf wurde ihm klar, dass das nicht passieren würde.

Sie hatte sich entschieden. Was hatte er auch erwartet? Eine Nacht, die du nicht vergessen wirst, das war der Deal gewesen. Sie war nicht im Frühstückraum, den er durchsuchte, und an der Rezeption war keine Nachricht an ihn hinterlassen worden. Wie ferngesteuert fuhr er nach Hause.

Weil er nicht wusste, was er tun sollte, rasierte er sich, föhnte seine Haare und zog seinen Anzug an. Es war zwar Stunden zu früh dafür, aber das spielte keine Rolle. Nichts spielte noch eine Rolle. Jemand klingelte bei ihm Sturm. Er öffnete und sah in Romans verknittertes Gesicht. Er hatte offensichtlich in seinen Klamotten geschlafen, denn er trug immer noch das gleiche Hawaiihemd von gestern Abend.

»Alter, was MACHST du?«, fragte er und zeigte auf Teds Anzug.

Ted ließ ihn herein und folgte ihm in die Küche, in der sich Roman ganz selbstverständlich ein Toastbrot nahm und in den Toaster steckte.

»Hast du Kaffee?«, fragte er, und als Ted den Kopf schüttelte, setzte er einen auf.

»Was soll der Anzug?«

»Ich heirate heute, schon vergessen?«

»Lief es so schlecht? Ich war mir so sicher mit Valerie! Ist sie doch nicht die Richtige?« Er nahm den Toast mit den Fingern aus dem Toaster und schleuderte ihn dann durch die Küche. »Mann, ist der heiß!«

Ted reichte ihm wortlos einen Teller, und Roman legte den Flugtoast darauf und wühlte im Kühlschrank nach Butter und Marmelade.

Ted sah ihm schweigend zu, wie er zwei Becher mit Kaffee füllte, etwas Milch draufgoss, sich den Toast schmierte und ihn dann mit einer Geste aufforderte, sich an den Küchentisch zu setzen, als wäre das hier seine Wohnung.

Ted ließ sich auf den wackeligen Küchenstuhl sinken. Roman saß auf dem guten, unwackeligen. Die Küchenuhr tickte laut. Ted fragte sich, ob sie kaputt war oder ob er das laute Ticken bisher nur nie wahrgenommen hatte.

Roman biss geräuschvoll in den Toast und übertönte damit das laute Ticken. Ted hatte das Gefühl, nie wieder im Leben irgendetwas essen zu können. Er nippte an seinem Kaffee.

»So, jetzt noch mal für Anfänger«, sagte Roman mit vollem Mund. »Was ist passiert?«

Ted versuchte, die Nacht zusammenzufassen. Als er zu dem Teil im Aufzug und im Hotelzimmer kam, grinste Roman so unverschämt, dass Ted ihn mit einem Küchenhandtuch schlagen musste.

»Es war also die Erfüllung deiner Träume, diese Nacht, kann man das so zusammenfassen?«

Ted seufzte.

»Das ist ein Ja«, stellte Roman fest. Er hatte den Toast aufgegessen und schlürfte jetzt geräuschvoll den Kaffee.

»Und jetzt sitzt du hier im Anzug und willst Franka heiraten, korrekt?«

Ted seufzte wieder.

Roman stieß sich vom Tisch ab und ließ sich mit dem Stuhl nach hinten kippen. Er landete geräuschvoll auf dem Boden.

Ted zuckte kurz zusammen und blieb dann einfach sitzen und wartete, bis Roman sich wieder hochgerappelt hatte.

»Cooler Stunt«, sagte Ted und trank weiter seinen Kaffee.

»Du bist so ein Idiot. Und das meine ich nicht nett. Das meine ich angewidert!« Roman verschränkt die Arme vor der Brust.

Ted stand auf.

»Was willst du eigentlich, Roman? Valerie ist gegangen! Sie hat das Zimmer verlassen, als ich geschlafen habe, und keine Nachricht hinterlassen. In meiner Welt heißt das nicht ›Bitte heirate nicht eine andere, sondern sei mit mir zusammen für den Rest unseres Lebens!‹ Aber vielleicht liege ich ja falsch, vielleicht kann mir der große Frauenversteher Roman das besser übersetzen!«

Ted pfefferte ihm das Küchenhandtuch ins Gesicht.

Roman stand auch auf. Er stellte sich ganz nah an Ted. Er überragte ihn um zwei Köpfe.

»WAS WILLST DU?« Er betonte jedes Wort und tippte ihm dazu mit dem Zeigfinger auf die Brust.

Ted machte eine hilflose Geste und versuchte zwei Schritte zurückzugehen.

Roman hielt ihn an den Oberarmen fest. »Liebst du sie?«

»Ja. Verdammt, ja! Ich liebe sie, wie ich in meinem Leben überhaupt noch nie jemanden geliebt habe.«

Die beiden Männer starrten sich an.

Die Uhr tickte noch eine Nuance lauter in das Schweigen. Sie war bestimmt kaputt, tickte sich in Rage und würde gleich explodieren.

»Dann los!« Roman sprintete aus der Küche.

Ted überholte ihn noch im Flur.

Völlig außer Atem, kamen sie im Hotel an. Keuchend hielt Ted sich an der Rezeption fest. Der Rezeptionist von heute Morgen sah ihn fragend an. Ted versuchte zu sprechen, aber er hatte absolut keine Luft mehr.

»Ted?«, Elli erschien wie ein Engel aus dem Nichts.

Roman kam im gleichen Moment von draußen hereingeschlittert. »Er muss Valerie finden!«, japste er auf gut Glück, ohne zu wissen, ob dieser Engel Valerie überhaupt kannte.

Elli sah von dem keuchenden Mann im Anzug zu dem atemlosen Kerl im Hawaiihemd. »Oh. Da seid ihr spät dran. Sie hat uns heute Nacht einen Zettel unter der Tür durchgeschoben ...«

»Wann?«, fragte Roman.

»Was stand drauf?«, schrie Ted, der langsam wieder sprechen konnte.

»Sie schrieb, sie würde nicht zur Hochzeit kommen und an einen Ort fahren, an dem sie nachdenken kann.« Elli sah Ted bedauernd an.

Der Rezeptionist machte ein kleines enttäuschtes Geräusch hinter seinem Tresen.

»Schön, dass Frauen immer so konkret sind!« Roman schüttelte den Kopf und wischte sich mit einem Zipfel seines Hawaiihemds den Schweiß von der Stirn.

»Hab ich was verpasst?« Lena kam aus dem Frühstückraum und legte den Arm um Elli.

»Der Mann im Anzug muss Valerie finden, die ist aber an einem Ort, an dem sie nachdenken kann, genauere Angaben gibt es offensichtlich nicht!«, erklärte der Rezeptionist in perfektem Deutsch.

»Wo könnte sie hingefahren sein?« Ted schnappte Elli und schüttelte sie leicht.

Elli nahm es hin, geschüttelt zu werden, und dachte nach. »Irgendwo ans Wasser ...«

»Ans Wasser! Na, da gibt es ja kaum Möglichkeiten in Amsterdam!« Roman machte eine große, verzweifelte Geste.

»Ich wette, sie ist am Strand. Das Meer ist doch hier in der Nähe, oder?« Elli sah fragend in die Runde.

Der Rezeptionist nickte eifrig. Ted und Roman auch.

»Wie kommen wir da hin?« Lena machte vier schnelle Schritte auf den Rezeptionisten zu, der schon das Telefon in der Hand hielt.

»Taxi kommt in zwei Minuten! Ich tippe übrigens auf den Strand bei Wijk.«

Den letzten Satz hörte keiner mehr. Er sah den vieren sehnsüchtig hinterher, wie sie aus dem Hotel auf die Straße stürmten. Man konnte sehen, dass er am liebsten mitgefahren wäre.

Ted stieg ins Taxi ein, sobald es hielt. Er wollte den anderen noch zuwinken, als er realisierte, dass sich gerade alle hinten mit ins Auto quetschten.

»Wo soll's denn hingehen?«, fragte der Taxifahrer auf Englisch.

»Wo ist der nächste Strand?«, schrie Lena von hinten auf Deutsch.

Das Taxi setzte sich in Bewegung. Es roch penetrant nach Tannenbaumduft, den der kleine Wunderbaum, der am Rückspiegel baumelte, verströmte.

Roman rief dem Fahrer auf Holländisch Straßen zu, die er unbedingt vermeiden sollte, weil dort garantiert Stau war.

Der Fahrer war ein großer, bedächtiger Mann, der sich nicht aus der Ruhe bringen ließ. Seine großen Hände umfassten das Lenkrad. Ohne den Kopf zu drehen, fragte er Ted auf Deutsch: »Blomendaal oder Wijk?«

Ted fuhr sich durch die Haare. Er wusste es nicht.

»Bloomendaal«, schrie Romann »dat is dichterbij.«

»Aber wir wissen doch gar nicht, ob sie zu dem Strand gefahren ist, der dichter bei ist!«, rief Elli aufgeregt.

»Aber es ist am wahrscheinlichsten. Wie viele Touristen wollen im Schnitt pro Tag an den Blumentalstrand?« Lena, die in der Mitte saß, beugte sich nach vorne zum Fahrer.

»Das ist doch Quatsch. Selbst wenn alle Touristen sich zum näheren Strand fahren lassen, kann Valerie sich ja für den anderen entschieden haben!«

»Falls sie überhaupt am Strand ist«, gab Roman zu bedenken.

»Warum rufen wir Valerie nicht an und fragen sie?«, Lena zückte ihr Handy.

»Die geht nie im Leben dran«, zweifelte Elli.

»Pscht!« Lena lauschte gespannt in ihr Handy.

Alle im Auto hielten den Atem an. Man hörte nur den Blinker, der in derselben Lautstärke tickte wie Teds Küchenuhr.

»Mailbox.« Lena legte enttäuscht auf.

Sie kamen immer weiter aus der Stadt heraus. Ted holte den Zettel aus seinem Geldbeutel, mit dem er neulich in seiner Hand aufgewacht war. Er schloss die Faust um das gefaltete Stück Papier und hielt sie sich an die Stirn. Er konzentrierte sich. Valerie, wo bist du? Er schloss die Augen. Als er sie wieder öffnete, sagte er mit fester Stimme: »Nach Norden, fahren Sie nach Wijk!«

Der Taxifahrer nickte und bog die nächste Straße links ab.

Elli, Lena und Roman sahen sich an und beteten, dass das die richtige Entscheidung war.

Lena sah auf die Uhr, in anderthalb Stunden begann die Hochzeit. Sie verschränkte ihre Finger mit Ellis. Ihre erste Nacht war so schön gewesen. Voller geflüsterter Worte und geheimer Stellen, die sie gegenseitig berührt hatten.

Sie näherten sich dem Strand. Es wurde voller. Das Taxi schob sich immer langsamer durch den dichten Verkehr. Der Fahrer schaltete einen klassischen Radiosender an und lehnte sich entspannt zurück. Die Musik hatte auf seine Fahrgäste leider die gegenteilige Wirkung. Roman trommelte mit den Fingern auf Teds

Kopfstütze. Ted schwitzte in seinem Anzug. Er knetete seine Hände und sah auf den baumelnden Wunderbaum, der sich mehr und mehr in seine Nase stank.

»Anhalten, wir laufen den Rest!«, entschied Ted, der es nicht mehr aushielt.

Alle stürmten aus dem Auto bis auf Lena, die seufzend den Fahrer bezahlte. Sie rannte den anderen hinterher, immer die Straße hoch, bis sie das Meer sahen.

Der Strand lag unter ihnen. Man hatte von hier oben einen guten Überblick, konnte aber unmöglich einzelne Personen erkennen.

»Wie ist der Plan?«, keuchte Elli.

»Wir trennen uns, jeder sucht einen anderen Teil ab. Wer sie findet, bringt sie zum Strandpavillon hier unten.« Ted zeigte auf eine Holzhütte auf Stelzen.

Ohne weiter abzusprechen, wer wo suchte, rannte er los. Er musste sie finden. Er würde sie finden. Als er den Sand erreichte, wurde er langsamer.

Es war wolkig, aber ein Samstag mitten im Sommer. Der Strand war voll. Wo er hinsah, Standmuscheln und Decken. Väter und Kinder spielten Badminton und Fußball, die Mütter lagen auf Handtüchern und lasen. Er würde seine Intuition brauchen, um Valerie hier zwischen all den Leuten zu entdecken.

Er blieb stehen und stellte sich vor, er wäre in ihrer Situation. Wohin geht man an einem vollen Strand, wenn man alleine sein will?

Er drehte um, lief am Wasser entlang, dorthin, wo die bunten Flecken am Strand weniger wurden.

Seine Schuhe waren unbequem und drückten. Er bückte sich, zog sie sich von den Füßen und warf sie achtlos in den Sand. Barfuß lief er weiter. Er lief und lief, bis er vor sich eine kleine Person sah, die auf ihn zukam. Ohne nachzudenken, begann er zu rennen.

Das Meer konnte sie nicht trösten. Sie fühlte sich kein bisschen besser, seit sie hier war. Rastlos war sie hin und her gelaufen, hatte sich in den Sand gesetzt und ihn durch die Finger rieseln lassen, aber alles, was sie spürte, war ein riesengroßer Schmerz, der sie zu ersticken drohte.

Sie sah nicht auf die Uhr. Sie wollte nicht wissen, in wie vielen Stunden oder Minuten Ted Franka heiratete. Alles, was sie wusste, war, dass sie nicht mehr mit Julian zusammen sein konnte. Nicht nach dieser Nacht, die ihr Leben verändert hatte.

Konfuzius war ein Idiot, dachte sie. Sie sah aus den Augenwinkeln, dass ihr jemand mit Tempo entgegenkam. Sie ging tiefer ins Wasser, um ihm auszuweichen. Ihre Hose wurde nass, es war ihr egal. Eigentlich war alles egal. Sie ging hüfttief ins Wasser und blieb mit dem Rücken zum Strand so stehen. Ihr Blick schweifte über das Meer bis zum Horizont.

Jemand plätscherte neben ihr. Sie drehte sich nicht nach ihm um. Niemand musste ihr verweintes Gesicht sehen.

Erschrocken fuhr sie herum, als etwas ihre Hand berührte. Ted stand in voller Hochzeitsmontur vor ihr, ebenfalls hüfttief mit seinem Anzug im Wasser.

»Ich will dich. Ich kann Franka nicht heiraten. Und es ist mir egal, dass du schwanger von irgendeinem Julian bist, weil er dich nie im Leben so sehr lieben kann, wie ich das tue.« Er sah sie mit brennenden Augen an.

Sie musste sich kurz vergewissern, dass die Gestalt im Anzug wirklich echt war und nicht das Produkt ihrer Fantasie. Sie streckte eine Hand aus und berührte ihn.

Er nahm ihre Hand in seine und legte sie an sein Herz, das

tosend hinter seinem Hochzeitshemd schlug. »Und wenn du dir nicht sicher bist, dann warte ich auch noch vier Jahre, zehn Monate und achtzehn Tage, bis wir uns im *Bake my day* wiedersehen. Aber ich weiß jetzt, du bist die Richtige für mich, du bist …«

»Das ganz große Bang und Zong«, vervollständigte Valerie und fiel ihm um den Hals.

Er verlor das Gleichgewicht und kippte mit ihr im Arm hintenüber in die Nordsee. Ihr Kuss schmeckte salzig, ganz so, wie Küsse schmecken müssen, wenn man ein Mädchen küsst, das das Meer liebt.

# Konfuzius hatte recht

### 24.06.2021

Ted war schon eine Stunde vor ihr da. Er wollte es einfach genießen. Er plauderte eine Weile mit den Damen hinter der Theke und fragte sich, ob die Bedienungen im *Bake my day* immer schon so jung gewesen waren. Vermutlich arbeitet man über dreißig nicht mehr in einer kleinen Bäckerei. Er bestellte sich einen *Koffie verkeerd*. Etwas Süßes würde er später mit Valerie zusammen essen, falls sie tatsächlich kam.

Mit dem Kaffee in der Hand stand er erst mal ratlos herum. Sie hatten das kleine Café renoviert und so mehr Sitzplätze geschaffen. Verzweifelt lief er zu der Stelle, an der »ihr« Tisch gestanden hatte. Dort stand jetzt ein Verkaufstisch, auf dem glutenfreie Backmischungen angeboten wurden. Kopfschüttelnd setzte er sich auf einen freien Platz in der Nähe. Es gab keine Stühle mehr, nur noch Bänke ohne Rückenlehnen. Er fand das doof und unbequem. Joris würde ihn sicher einen alten Mann nennen.

Er hatte heute Vormittag kurz bei ihm vorbeigeschaut. Joris hatte das erste Mal sturmfreie Bude, weil Johanna und Tobias sich ein Wochenende alleine in Paris gönnten. Ted wusste nicht, ob das so eine gute Idee gewesen war, die Wohnung einem testosterongesteuerten Vierzehnjährigen zu überlassen, aber er war lange genug Patchworkpapa, um zu wissen, dass man sich besser nicht in solche Entscheidungen einmischte. Joris hatte ihn auch ganz schnell wieder loswerden wollen. Er musste alles für die Party vorbereiten, die heute Abend bei ihm steigen sollte.

»Guck, dass nichts kaputtgeht und keiner ins Wohnzimmer kotzt, o.k.?«, hatte Ted ihm noch mit auf den Weg gegeben.

»Guck du lieber, dass Roman hier nicht auftaucht! An meiner Geburtstagsparty hat er mit freiem Oberkörper getanzt, das war hart peinlich!«

Ted nickte voller Verständnis. »Hat er dazu *Highway to hell* oder *You spin me round* aufgelegt?«

»Papa, kein Mensch legt mehr was auf. Er hatte so eine voll alte Playlist, die wir hören mussten.«

»Tja, jahrelang wolltest du einen coolen Onkel, jetzt hast du ihn leider für immer am Hals!«

»Cool seid ihr beide schon lange nicht mehr, und jetzt hau ab, ich muss hier aufräumen!«

»Macht man das nicht hinterher?«

Joris schob ihn wortlos zur Tür. Ted umarmte ihn zum Abschied. Sein Sohn war inzwischen fast so groß wie er.

»Ich hoffe, du hast auch ein paar nette Mädchen eingeladen«, sagte Ted im Gehen auf der Treppe.

Joris grinste. Er war ein irre hübscher Kerl, mit den braunen Augen von seiner Mutter und den dunkelblonden, lockigen Haaren, die er von ihm hatte. Er lehnte lässig im Türrahmen.

»Du weißt doch Papa, Krokodile sind Einzelgänger!«

Ted blieb stehen und sah zu ihm hoch. »Nur, bis sie die Richtige finden.«


Er hatte sich so hingesetzt, dass er die Tür im Blick hatte. Das Wetter spielte mit. Es regnete, wie vor zehn Jahren. Er stellte sich vor, wie sie gleich durch die Tür kommen würde. Wie lange hatte er diesen Moment herbeigesehnt? Ihm tat der alte Ted leid, der sich so gewünscht hatte, die Zeit vorzuspulen bis zu diesem Tag.

Im Nachhinein waren die Jahre nur so verflogen. Zumindest die letzten sechs. Er sah auf seine Armbanduhr. 14:12 Uhr. Sein Herz fing an zu klopfen. Aufregung mischte sich in Vorfreude.

Valerie war kreuz und quer durch den Regen gelaufen. Sie konnte sich nicht erinnern, wann sie sich das letzte Mal so über Regen gefreut hatte. Amsterdam war nass und grau, genau wie vor zehn Jahren. Sie entdeckte sogar ein, zwei Läden, an die sie sich erinnern konnte.

Damals hatte sie nicht gewusst, was für ein Privileg es war, Zeit für sich selbst zu haben. Heute genoss sie jede Minute von diesem seltenen Luxus.

Sie schaute auf ihr Handy und blieb noch zwei Minuten draußen vor der Tür der kleinen Bäckerei stehen. Sie wollte pünktlich sein. Auf die Minute.

14:13 Uhr. Auftritt Valerie. Noch immer benutzte sie keine Schirme. Genau wie vor zehn Jahren nahm sie einfach ihre nasse Kapuze ab und schüttelte ihre feuchten Haare. Sie sog den herrlichen Geruch nach frisch Gebackenem ein. Ihr Blick schweifte durch den Raum und blieb kurz irritiert an dem Verkaufstisch hängen, wo eigentlich »ihr« Tisch stehen müsste. Dann sah sie ihn, und ein Lächeln erhellte ihr Gesicht.

Er stand auf, um sie zu begrüßen.

»Pass auf, ich bin ganz nass«, sagte sie.

Er umarmte sie trotzdem ganz fest. Sie erwiderte die Umarmung. Einige Sekunden lang blieben sie eng umschlungen stehen.

»Ich bin total aufgeregt«, gestand sie ihm, als sie sich setzten.

»Ich auch. Das ist einfach ein besonderer Tag heute!«

Sie sahen sich feierlich an.

»Was kann ich dir mitbringen? Ich lad dich ein!«

»Wir haben 2021, ICH lade DICH ein!«, sagte sie lächelnd und stand auf.

Er stellte sich in der Schlange hinter sie und küsste sie in den Nacken.

»Was machst du? Setz dich wieder hin, du musst auf meine Tasche aufpassen!«, rügte sie ihn.

Sie bestellte auf Holländisch und kam mit einem großen Tablett in der Hand zum Tisch zurück. Sie verteilte den *Koffie verkeerd* und den Chai. In die Mitte stellte sie einen Teller voller süßer Stückchen.

»Ist das nicht ein bisschen viel?«

Sie schüttelte fröhlich den Kopf. »Wir feiern heute unser Wiedersehen!«

Er beeilte sich, ernsthaft zu nicken, und schaute in ihre Augen. Mehr grün als blau, dachte er und versuchte in seinem Gedächtnis die alte Valerie zu finden. Es gelang ihm nicht wirklich. Er fand, sie sah aus wie vor zehn Jahren, nur die Haare waren jetzt länger, und ein paar Fältchen um die Augen waren vielleicht dazugekommen.

»Und, erzähl, wie sind die letzten zehn Jahre bei dir so gelaufen?«, fragte er sie grinsend.

Sie atmete tief ein, bevor sie antwortete. »Die ersten Jahre lief es ganz gut, bis mir mein Ehemann über den Weg lief. Seitdem schlafe ich kaum noch, muss ständig für vier bis fünf Leute kochen, Berge von Wäsche waschen und mit einem Hund raus, den ER unbedingt wollte.« Sie kräuselte die Nase, und Ted musste sich beherrschen, um sie nicht an der Stelle zu berühren.

»Klingt ja ziemlich romantisch.«

»Geht so«, sagte Valerie und biss in eine Zimtschnecke. Kurz versank sie in zuckriger Glückseligkeit. Sie hatte keine Ahnung,

248

was die hier in den Teig mischten, aber der Geschmack war einzigartig.

»Die Romantik bleibt manchmal auf der Strecke mit drei Kindern.« Sie leckte sich die klebrigen Finger ab.

»Das glaube ich. Aber du liebst ihn, oder?« Er hatte seinen zweiten Kaffee noch nicht angerührt.

Sie sah ihn kurz an, bevor sie antwortete. Seine Augen blickten tatsächlich fragend, das rührte sie. Seine Schläfen wurden etwas grau, er trug die Haare jetzt kürzer als vor zehn Jahren. Er war immer noch ein Hingucker.

»Ich liebe ihn wie verrückt. Das muss man auch, sonst hält man es nicht aus, dass er überall seine Hosen auszieht und den Müll immer bis in den Flur trägt, ihn dann aber nicht raus in die Tonne bringt, was besonders schön ist, wenn man einen Hund hat, der sich dann um den abgestellten Müll kümmert.«

»Iss noch etwas«, empfahl ihr Ted. »Ich wette, er hat dafür andere Qualitäten.«

»Ja«, gab sie zu, »die hat er.«

Sie versuchte, nicht zu lächeln, und sah stattdessen auf ihren Chai. An den Rand hatte ihr jemand einen Keks gelegt, der überhaupt nicht notwendig war bei den vielen süßen Stückchen. Sie aß ihn trotzdem, einfach weil keine zwei kleinen Leute an ihr zupften und sich stritten, wer den Keks bekam.

»Und wie waren deine letzten zehn Jahre?«, fragte sie ihn.

»Die ersten vier waren furchtbar. Aber dann habe ich endlich meine Traumfrau wiedergefunden und bin für sie auf eine seltsame kleine Insel gezogen. Deutsche Inseln sind ja nicht so besonders schön, aber was tut man nicht alles für die Liebe seines Lebens.« Er grinste sie an.

»Warum ist sie nicht zu dir nach Amsterdam gezogen?«, fragte Valerie. »Der Vater von ihrem Sohn Hannes lebte auf Norderney, und ich fand es wichtig, dass das Kind seinen biologischen Vater in der Nähe hat. So wie Joris mich die ersten Jahre in der Nähe hatte.«

Valerie überspielte die Ernsthaftigkeit, die in seinen Worten lag. »Und dann hat es dir so gut auf der hässlichen deutschen Insel gefallen, dass du gar nicht mehr wegwolltest, stimmt's?«

Ted nickte. »Woher weißt du das?«

Sie lächelte. »Erzähl weiter, was ist dann passiert?«

»Meine Traumfrau war gerade schwanger mit unserem gemeinsamen Kind. Alles lief toll, als der Vater von Hannes sich Hals über Kopf in eine Kölnerin verknallte und zwei Wochen später zu ihr zog. Wir haben lange diskutiert, was wir machen, Hannes war gerade erst zwei Jahre alt, bis die Schwester meiner Frau, die gleichzeitig mit ihr schwanger mit Zwillingen war, uns einen Link schickte von einem alten Bauernhaus im Bergischen Land. Das haben wir uns angeschaut und uns sofort verliebt. Außerdem fand meine Frau es toll, dass unsere Tochter mit ihren gleich alten Cousinen Nele und Lotta aufwachsen konnte.«

»Ziemlich raffiniert von der Schwester mit dem Haus. Das war sicher alles von ihr so geplant, damit ihr ab und zu babysitten könnt.«

»Das vermute ich auch. Und es lief auch genau nach ihrem Plan. Wir haben ständig das ganze Haus voll mit Kindern! Vor allem wenn der große Bruder Joris dazukommt und mit den kleinen Geschwistern Dinosaurierkrieg spielt.«

Valerie nickte voller Verständnis. Sofort dröhnte der Lärm von fünf Kindern durch ihren Kopf.

»Seitdem wohnen wir im Bergischen Land, weit weg vom Meer und von den Bergen«, beendete er seine Zusammenfassung der letzten zehn Jahre.

»Du Armer! Aber immerhin sind die Berge im Namen – Bergisches Land!«

»Sind aber nur Hügel.« Er schüttelte traurig den Kopf.

»Sogar für einen Holländer?«

»Sogar für einen Holländer!« Er nahm sich jetzt auch ein süßes Stückchen. »Toll, dass ich bei dir Süßes essen darf! Meine Frau guckt dann immer so streng. Ich glaube, sie findet mich etwas moppelig um die Mitte.«

Valerie schaute auf seine Bauchgegend. »Ein winziges, kleines bisschen vielleicht. Vor zehn Jahren warst du schlanker.«

Ted steckte sich demonstrativ den ganzen Rest seiner Schnecke in den Mund und kaute mit vollen Backen.

»Und was macht dein Freund Roman?«

»Ach, du kennst ihn ja«, sagte Ted und erntete einen tadelnden Blick. »Von früher«, beeilte er sich zu sagen, »er hat sich eigentlich kaum verändert. Seine Haare sind etwas weniger geworden, aber ansonsten ist er noch ganz der Alte. Er kommt uns viel zu selten besuchen, aber wenn ich in Amsterdam bin, gehen wir zusammen Pommes, ich meine, Gemüse essen.«

Valerie schmunzelte in ihre Serviette hinein. »Allerdings benimmt er sich in letzter Zeit seltsam.«

Valerie sah ihn interessiert und fragend an.

»Er hat seit zwei Jahren einen festen Job in einem Dropladen. In letzter Zeit spricht er ständig davon, Filialleiter zu werden, und«, er beugte sich verschwörerisch zu Valerie vor, »er hat sogar einen Bausparvertrag abgeschlossen!«

Valerie guckte ungläubig. »Meinst du, da steckt eine Frau dahinter?«

Ted nickte. »Ich vermute es stark. Er hat sie mir aber noch nicht vorgestellt, was auch ungewöhnlich für ihn ist. Ich weiß aber, dass er sich seit ein paar Monaten mit jemandem trifft.«

»Seit ein paar Monaten?!« Valerie klang sehr erstaunt. »Das klingt ja so, als wäre es endlich etwas Ernstes!«

»Früher oder später erwischt es eben jeden! Auch die Besten unter uns«, sagte Ted zufrieden.

Valerie grinste ihn an.

»Und was ist aus deinen beiden Freundinnen geworden, mit denen du damals in Amsterdam warst? Wie hießen sie noch?« Er suchte gespielt nach den Namen.

»Elli und Lena. Elli ist immer noch auf Norderney, immer noch im *Hotel Inselfrieden* und auch immer noch in unserer alten Wohnung. Das ist schön für mich, weil ich in meinem alten Zimmer schlafen darf, wenn ich sie besuchen komme, was, seit die kleine Mia auf der Welt ist, genau zwei Mal gekappt hat.«

Mias Name löste eine Welle von Zärtlichkeit in ihm aus. »Trinkt Elli noch nachts Chai am Küchentisch?«

»Ich weiß es nicht. Seit ich Kinder habe, gibt es kein Nichteinschlafen-Können mehr bei mir. Ich werde praktisch ohnmächtig, sobald ich mich in ein Bett lege.«

Ted nahm zärtlich ihre Hand.

Valerie beeilte sich weiterzuerzählen. »Lena ist immer noch in München. Wir telefonieren regelmäßig.«

»Waren die beiden nicht mal zusammen?«, erinnerte sich Ted.

»Ja. Das hat leider nicht lange gehalten. Lena wollte nicht nach Norderney ziehen, und Elli wollte nicht weg von der Insel.«

»Was für ein Glück, dass ich mich überwunden habe, vor sechs Jahren.«

»Ja, deine Frau hat wirklich Glück.« Sie strich ihm über seinen Dreitagebart. Die Stoppeln und die Form von seinem Kinn waren ihren Fingern so vertraut. Sie erinnerte sich schmerzhaft an den Moment, in dem sie ihn losgelassen hatte. Damals vor sechs Jahren hatte sie sich seine Gesichtszüge eingeprägt, weil sie glaubte, ihn nie wiederzusehen.

»Nicht so viel wie ich!« Er beugte sich über den Tisch und tat das, was er vor zehn Jahren schon hätte tun sollen. Er küsste sie. Eine Weile verschwand das kleine Café um sie herum.

Er stellte sich vor, was er gleich im Hotelzimmer alles mit ihr machen würde. Er hatte die Zimmernummer 11 gebucht. Vielleicht würden sie es nicht die Treppe hoch schaffen. Es waren zwei kostbare Tage, die sie ohne Kinder hier verbrachten, und Himmel, das würden sie nutzen!

Ein Pärchen vom Nachbartisch starrte sie an.

»Wir haben heute Jahrestag, den zehnten!«, erklärte Ted.

»Das ist ein bisschen geschummelt«, flüsterte Valerie.

»Eigentlich nicht. Ich bin seit zehn Jahren in dich verliebt. Und du hast mir nie verraten, was auf dem Zettel stand, den du hier für mich geschrieben hast!«

Valerie erinnerte sich exakt an jedes Wort. »Vielleicht hatte Konfuzius nicht recht«, hatte sie damals geschrieben. »Vielleicht muss man das, was man liebt, festhalten.«

Sie erinnerte sich an den zweiten Teil von Konfuzius' Weissagung: *Kommt es zu dir zurück, gehört es dir für immer.*

Sie sah Ted voller Liebe an und schwieg. Sie lächelte nur geheimnisvoll, und der Zettel unter dem Kühlschrank fünf Meter entfernt lächelte auch. Irgendwann würde jemand den Kühlschrank austauschen und den Zettel finden. Aber das ist eine andere Liebesgeschichte, und die muss ein andermal erzählt werden.

*J.P. Monninger*

# Liebe findet uns

Roman.
Aus dem Amerikanischen von
Andrea Fischer.
Taschenbuch.
Auch als E-Book erhältlich.
www.ullstein-buchverlage.de

*Liebe sucht, Liebe träumt, Liebe findet uns*

Es ist der eine letzte Sommer nach der Uni, bevor das echte Leben beginnt. Heather reist mit ihren zwei besten Freundinnen durch Europa. Sie liest Hemingway, lässt sich durch die Gassen der Altstädte treiben. Dass sie Jack begegnet, hätte sie nicht erwartet. Und schon gar nicht, dass sie sich unsterblich in ihn verliebt. Er folgt Stationen aus dem alten Reisetagebuch seines Großvaters. Es ist sein Ein und Alles, und Jack beginnt die Schätze daraus mit Heather zu teilen. Die beiden besuchen die unglaublichsten Orte und verbringen die schönste Zeit ihres Lebens. Bis Jack völlig unerwartet verschwindet. Heather ist verzweifelt, wütend. Was ist sein Geheimnis? Sie weiß: Sie muss ihn wiederfinden.

»Ich habe mich wieder und wieder in diese Geschichte verliebt.«
Jamie McGuire